U0091158

暖心小閨女 3 完

醺風微醉 ㊕著

文創風 400

目錄

第五十八章 表白……005
第五十九章 擄人……015
第六十章 隱情……025
第六十一章 相看……035
第六十二章 勢利……047
第六十三章 疼痛……057
第六十四章 側妃……065
第六十五章 醉酒……077
第六十六章 溫馨……089
第六十七章 撞到人……101
第六十八章 憂慮……113
第六十九章 謹慎……125
第七十章 下獄……137
第七十一章 赴約……147
第七十二章 死訊……159
第七十三章 了結……171
第七十四章 聚散……183
第七十五章 謹言……193
第七十六章 不解……205
第七十七章 做局……215
第七十八章 生辰禮……227
第七十九章 赦免……239
第八十章 執著……251
第八十一章 知足……263
第八十二章 滿意……275
第八十三章 秘密……287
第八十四章 成全……297
第八十五章 大婚……309

第五十八章　表白

「姑娘，該給五爺餵藥了。」海棠立在門外，雖然不忍心打斷裡頭的溫馨，但藥要趁熱喝才會有好藥效。就在她說話的當下，青衣提著食盒進了堂屋，聽到裡頭輕輕應了聲，兩人便進了裡屋。

「你們來了。」姚姒起身，臉上猶帶淚痕。一看是青衣提了個食盒，海棠幫著打開，裡頭是一碗還冒著熱氣的藥。

青衣端了藥上前。「姑娘，要給五爺餵藥了。」他看了姚姒一眼，表情非常沈重。「這幾日要給五爺餵藥是難事，一碗藥能喝進去一小半都不容易，有時喝進去了還會吐出來。大夫配了幾味藥丸，都是吊著五爺的命，不然這不吃不喝的又受了這樣重的傷，正常人都難以撐下去，要是再餵不進去藥和湯水，小的就不知道該怎麼辦了。」

姚姒聽他這麼一說，心沈到了谷底，望著趙旆消瘦又蒼白得沒一絲生氣的臉，只恨不得自己能代他受這份苦痛。

她心裡明白，一個昏睡沒有知覺的人，要餵苦藥和湯水進去，有多麼不容易。「那你們是怎麼給五爺餵藥的，要不要讓我來試試？」

青衣點了點頭，把藥碗遞給姚姒，自己坐在床頭輕輕扶起趙旆，又讓海棠在趙旆的脖子上圍了一圈紗布巾子。姚姒把藥碗挨在自己臉上試了試溫度，藥溫剛剛好，青衣看到她嫻熟的動作，心裡那一點疑慮頓時消去，看來姑娘很會照顧人。

姚姒拿起湯匙試著送了一口藥餵進趙旆嘴裡，可惜沒成功，送進嘴裡的藥馬上順著嘴流到紗布巾上。她不死心，又餵了一湯匙，他還是沒有吞嚥下去，依然流出來。

姚姒想了想，就吩咐海棠上前端起藥碗，她把趙旆嘴巴一捏，再送了一口藥湯進去，卻還是不行。趙旆根本就吞不下去，又試了幾種方法依然不行，如此下來，一碗藥湯多半灑在紗布巾上，真正能進趙旆肚子裡的沒多少。

青衣搖頭苦笑，這樣的情形這幾日都在上演，他實在沒有法子可想。

姚姒憂心不已，趙旆現在的情形不樂觀，十多天來都還未真正清醒過，這樣下去不是辦法。

她看了看青衣，沈聲道：「煩勞你再去端一碗藥過來，我想我有辦法餵五哥喝藥，不管如何，我要試看看。」

青衣聽見她說有辦法，眼中燃起一絲希望。「這幾天來每次都會多煮兩碗備用，姑娘且等著，我這就去把藥端來。」他出去了一會兒，果然又端了碗溫熱的藥湯來。

姚姒把藥放在桌上，轉身對青衣和海棠道：「你們且在外面等候，一會兒我再叫你們進來。」

「姑娘不用我們幫忙嗎？」海棠忙道。站在一旁的青衣卻看出了些門道，他眼裡閃過一絲複雜的情緒，連忙朝海棠使了個眼色。「我們聽姑娘的，就在門外候著，若是姑娘需要，就喚小的一聲。」

青衣出了屋子，卻落後一步，轉身把房門輕輕掩上，又放下簾子。海棠才遲鈍地意會到，姚姒要用什麼辦法餵藥。她瞪大眼睛，不敢置信地望了望青衣，青衣回了她一記眼色，再不理會她。

姚姒眼瞅著青衣和海棠出了屋子，青衣又折回來替她把房門掩上，她的臉唰地一下就紅了。她挨到趙旆的床邊，深深吁了幾口氣，到底沒敢再耽擱，她端起藥碗含了一口藥湯，儘管舌頭傳來陣陣苦味，她卻不覺得為難，閉起眼就覆在趙旆的嘴上。

她的雙唇緊緊貼著他的，藥湯緩緩進了他的嘴巴裡，見他無意識地微微掙扎，她狠下心來，伸出雙手禁錮他的頭，唇舌再稍稍一用力，他的喉嚨就輕輕動了下，這口藥湯全數進了他的肚裡。

第一口餵成功了，接下來便越發嫻熟起來。不知不覺間，她含一口逼他吞嚥一口，這碗藥一滴不剩被她餵得精光，擱了碗，又細心幫他擦拭頭上的汗。

大約過了一炷香的時間，姚姒見他沒有把藥吐出來，頓時心頭大定。她像完成了一件了不得的大事一樣，臉上滿是欣慰，略把自己收拾一番，就起身把門打開，喚了青衣和海棠進來。

青衣一眼就看到桌上放著空空如也的藥碗，又見屋裡並沒有趙旆吐過的痕跡，總算放下心來。海棠臉上的笑意就沒止住過，她認認真真給姚姒屈膝蹲了一禮，就拿著空藥碗出了屋子，青衣也道謝。「姑娘這一路都沒歇過，小的給姑娘準備了些吃食，五爺這邊由小的親自看著，姑娘用些飯食也去去乏。」

姚姒深深知道她不能倒下去，人要吃了飯才有力氣，因此沒跟青衣客氣。

兩天一夜都沒合過眼了，她用過飯後，海棠又準備好熱水服侍她梳洗，她換了身乾淨的衣服，只覺得眼皮直打架，但還是撐著去趙旆屋裡瞧了一眼，見他睡得沈，她實在熬不住，倒在床上就睡了過去。

等她醒來時，太陽正要落山，她不知道自己睡了多久，海棠也沒在屋裡，她急忙把自己收拾好後，往趙旆屋裡去。得知她不過睡了一個多時辰，她拍了拍胸口，就怕自己這一覺睡過去而耽誤了給趙旆餵藥。

趙旆依然沒有清醒，許是早前那碗藥起了效果，他的體溫雖然較常人高些，至少已經不那麼燙人。大夫給他把了脈，說這是好現象。

趁著大夫給趙旆換藥時，姚姒趕緊用了晚飯，再回到趙旆屋裡時，就按著先前的方式，又給他餵了一碗藥。

營地裡沒有女人，只有姚姒和海棠兩個，姚姒看著青衣滿是鬍碴且眼窩深陷的臉，心知他這些時日一定熬壞了，就和青衣商量，晚上由她和海棠輪流給趙旆守夜。

對此青衣自然十分樂意，他把姚姒的屋子安排在西邊，和趙旆養傷的東邊也只隔了一間堂屋，屋裡非經允許不許人隨意進入，這樣屋裡發生的一切，外人就很難窺視得見。

姚姒心裡明白，青衣是在替她著想，畢竟她和趙旆男女有別，心裡很感激他的這番安排。

晚上姚姒留在趙旆屋裡照顧他，上半夜的時候，趙旆終於退了燒，呼吸也平穩不少。大夫是隨傳隨到的，那大夫摸了趙旆兩隻手的脈象，有些激動道：「脈象較之前要平和些，況且又退了燒，顯然藥效起了作用，也是參將大人求生意志強，總算脫離危險期。不過，還是要堅持按時餵藥，照這樣看來，只要大人能醒過來，身上的傷口就不會再惡化下去。」

大夫的話令屋裡幾人心頭大定，個個臉上都藏不住喜色，見夜已深，青衣就把大夫客客氣氣送回了屋。

姚姒見人都退了出去，再也忍不住內心的激動，跪坐在床邊，握起趙旆的手，把他的手心貼在自己的臉上。

「五哥，你聽到大夫說的話了嗎？咱們再加把勁，你要快些醒過來，好不好？」她眼眶濕潤，她的臉貼著他溫熱的手心，覺得只有這樣才踏實。

「傻丫頭。」寂靜的夜裡，就見床上原本沈睡的人不知什麼時候睜開了眼。

姚姒以為自己看花了眼，產生了幻聽，一時間腦子有些懵。

他的手卻撫上她的臉，指腹在她臉頰上輕輕摩挲。

她一個激靈，胡亂抹了把眼淚，就著朦朧的燈光，就見他是真的醒了過來，立刻激動喚他。「五哥、五哥，你真的醒了嗎？」她還不死心，又揉了把眼睛，再瞧一遍。

她就是他的良藥，看到她真真切切出現在他面前，天知道他多麼感謝上天叫他遭這一回難。「擔心壞了吧？」趙旆望著她，嘶啞著聲音道：「我就知道，妳不是這麼無情的人，妳的心裡還是有我的。」

該是怎樣的心心念念，才讓他醒來先不問自己的身子如何，而是與她這樣糾纏？姚姒滿心激盪，不知如何開口，想到先前自己的所作所為，只覺得無顏面對他，只能背過身道：「我去叫大夫來。」

他哪裡容得她走，拉住她的手不放。「大夫能治身卻醫不了心，姒姊兒，妳就是我的良藥。」

姚姒的眼淚瞬間洶湧而至，她不知道自己為何會哭，全身如被人施了法定住似的，心跳得那樣快。

她隱忍的低泣都叫他聽在心上，一種令他目眩的喜悅充塞四肢百骸，他緊緊扣住她纖細的手。「姒姊兒，妳轉過身來。」

只聽到一聲輕嘆，她慢慢地轉過身。

他的手攀上她滿是淚痕的臉，包著紗布的手指那樣溫柔地劃過她腫脹的眼睛、消瘦的臉頰，再到她的雙唇，他呢喃了聲。「姒姊兒，乖，別再和五哥鬧了好嗎？」

姚姒無聲點了點頭，抬手也撫上他凹下去的臉、蒼白得沒有血色的唇。「五哥也是我的良方。」她往他額頭上親了親，朝自己的心口指了指。「沒了五哥，這裡空落落的。」

他眉梢眼底的喜悅似水波般漾在臉上，心底被莫名的東西填得滿滿的，以致令他懷疑這簡直是美到不真實的夢。他把她攬到懷中，叫她聽他的心跳聲。「妳聽聽，這裡跳得那樣快，這該不是在作夢吧？」

趙旆從來都在遷就她、寵著她，她都知道。

她親他的額頭，親的時候是懷著一股激動莽撞，情不自禁就說了那樣的話，現在才知道羞得厲害。順著他攬著的力道，臉頰挨著那層薄薄衣料，才聽到他的心跳得如同擂鼓。

「五哥不是在作夢。」她的眼淚慢慢浸濕了他胸口，她第一次知道，喜悅比悲傷更能叫人無法自控地流眼淚。「我這一生何其有幸，於芸芸眾生中遇到了你。」

她喃喃低語。「五哥待我的好，我都放在心上，以後再不跟你鬧小性兒，再不叫你替我擔心，只要你好好的，我什麼都隨你。」

「姒姊兒，姒姊兒……」趙旆激動得無以復加，再不知道該怎樣表達此刻內心的歡喜。

「妳再親親我好不好？」

他的語氣帶著幾分卑微的祈求，叫她終究不忍心。燈光下，她抬起頭，看到他比星星還要明亮的眸子，裡頭燃著灼灼的光，能叫人融化在那裡頭，她抬手覆上他的眼睛，不叫他看到她的羞怯。

她又輕又快如蜻蜓點水般親過他的額角，雙頰如飛霞映在臉上。

他哪能這樣放過她，趁她將將要抬頭時，他的手不輕不重按上她的頭，她的嘴就這麼對上他的唇。

姚似驚得眼睛瞪得老大，他卻開始對她攻城掠地起來，探了舌頭在她的小嘴裡勾纏，令她羞得無地自容，一顆心彷彿要跳出來，整個身子微微顫抖著，她的身子軟軟地再無力支撐，雙手緊緊捉住他胸前衣襟。

他攬了她貼在自己身上，儘管身上傳來一陣陣的疼痛，卻統統丟在腦後，她的兩片小嘴又香又軟，他再不似第一次親她時那般生澀不得其法。

什麼叫唇齒相依，這種令人頭暈目眩又渴望想要得到更多的異樣感官刺激著他，他盡情地攫取著屬於她的一切，用力探索她所有的美好。

她想不到他會這樣對她，一口氣呼不出來也吸不進去，身子軟得像一灘春水，異樣的暈眩陣陣襲來，她想，她是喜歡他這樣待她的，只要他歡喜，她甘之如飴。

最後，他怕驚嚇了她，終究是萬分不捨地結束了這場狂野。他和她貼著，彼此都能聽到那如亂麻的心跳，都有些難為情。

寂靜的夜裡，只聽到海浪陣陣，遠處不知何時傳來了雄雞打鳴的聲音。她又羞又難為情還有些不知所措，好半天才拿袖子遮了臉，撐著軟軟的身子從他懷裡起了身。

趙旆一時大急，以為她惱了要走，沙啞著嗓子大喊了聲。「姒姊兒，不要走，我……都是我孟浪了，我、我給妳賠不是。」

姚姒嚶了聲，斜倚身子轉頭微微一笑。「我不走，我只是，只是……」只是太難為情了，她一時間羞紅著臉，到底道了聲。「我去喊青衣喚大夫來，五哥的身子要緊。」說著，逃也似的掀了簾子出門。

趙旆在昏睡十幾天後終於清醒過來，青衣、海棠以及張順這幾個都大大鬆了口氣。大夫給他把了脈，說只要外傷恢復得快，很快就可以下床活動。

青衣把大夫客氣地送出門，轉頭便吩咐人給月兒港送信報平安。

第五十九章　擄人

姚姒這邊和趙旆甜甜蜜蜜的，可在琉璃寺的姚娡卻出了大事。

那日自姚姒走後，姚娡便閉了院門，也吩咐丫頭婆子們無事不要下山。

如此過了兩日倒一切安好，只不過到了半夜，幾個蒙面人不知怎的躲過了寺裡的巡查，其中一個拿出煙筒似的東西朝各個屋裡吹了吹，過沒一會兒，小院子裡的人全被這夥黑衣人迷昏過去。

其中有個帶頭的朝身後七、八個蒙面人打了個手勢，這些人分作兩隊分別進入姚娡和姚姒的屋裡，等到再出來會合時，兩人身上各用麻袋套了兩人扛在肩上。

其中那個從姚姒屋裡出來的黑衣人眼神有些閃爍，他朝那頭領走過去，好一陣交頭接耳，過沒多久，幾人便如來時一樣神不知鬼不覺消失在茫茫夜色裡。

被擄走的人正是姚娡和在姚姒屋裡守屋子的綠蕉，兩人睡得正香時，被人下了迷魂藥，哪裡知道是叫人給擄走了。

此時正是子夜時分，在縣衙對面宅子裡的恒王卻還沒歇下，書房的燈點得亮堂堂的，恒王以手扶額，正在看桌上厚厚一疊文書。

這時，守在門外的護衛輕輕叩了叩門，恒王應了聲。

進來的人伏在地上恭敬回道：「殿下，姚府有動靜了，咱們的人看到從姚府出來八個人，趁著夜色直往琉璃寺去。到了琉璃寺後，他們就蒙了臉又極小心地避過巡查之人，直奔兩位姚家姑娘住的小院子，又使了迷藥把一院子的人給迷暈，最後把姚大姑娘和在姚二姑娘屋裡當差的丫鬟擄走了。」

恒王未抬眼，依然看著手上的文書，緩了一陣才道：「可有看清，他們把人帶到了哪裡？這夥人的身分查清了沒？」

「回殿下，那些人的身形一看便知是在江湖上混的，這種宵小手法看著也像是亡命的江湖人。那姚定中手下有個人，這些年黑道上的事都是那人帶頭，這夥人沒少在海上殺過無辜的人。他們把人帶到城裡一間十分不起眼的小院子裡，那院裡也就四、五個人守著，屬下實在猜不透他們為何要擄走姚家姊妹，這才來回殿下。」

恒王丟了手上的文書，朝一邊正在撫鬚沈思的謀士許晉良看了眼。

「殿下，這事只怕沒這麼簡單。」許晉良笑了笑，便道：「這回荷蘭人的炮擊沈了趙參將的主船，但趙參將卻將荷蘭人的二十幾艘船給擊沈了，這份軍功怎麼都跑不了。」

他朝京城的方向指了指。「若這個時候把趙參將的軍功報上去，朝廷必會封賞趙參將。韓將軍是聖上的人，又歷來懂得明哲保身，到時咱們的人再使些力氣，福建海防的將領必定是趙參將無疑。」

恒王把許晉良的話仔細推敲了幾遍，就輕聲笑了起來。

許晉良又道：「若這時候趙參將的名聲受損，而且是引誘姚家的姑娘，再往壞裡頭想，趙參將把人家未出閣的姑娘鬧大了肚子，又有先前姚四老爺在縣衙堂上那番指謫，豈不是坐實了趙參將引誘、慫恿人家姑娘狀告親族家人？試想想，皇上最恨這種目無法紀之人，這份軍功若是平白沒了，殿下無疑是損失最大的，這真真是一條好計啊。」

恒王哼了聲，許晉良正色道：「那姚定中簡直是個老狐狸，一面對殿下投誠，一面又與那位暗通款曲，想要兩頭都靠著，這世上就沒這便宜的事情。殿下，姚家姑娘要救，而且要快，不然一旦出了什麼難以想像的事，後果極是嚴重。」

恒王只沈思一會兒，就對那護衛吩咐道：「你帶人速速去把姚家姑娘和那婢女救出來，再把那些人給綁了。記住，動靜不要鬧得太大，人救出來後，就帶到我這裡來。」

許晉良卻勸道：「殿下明日就要啟程去江南，這、這……」

殿下身邊帶著位姑娘，若是被言官知道了，又是一番動盪，實為不智；況且，他們這趟行程極危險，又要隱匿行蹤，帶位姑娘確實不大方便。

恒王卻搖了搖頭。「趙旆生死未明，不能叫他後院失火，這樣的良將，是本王之福。」

許晉良才恍然了悟，略一思量便想通其中關節，也就不再多說什麼。

姚姑被恒王所救一事，慧能打發人給趙旆送來急信。

與此同時，恒王的密信也到了他手中，趙旆看了信後沈思好一陣子，看著姚姒在他身邊忙進忙出的，他心裡既憐惜又心疼。

誰人都是父母生養，偏偏他的姒姊兒，這輩子父母緣分淺，姚家那幫畜生不如的東西，怎會想著用這種下作的手段毀了她們姊妹？說到底，還是他連累了她，他在心裡對自己道，沒親人緣分就沒有吧，他的姒姊兒這輩子有他一個人疼愛就好。

如此一想，決定把這件事先瞞下來，不准任何人在姚姒跟前說出一點關於姚姑的事情，青衣自然知道輕重。

趙旆在床上養了幾日，由於姚姒照顧他很是妥貼周到，很快他便可以下床由人攙扶著走動幾步。

這日，韓將軍親自前來探病，趙旆與他單獨說了會兒話，等韓將軍一走，趙旆對姚姒說，韓將軍希望他能回月兒港養傷。

他身上大大小小的傷加起來有幾十處，只怕沒兩個月是養不好的，姚姒聽了很高興。「五哥能回月兒港養傷就太好了，那邊有青橙姊姊在，五哥的傷也會好得快些。」

沒想到趙旆立即喚了青衣和海棠進來，命他們現在就收拾，明兒一早就動身。

姚姒聽了皺起眉頭，趙旆這是挖了個坑讓她跳。這人怎就那麼多心眼？他的傷口都還沒癒合好，即便馬車上鋪再多軟和之物，還是顛簸，就怕到時傷口裂開啊。

等青衣和海棠一出去，姚姒勸道：「五哥不可，再怎樣你的身子也不是鐵打的，等傷口癒合得差不多了，咱們再回月兒港也不遲啊，五哥這性子可真急。」

趙旆笑著把她拉到身邊，拿手刮了一下她的鼻尖，意有所指地笑道：「我還有很多是妳不知道的，將來妳就知道了。」

「又胡說，我不理你了。」見他打趣她，姚姒臉紅了，作勢就要出屋子。

趙旆攔住她，知道自己剛才又冒失了，也有些訕訕的，便扯了個理由道：「咱們離開月兒港太久了，再說青橙一個人挺著大肚子在那邊，還不知道怎樣。妳放心，我的身體我知道，兩天的行程咱們慢慢走就行，只要妳在我身邊，這點傷口不算什麼。」

姚姒的心裡慢慢生出些甜蜜來，卻別了頭仍不理他。趙旆伸臂輕輕攬住她，親了親她的秀髮。

她的頭髮生得極好，青絲縷縷很有光澤，他嗅著她髮上清香的味道，喃喃低語。「姒姊兒，我在京裡叫人給妳買了間三進的屋子，那裡地段僻靜，妳安心去京城住下。待我傷好了，年前勢必會回京一趟，到時我會親自和母親說我們的事，妳這般善解人意，想必母親絕不會多加為難我們的。」

這是他第一次和她說起他們將來的事情，而且還提到定國公夫人，想到他這樣體貼，事事都想在她的前頭，令姚姒感動不已。

她刻意忽略他最後說的那句話，心裡清楚，她和他的事，必定不會像他說的那樣順利，但是這樣美好的時光，她不忍心破壞，到底是轉過身，嬌羞地朝他嗔了句。「誰要住你買的屋子，那成什麼去了？我要和姊姊還有譚娘子、貞娘她們一起住。」

她雖然在笑，那笑容裡卻含了股決絕。她說不要他的房子，是真的拒絕。

她一個喪母的次女，又被家族除了名的女子，名聲那樣不好聽，又與趙旆有私相授受的嫌疑，這樣的她，又怎入得了定國公的眼？再住到趙旆給她置的屋子裡，那成什麼了？

趙旆眼見她拒絕，才發現自己可能做錯了。「不不不，我不是那個意思。」

他連忙補救，卻覺得越描越黑，見她掩嘴笑得眉眼彎彎，才知道被她耍弄了一把。

「妳個壞丫頭，越發沒規矩了，連五哥也敢打趣，看來要給妳點顏色瞧瞧，叫妳知道我的厲害！」他作勢要去撓她胳肢窩，她最禁不得人搔癢，哪裡容他下手，兩人這樣一鬧，剛才那一點點不愉快也就煙消雲散。

他把她拉到身邊坐著，摸了摸她的頰邊，緩緩道：「姒姊兒，我要告訴妳一件事，妳先別著急，聽我說完。」他想來想去，姚妘的事情不能再瞞下去，便把恒王的信從一旁的小矮櫃裡取出遞到她手上。

姚姒拆開信來，信本來就只有寥寥數語，她一目十行，頓時一臉驚愕，霍地站起來，許是起勢過猛了，不禁一陣眼冒金星。

趙旆急忙把她摟在懷中，安慰道：「妳姊姊這會兒同恒王在一起，應該到了杭州。妳別著急，恒王既然救下妳姊姊，自會護她周全，好在那會兒有恒王在，不然還不知道會出什麼事情來。」

會出什麼事情來？她知道他是留了口德的，這件事只要仔細深想，便知道是姚老太爺使的一招毒計，既能毀了她們姊妹，也能拉趙旆下水，這世上怎麼會有這樣狠心的人？都說虎毒還不食子呢！

他知道她心裡難過，輕輕拍了拍她的背。「我只想讓妳知道，糾結於過去，只會令妳白白痛苦。姒姊兒，把從前一切不好的記憶都忘了，從今以後妳有我，有我一個人疼妳、愛妳，視妳如珍寶。這輩子五哥還沒有對誰食言過，相信我，我會一輩子待妳好的，等妳及笄了，咱們就成親，好不好？」

半晌姚姒才輕輕頷首，不知是感動他所說的話，還是終於想通了，她哽咽道：「我聽五哥的，再不去想那些不好的事，從今以後和姊姊好好過日子，只要五哥這輩子別再像此次這樣叫人擔心，一輩子平平安安的，姒姊兒再無所求。」

她乖得令他心疼，輕柔地摸了摸她的頭。「明早咱們就動身，除了綠蕉跟在妳姊姊身邊外，妳們身邊的幾個丫頭都沒事，彰州是不能待下去了，等回到月兒港，我讓張順通知貞娘他們立即護送妳上京。」

她才明白先前他那樣急切要回月兒港，原來是為了這件事，她圈臂圍住他的腰，把頭輕輕靠在他身上，眼眶微濕。

趙旆做任何事情，都以她為先，這輩子她一定要對他好，如果她和他實在不能結成夫妻，那她就在他身邊，做個無名無分的女人也行。

回到月兒港後，趙旆這傷養了一個多月，姚姒行了除服禮，又給姜氏作了一場法事，才帶著寶昌號的一干人以及她身邊的人坐上趙旆安排的船，從月兒港啟程前往天津。

趙旆送姚姒上船，臉上滿是不捨，眾人極有眼色，一上船就躲到艙裡去，甲板上就剩他二人。他替她緊了緊披風，抱在懷裡狠狠吻上她的唇，許久才放開。「一到京城就寫信給我，一路……珍重。」

她倚在他身上微微頷首，眼淚才剛落下就被海風吹散在風裡，她怕自己再失態，雙手一推，旋身就離了他的懷抱，急急往船艙裡跑去。

等到船隻發動，她推開小窗，就見趙旆立在海灘上朝自己揮手，他眼中的不捨濃得叫人不忍看，她的眼淚再也忍不住傾瀉而出。「五哥你要保重，不許再受傷，不許再讓我為你擔心，不許……」她在心裡喊道，不許把我忘了！

姚姒雖說是第二次坐船在海上航行，許是這次和上次趙旆一起坐船時的心境不同，竟也暈船起來。紅櫻幾個丫頭剛上船時百般興奮，等遇到浪頭高的時候，船在海浪中拋上拋下地搖晃，一個個就都被顛得暈頭暈腦不辨方向。眾人在船上捱過了二十來天，船才靠岸天津碼頭，貞娘就請示姚姒，去請大夫來。

姚姒自己也被顛得七葷八素的，覺得骨頭都泛疼，這一路又見幾個丫頭也都因為暈船而脫了形，就吩咐她先使人去京城給譚娘子他們報信，而他們這一行人就在天津的客棧裡先休養一陣。

原本是八月啟程，這樣一耽擱下來，就到了九月。從天津到京城約莫七、八日的路程，九月初九重陽節那日，姚姒一行人進了城門，譚娘子夫婦和陳大、焦嫂子幾人候在城門口，等見到姚姒的馬車，個個都眼眶濕潤。

姚姒到底沒住進趙旆給她置的屋子，譚娘子夫妻早前就在四喜胡同給她買了處三進的院子，她身邊這些人也足夠住下了。

正屋供了姜氏的牌位，姚姒自己挑了東廂房做起居室，又叫人把正屋其他屋子收拾出來，那是給姚娡住的。

姚姒和譚娘子夫妻等人久別重逢，晚上就開了幾桌席面，席面是譚娘子從定勝樓裡叫來的，姚姒上一世也吃過定勝樓的席面，其中有道香絲春卷做得極好，如今再嚐這道點心，想著上一世在京城裡的點點滴滴，真是恍如隔世。

用過了飯，各人都歇息去了，姚姒卻把譚娘子夫妻和陳大夫妻叫進堂屋說話。

「不怪我心急，實在是擔心姊姊，不知道恒王如今回京城了沒？」姚姒問得很直接，左右這些都是她信得過的人，也就不遮遮掩掩了。

譚娘子上前道：「自從收到妳的信，我便叫人暗中打聽消息，有人說恒王在江南遇刺，也不知情況究竟是怎樣？還有人說恒王在江南得了重病，只因為他在江南造了許多殺孽，老天看不過眼，才叫他病了一遭，左右說什麼的都有，咱們的人也不敢太過打聽，怕叫人看出些苗頭來。」

譚吉也上前勸道：「小姐常說的一句話，沒有消息便是好消息，這幾年京裡的局勢很詭異，但恒王畢竟是皇子，就算他真遭遇不測，朝廷和宮裡必定會有番大動作。小姐才到京城，一路舟車勞頓的，還是先歇息一陣緩過勁來，咱們這邊的人手一直探聽，若一有大小姐的消息，必定會第一時間回稟小姐的。」

姚姒想一想，也是這個理，遂不再問。她實在是身子乏得慌，也沒甚精力再說些什麼，便叫人都散了。

姚姒在京城安頓下來，焦嫂子回了她身邊當差。待諸事安排妥當，姚姒便給趙旆寫信報平安，又把在路上替他做的幾件秋衣、兩雙鞋一併包好，叫先前護她上京來的那幾個護衛送回彰州。

接下來姚姒見寶昌號在巧針坊的增資進行得很順利，索性找了八人來商量。往後他們便在京城住下，姚姒的意思是要他們接了家眷來，好安排請夫子給孩子們上學；再說家眷都在京城，也有讓他們安心為寶昌號打拚的意思。

她的這主意一說出來，除了貞娘沒家眷，其他七人無不同意，歡歡喜喜地道了謝。姚姒便讓他們推個人出來去接所有家眷，又私底下賞了貞娘一千兩銀子，她曉得貞娘看顧娘家的子姪，銀錢對她最恰當，姚姒這一舉動，又一次收服了八人的心。

第六十章 隱情

將將進入十月，京城便下了一場初雪，姚姒一日日派人出去打聽恒王幾時回京城，也沒能得個準數。眼瞅著再兩個月便要過年了，便自己安慰自己，再怎麼著恒王是一定要回京過年的，到那時，便能和姊姊團聚。

才進京一個月不到，趙旆的信先後便來了三封，回回都安慰她，說姚姮已經得知他們到了京城，只要恒王回京，她一定能找得到她的。為了這個，姚姒夜裡點了燈，熬了幾宿，每回都趕在送信人要回彰州時，包上幾個大包袱叫人捎回去，裡頭無非是些厚實的冬衣和厚底鞋。怕趙旆擔心，信總是回得長長的，把上京後的一些瑣事也都向他說了遍。

他們兩個這廂遙寄相思，那邊定國公府中，世子夫人曾氏卻是滿面驚詫地指著手中的信望著世子趙旌。「世子爺，五弟在信中說的可都是真的？」

趙旌笑著朝妻子頷首，覺得妻子的反應在自己意料之中。「咱們兄弟就數老五最是桀驁不馴，性子也乖張，他自小就被父親帶到邊關，行事作風倒學了那邊的開放民風，他如今既有了中意的姑娘，咱們作哥哥嫂子的，自然要替他高興。」

聽丈夫這麼一說，便猜到他的意圖，這是要說服自己接受五弟看中了個喪母又被家族除名的姑娘家，光是這樣的出身，她一想便覺得頭痛。

趙旌上前按住妻子坐在榻上，把信收起來，柔聲道：「五弟還那麼小便被送到邊關，這些年又隨父親征戰在外。母親的心思我明白，我們兄弟母親都覺得虧欠了他，是以在五弟的婚事上，就格外挑剔，總想找個家勢出眾、人品相貌樣樣都好的姑娘家。只是在我看來，咱們這樣的人家已是富貴至極，用不著錦上添花，只要是五弟喜歡就成，那姑娘出身上是低了些，只要人品不錯我看就成。這不，五弟頭一回求到咱們頭上來，還得煩勞夫人在母親面前多周旋了。」

曾氏知道丈夫一向對幾個弟弟很愛護，這些年夫妻做下來，兩人也算是恩愛有加，見丈夫這樣求她，她朝丈夫嗔了句。「好好好，就你是個老好人，瞧你這大老遠地拐了彎，不就是讓我在母親面前先替他瞞一陣子嗎？這事妾身會看著辦的。」

趙旌笑著坐在妻子身旁，溫聲道：「也不會要妳幫五弟瞞多久。五弟這回是半條性命都快沒了，從鬼門關前走了一遭，才立了這份軍功，朝廷上還在廝扯不清，我猜著不拘賞賜什麼，五弟年前必定會回京一趟的。到時他自會與母親明說，我們再替五弟在母親面前說說情，他也大了，這親事是該定下來了。」

曾氏附和地點了點頭，起身給丈夫倒了杯茶，親手遞到丈夫手上。

「我瞧五弟這事，咱們做哥嫂的還得用些心，那姑娘既然已經到了京城，不如妾身尋個機會相看一二，若果真人品、相貌樣樣都好，這事我在母親面前也有個底。若那姑娘並非五弟說的那樣好，而是存著攀龍附鳳的心思，妾身的意思，這事還真不能由得五弟胡鬧。」

妻子能這樣主動相看那姑娘，這真是再好不過了。「很有道理，那就一事不煩二主，就叫為夫瞧瞧夫人的火眼金睛！」

曾氏嬌笑著甩了丈夫一記眼色。「不用對妾身用激將法，左右啊，這事成與不成，妾身算是兩頭都討不著好，瞧瞧世子爺給妾身找了個好差事！」

趙旌哈哈笑了起來，攬著妻子的肩膀道：「不怕不怕，一切有為夫給妳撐腰！」

全京城都知道，定國公世子爺夫婦鶼鰈情深，世子爺身邊別說姨娘，就是連個通房丫頭都沒。這廂私底下打情罵俏都見怪不怪，屋裡服侍的丫鬟悄悄退了下去。

十月初六，半夜時分，恒王府大門敞開來，恒王妃劉氏領了府中幾名得臉的管事立在風雪中等了將近半個時辰，終於等來恒王的車駕。

恒王從馬上下來，朝恒王妃點了點頭，恒王妃激動地迎上去，喊了聲：「殿下……」

恒王立定，打眼一瞧，見立在門口迎接的只有幾個得用的管事，其餘人等一概不在，心中很滿意。「辛苦妳了！」

恒王妃目眶微濕，正要出聲，卻見後頭馬車裡被人扶出名女子，那女子披了身錦緞素色披風，待走近了，就著燈火打眼一瞅，正是十七、八歲的年紀，臉兒生得俏生生的，見了她卻有些不知所措。

「這是王妃。」恒王朝姚姑溫言出聲，姚姑便蹲身給恒王妃見禮。

恒王妃面上掠過一絲驚詫，卻也知道這個時候要穩住，她忍下心中萬般猜測，抬手朝姚姞微微頷首，便收回打量的眼神。既然殿下含糊著那姑娘的身分，她立刻意會到一些不尋常，伸手虛扶了恒王。「殿下進屋吧。」

恒王朝姚姞望了一眼，那眼神不乏安慰。

見姚姞抿唇一笑，他就提步進門。恒王妃劉氏緊跟其後，侍女碧玉上前扶了她的手，只覺得她的手冰冷一片。

碧玉側頭朝後面的姚姞瞜了一眼，就見她不卑不亢地被丫頭扶著遠遠地跟在後頭，大紅的燈籠把她的臉兒染了層紅暈，寒夜中，像極了院子裡才剛開的那朵紅梅。

翊坤宮的偏殿裡，劉皇后把宮女都遣出殿，看著恒王妃面沈如水。「裴貴妃一早到我宮裡來，含譏帶諷地說了半截話，消息都傳到我這裡來了，老四帶回來一個姑娘又是怎麼一回事？」

恒王妃劉氏是皇后嫡親姪女，兩姑姪一向親厚，因此皇后的問話就沒拐彎抹角。「老四是本宮一手養大的，他好不好女色本宮還不清楚？妳也不必瞞著我，聽說老四在江南大病了一場，如今可都好齊全了？」

恒王妃叫皇后問得心緒萬分複雜，心裡又怎會不酸澀？

好不容易把人盼回來了，他身邊卻另有佳人，可這些話怎能同皇后明說。她抹了把眼淚，想起昨兒燈下細瞧丈夫，那臉上身上還有些印子沒消去，她光想到若是有個萬一，這心裡就燃著一把恨，叫了一聲「姑母」，又抹了一帕子淚。

「您是沒瞧見，殿下臉上印子倒是淺，不近瞧還瞧不出，可他身上都是出痘的印子，那些殺千刀的，把染了痘疫的髒東西使了法子放到殿下的屋子裡，殿下才會在江南出痘疹，一屋子服侍的死了十幾個。若非那姑娘小時候出過痘疹，捨身親自服侍殿下，一應的湯藥、照護不假手他人，恐怕殿下他……」

皇后聽得心驚肉跳，雙手合起號了聲「菩薩保佑」。「老四一早就進了宮，這會兒他父皇還沒放人出來，我聽了裴貴妃的話，擔心得不行，才急召妳入宮。聽妳這樣一說，老四這回也算有驚無險，幸好是平平安安回來了。」

恒王妃點頭。「殿下知道娘娘擔心，便是娘娘不召我進宮，我也是要來娘娘這裡走一趟的。」

她看了眼殿外遠遠立著的宮人，低聲道：「雖說裡頭有這等隱情在，到底也於殿下名聲有礙，我瞧那姑娘是個好姑娘，這事還得姑母給姪女拿主意。」

皇后當然明白姪女話裡的意思，怎麼安排那姑娘，以她的行事作風，怕是心中早有主意，一個姨娘是跑不了的，便笑著嘆道：「這男人啊，心裡裝了太多的事，咱們想要的他們未必不知道，只不過端看他們給不給。這些年妳做得很好，只有後院安寧，男人才能在前面安心。老四若對那姑娘沒一絲意思，打發些金銀替那姑娘找個好人家也就是了，可他卻不顧名聲把人帶回京城，就說明那姑娘在他心裡是有些不一樣的。妳不妨大度些，讓咱們劉家把那姑娘認作義女，給她一個側妃的名分，這樣既是給老四一個順水人情，又何嘗不是成全咱們劉家。」

皇后有心教導恒王妃。「妳姑姑我一輩子在這宮裡，看似什麼都有了，我卻知道自己到頭來什麼也沒得到。當年那樣爭那樣鬥，如今連個親生孩子都沒有。皇上的心裡有沒有我，我是清楚的，老四是養在我膝下，倒也孝順，但到底不是自己親生的，我已經老了，護不了你們幾年，劉家將來靠的還是妳。」

「姑姑，您春秋正盛，怎說這樣不吉利的話……」恒王妃想到娘家承恩公府在皇上心中一日不如一日，如今皇后的提議，確實對娘家有利。

恒王妃心中酸澀不已。「殿下雖未明說，但我瞧得出來，那姑娘很得殿下喜歡，他看她的眼神不同，府上郭側妃、姨娘，便是我，何嘗得到殿下這樣相待，娘娘說的話我都明白，就是有些不甘……」

皇后暗中搖了搖頭，拉了恒王妃的手，嘆息了聲。「嫻兒，妳是正妃，又生了嫡長子，這輩子不論哪個姑娘進門，都不能越過妳去。」

皇后望著姪女，正色道：「皇上心中未必沒有數，可手心手背都是肉，叫他罰哪一個都心疼。老四險些死在江南，這回回來又把差事辦得不差，這個時候妳作主替他納側妃，把姑娘納進門，算是替老四在江南的這樁事情遮掩下來，在皇上來看是識大體的。」

恒王回京，姚姑也跟著一同到了京城，姚姒得到消息已是兩天後，恒王府派了個嬤嬤上門來，姚姒客客氣氣地招待了那老嬤嬤，忍不住問了姊姊的近況，那老嬤嬤只說姚姑一切安好，旁的一概不答。

姚姒只得忍住思念之情，不再多問，得知姊姊過兩日便會回來，等把那老嬤嬤送出門，她激動地吩咐蘭嬤嬤把姊姊的屋子再收拾一遍，自己又親自去瞧過，這才滿意，又吩咐焦嫂子準備姚姑愛吃的東西，樣樣是十分上心。

初十那日一大早，廚房那頭飄來各種熟悉的香味，饞得立在廊下的小丫頭狠狠吞了幾口口水，見到外院那邊有個小廝小跑過來，說是大小姐已經進了大門，小丫頭扭頭就往屋裡跑。

姚姒一聽消息，臉上再難掩住激動，笑著急行出了屋子，地上結著一層薄冰，人走在上頭一不小心就要打滑。海棠心細，幾個跨步上前就挨到她身邊，以防萬一。

姚姒才到二門口，便看到姊姊披著大紅錦緞觀音兜朝她走來，只露出半張臉，那下巴卻是尖尖的，不似先前圓潤。她快步迎上去，叫了聲姊姊，眼眶濕潤不已。姚姑雙手拉住妹妹的手，哽咽地喚了聲妹妹的名字。

「姊姊快隨我進屋。」姚姒掏了帕子替姚姑拭淚，笑著挽起她的手往上房去。

蘭嬤嬤帶著采芙、采菱和幾個小丫頭立在門前，見到她們姊妹，歡喜地蹲了個安，蘭嬤嬤笑著含淚喊了聲。「大小姐可算是回來了。」

姚姞朝蘭嬤嬤幾個笑著頷首，和妹妹一起進了屋，就瞧見一架山水屏風立在屋裡，轉過屏風，靠窗下擺了一張榻，屋裡幔帳桌椅都是自己喜歡的樣式。

等和妹妹靠著南窗坐在榻上，她拉著妹妹的手不肯放。「難為妳了，這幾個月怕是擔心壞了吧？」

姚似撲到姊姊懷裡只覺得歡喜，聞著姊姊熟悉的味道，從前那些個擔憂便如煙散去。「好在那些不好的都過去了，如今咱們也算是應驗了從前說的話，一切都從頭來過，總算在京城團聚了，往後的日子只會越過越好。」

姚姞心裡感慨萬千，妹妹是個心志堅強的人，該是怎樣的強大和自信，才能在從前的苦日子裡不喪失對美好的嚮往？如今她們也算達成願望，現在她和妹妹兩個人立起門戶，往後關起門來過日子，想想都覺得像是在作夢。

她摸了摸妹妹軟軟的劉海。「這都是姒姊兒的功勞，從前姊姊想都不敢想還有這麼一天，就咱們姊妹兩個，也不用看誰的眼色，也不用時刻擔心哪一天遭了誰的算計。」

兩人分開的這幾個月，都有一肚子的話要說要問，蘭嬤嬤極有眼色地把屋裡的丫頭都帶了出去。

見屋裡沒人在了，姚似便問姊姊那日被賊人擄走後的情形，又是如何被恒王所救。

聽她提到恒王，姚姞臉上閃過一絲極複雜的神色，怕被妹妹瞧出端倪，連忙一一跟妹妹細說，待說到被恒王所救，而後又跟隨他下江南，她卻說得極含糊。

「……殿下在杭州的時候出了天花，當時殿下身邊服侍的也都跟著染上了。我記得從前聽蘭嬤嬤說過我小時候出過痘，那時一心想著殿下若有個萬一，只怕我也活不成了，便硬著頭皮照顧了殿下十幾日，直到殿下大安，又跟著他走遍整個江南。殿下便告訴我，說妳已經到了京城，我這才隨他上京，後來又進了恒王府中，直到恒王面聖後回府，才吩咐王妃娘娘遣人來給妳送信。」

她並未告訴妹妹，恒王好好的為何會得天花，而她進了恒王府中，王妃私下裡和她又說了哪些話、恒王待她又是如何不同。

姚姒見姊姊說得粗略，又瞧她似有顧慮，一時才想到，事涉恒王與官場的那些事，姊姊必定是被人交代了不能透露，她體貼笑道：「還好姊姊完好無缺地回來了，以前的那些事不提也罷。」她看了看外頭的天色，拉了姊姊的手就起身。「姊姊瞧瞧去，看我給姊姊做了什麼好吃的。」

姚娡不禁吁了一口氣，好在妹妹是個懂事的，若再問下去，就怕她瞧出些什麼來，如今自己心裡是一團亂。

外屋的桌上已經擺好碗筷杯碟，瞧她們姊妹出來，采芙笑吟吟地對外喊了聲上菜，不過一會兒，滿桌子都是道道地地的彰州菜。

姚娡打眼一瞧，全是她愛吃的幾道菜和小點心，她不知道說什麼才好，拉著妹妹上了桌，便對蘭嬤嬤和幾個大丫頭道：「今兒不分主僕，妳們都上桌來一起用飯，人多才熱鬧。」

蘭嬤嬤和幾個大丫頭又驚又喜，但到底從前的規矩在，哪裡敢和主子一起用飯。姚姒便出聲道：「偶爾一回罷了，今兒是姊姊回家的好日子，妳們也別推來推去。」又吩咐小丫頭去拿桂花釀。「今兒高興，算是我替姊姊接風洗塵了。」

見她說得豪邁，蘭嬤嬤幾個妳望我、我望妳，終究是坐到了桌邊。

姚姒酒量極淺，才用了三杯便紅了臉，飯後姚娡、海棠扶了她就歇在自己的屋裡，望著妹妹醉得紅撲撲的臉，睡在被子裡還不忘伸手踢腳的不老實，她替妹妹掖了掖被子，索性自己也躺下來。

臉上微微地發燙，她的酒勁這才上來，拿手捂住了自己的臉，一閉眼便想起那個人，卻又想著恒王妃對自己說的那番話，心裡存了股氣，熱燙的眼淚滾落進鬢邊，一時間心思飄得老遠。

第六十一章 相看

第二日姚姒就把宅子裡的各種瑣事都和姚娡細說，說到采菱和長生的親事時，姚姒便和姚娡商量。

「張叔也老大不小了，紅櫻跟在我身邊是個得用的，他們的婚期我看就和采菱的一道辦，也給這新宅子暖暖。」

「只要她們願意，兩個一起辦是最好。」張順重情重義，這些年來對她們姊妹鞍前馬後的操勞，她有心提醒妹妹。「采菱的嫁妝從前我便給她置辦了大部分，只是紅櫻既然是嫁給張叔，又與別個有些不一樣，嫁妝一定要厚，這也算是我們姊妹對張叔的一點心意。」

姚姒本就打這個主意，見姊姊也同意，她便放了心。

兩個這廂說好了，便找了當事人過來商量。采菱和紅櫻一個嬌羞低頭、一個紅暈著臉，看這樣子，也都同意把婚事定在同一天辦。

姚姒和姚娡都是頭一回發嫁婢女，這裡頭的禮俗也只知道個半吊子，好在焦嫂子和蘭嬤嬤在，兩個就在一旁出主意，婚事的細節商議好，接下來便是給紅櫻和采菱置辦嫁妝。

姚姒既然鐵了心要還張順一份人情，自然想著要幫紅櫻置辦一份體體面面的嫁妝，她只讓紅櫻自己趕製嫁衣，其他一概不用她動手。京城繁華，什麼好東西買不到？

等天氣一放晴，姚姒便請譚娘子帶頭，馬車一路趕到東門大街，幾個丫頭的眼睛便不夠看了，整條街商鋪林立，氣派的銀樓、裝飾典雅的酒樓、各種好看的堆紗鋪子、香氣襲人的胭脂坊……

姚姒看著興奮的綠蕉和采芙、海棠三個，臉上只是笑，待馬車停下，姚姒和姊姊戴上面紗，便指著眼前的那間銀樓說要去看看。

譚娘子笑道：「姑娘眼光真好，這家名聲一向很好，可以說是童叟無欺。」說著又低聲指點姚姒。「他們家的金飾和銀器做得好，珠寶和玉器的品相卻差了點，我相公和他們東家有些往來，說不定一會兒還可以論些交情。」

姚姒和姚娡聽得俱是點頭不已，譚娘子真真是個妙人。

譚娘子進了店裡就朝那接待的夥計搭了話，兩人也不知說了什麼，等姚姒和姚娡進了店裡，便被人帶到雅間，有伶俐的丫頭上了茶水，還奉上幾碟瓜子點心，再過一會兒，便聽到爽朗的笑聲傳來。「真是稀客，難得譚娘子帶了客人來小店，招呼不周了……」

隨後一個穿著鸚鵡綠褙子的中年婦人進了雅間，譚娘子笑著起身迎上去，口中謙虛道：「姊姊客氣了，因著要辦些頭面首飾，便想到妳這裡。」

說完便替雙方引見。「這是我東家，大小姐和二小姐。」又對姚姒引見那婦人。「兩位小姐，這位便是珠寶記的管事許娘子。」

那許娘子何等精明，不過瞧了一眼姚姒，心裡就有了底，就朝姚姒打量了幾眼，心中又有些吃驚，想那譚吉何等有本事，卻能被這個還未及笄的小姑娘管住。

雙方略微寒暄，許娘子便喚了店裡的女侍者挑了些金銀飾物擺在雅間，她自己立在一邊言笑語晏晏地介紹。

姚姒和姚姑見許娘子處處周到，拿上來的東西款式大方不說，金銀的成色瞧上去也好，價錢倒也公道。姚姒挑了兩副十三件的金頭面，兩副銀鑲珍珠頭花及簪環，姚姑也挑了些金銀首飾，一旁的許娘子見她們出手大方，越發周到殷勤。

等到結帳時，許娘子便抹去了八兩銀錢的尾數，姚姒知道，這是看在譚娘子的分上，心裡暗讚這許娘子會做生意。

接著姚姒便和姊姊下樓，許娘子在前邊引路，待下樓來，店裡的夥計已經把她們挑的東西包好。

姚姒忙使眼色給綠蕉，綠蕉出手便是一個荷包，裡頭是二兩的銀錁子，那夥計接在手裡一掂量，笑得見牙不見眼，點頭哈腰道了一通謝。

姚姒扶了姊姊的手，將將要出店門時，不意竟和一個婆子撞上。

一個是出去，一個是進來，兩人這一撞，姚姒長年練那五禽戲，是以身手很敏捷，她頓時拉了姊姊往旁邊一躲。跟在後頭捧著盒子的海棠幾個閃步就到了姚姒跟前，打眼一瞧見她沒事，再去看那婆子，這一瞧過去是驚訝地暗呼了聲，再覷了那婆子幾眼，臉上滿是不可置信。

姚似確認姊姊沒事，又見那婆子摔坐在地上，忙上前詢問。「妳可還好？有沒有撞傷哪裡？」見那婆子只盯著自己瞧，她一時間也沒多想，以為那婆子被自己撞懵了，忙又道：「要不，我扶妳起來吧，看看傷著哪裡了？」

綠蕉和采芙這會兒才醒過神來，聞言就一邊一個扶那婆子起身。

被撞的婆子被人扶起來，叫綠蕉和采芙給安在椅子上坐定，那婆子似是才回過神來，又是呼痛又是哀叫。「唉呀，這可算是遭罪了！青天白日的，怎地攤上這檔子禍？瞧瞧我這把老骨頭，禁得幾下撞！」這婆子話聲還未落便指著自己的腿腳，又是一聲聲呼痛。

譚娘子和許娘子兩個一對眼，都心裡沒底，那婆子穿著一身靛藍色褙子，頭上卻插了兩支金簪，一瞧便知是哪個大戶人家太太奶奶身邊得力的管事婆子。常言道宰相門人七品官，這婆子若真要找碴，她們也是沒法子。

譚娘子上前把姚似掩在身後，臉上就帶了幾絲歉意向那婆子道：「您老人家還有哪裡疼？適才我瞧著，也是您進來得急，我東家小姐也被您給撞了，若非閃得快，這會兒只怕也跟您一樣。」

那婆子也不是省油的燈，立即嚷聲道：「妳東家小姐都沒出聲，妳又是什麼人？撞了人還有天理不成？」

姚似便對譚娘子搖了搖頭，上前一步輕聲細語同婆子道：「要不這樣吧，我這就叫店裡的許娘子請大夫替妳瞧瞧，這件事不拘著誰對誰錯，只要人沒事，請了大夫來，該花的銀子就由我出，妳瞧著可好？」
「這樣還差不多。」婆子一改先前的咄咄逼人，冷不防竟拉住姚姒的手還摸了摸。「還是姑娘心善，聽妳這樣一說，我這口氣也就順了，不知姑娘是哪家的東家小姐？」
姚姒不動聲色抽回自己的手，卻只是笑了笑。
這是在許娘子的店裡出事的，聽那婆子說的話不成樣，許娘子見識多，心裡怕這婆子別有用心，再不好跟譚娘子交代，這樣一想，便上前笑盈盈地對婆子道：「這是我的不是了，既是在本店出了事，自然是由我去請大夫，您老安心，決計不會賴了去。若真有個什麼，湯藥費還得由本店出。」
說完當機立斷一聲吩咐，旁邊的夥計飛快地跑出去請大夫。
等夥計一出店，許娘子便作出要送姚姒一行人出門的樣子，臉上不乏歉意。「就不送幾位出去了，下次姑娘再要買些頭面首飾的，只管叫了奴家帶些樣式去貴宅，今兒實在對不住了。」
姚姑也看出些不對勁，京城遍地是貴人，即便是貴人身邊的奴才，也不是她們能得罪得起的。見許娘子送客，便知這事是許娘子擔上了，她領了這份人情，拉了妹妹小聲道：「姒姊兒，要不我們給她留下些銀子，多少也是我們的心意。」
姚姒覷了眼那婆子，卻覺得似乎哪裡不對勁，一時又想不透，只好朝姊姊點了點頭。
采芙笑著上前給那婆子說了些好話，又把那裝著二兩銀子的荷包放到婆子手上，許娘子也在一邊賠了不少好話。
姚姑和姚姒戴起面紗，再不耽擱，一行人出了門，也沒了再逛的興致，直接上了馬車。
許娘子見人走了，才連聲叫人上茶，好聲好氣地待這婆子。
婆子用了口茶水，放下茶杯，臉上才好看了些。
「算了，我也不是非得要你們賠這醫藥費，歇也歇這麼會兒了，這大夫也別請了。」她看了眼許娘子。「適才若非那小姐好聲好氣，我是要追究到底的，就是不知道是哪家的東家小姐，看樣子是個好性兒的姑娘。」
許娘子開門做生意，一天不知道要和多少難纏的人打交道，一聽這婆子的話，心裡便有了底，就透了那麼點音。「也不瞞您，這是茂德行的東家小姐，年紀大些的那個是姊姊，小的是妹妹，聽說才上京來的。」
婆子笑了笑，又和許娘子套了幾句話才離去。
她出了門，不過走了幾步路就上了一輛不起眼的黑漆平頭馬車，最後回到定國公府，得知世子夫人這會兒正歇在屋裡，她略整了整鬢角，扯了扯並未皺亂的衣裳，就去了上房。
「給喜嬤嬤看個座。」世子夫人曾氏午睡才起，喜嬤嬤進屋先蹲了個安，見丫頭搬了個繡墩放在她面前，喜嬤嬤連連推卻。
曾氏對著玻璃鏡子照了照，拿手往鬢上正了下頭釵，就對屋裡的丫頭搖手，不過片刻，屋裡便只剩她和喜嬤嬤。

「人可是見著了？那姑娘模樣如何？」曾氏往炕上一坐，拿了桌上的茶水潤了潤喉。

喜嬤嬤忙挨上去，就把在珠寶鋪裡發生的事情向曾氏細說，不曾添油也不曾加醋。

「照妳這麼說來，那姑娘還未及笄？」曾氏微愣，原本她以為，那姑娘既然能得趙旆的青眼，至少容貌才情都應該不俗才是，沒想到年紀才那樣小。

「那姑娘姓姚，上頭有個姊姊，十七、八歲的模樣，生得很是好容貌，只那姑娘卻生得不像姊姊，雖然才十二、三歲的樣子，卻生得冰肌玉骨，臉兒白淨，高高瘦瘦的，身手很是敏捷。」喜嬤嬤覷了眼曾氏，見她不語，便接著道：「奴婢今兒這一撞，倒是看出些這姑娘的性情，像是個不怕事、有些擔當的，姊妹倆看樣子很有教養，並不似京城那等驕矜的姑娘家。」

曾氏「噢」了聲，臉上看不出情緒，喜嬤嬤不敢亂猜。「那姑娘的手十指纖長，手指雖瘦卻也有勁，中指的骨節摸上去有塊厚繭，那地方長繭想是經常拿筆才會如此。」

曾氏沈思了會兒，才出聲。「這樣看來，倒是位好姑娘。」

嘴上這樣說，眉頭卻微微皺起來。「既然海棠跟在那姑娘身邊，她只怕是認出妳來。這也好辦，聽世子爺說，茂德行與京中一些官家夫人合夥做著南貨北賣的生意，其中就有兵部給事中黃從聲的夫人傅氏，我記得黃太太好像有個女兒這個月出閣，上個月還給咱們府裡送了帖子來。這事妳去辦，務必要讓姚家姑娘也收到黃家嫁女的帖子，到那天，我得去瞧瞧那姑娘。」

姚姒不知道自己已經被人惦記上了，坐在馬車裡的時候，她想起那婆子看自己的眼神，竟含著十分的探究，後來又摸了她的手，那舉動甚是怪異。

她把到京城後的事情仔細想了想，抵著馬車的後背頓時驚出一身冷汗來，她才上京，誰會對自己起探究之心？難道……

譚娘子第一次帶她們上街，便遇上這樣的事，覷眼見綠蕉和采芙有些受驚，譚娘子便安慰她們，這事說小也小，左右是許娘子擔下了，讓她們別多想。

姚姒不動聲色朝海棠睃了眼，就見她一臉若有所思。等回到屋裡，姚姒把綠蕉支開，問海棠。「妳同我說實話，妳認得那嬤嬤嗎？是不是定國公府的人？」

海棠不意她這樣聰明，這才多少會子，便能想到那上頭去。

她斂眉朝姚姒回道：「那婆子是定國公府世子夫人身邊的喜嬤嬤，奴婢也有幾年沒回京了，剛開始險些沒認出來，但喜嬤嬤一定認出了奴婢。」

姚姒證實了自己的猜測，不禁一陣苦笑。

「姑娘才上京，世子夫人便叫人先來探究，必是五爺把姑娘的事情跟世子爺說了。世子爺最是疼愛底下這幾個弟弟，五爺雖不常在京城，但與世子爺的關係最好，世子爺與世子夫人兩個極恩愛，奴婢猜著，這事極有可能是世子爺和世子夫人兩個的主意。若是定國公夫人，只怕不會這樣私下行事。」

姚姒眼神一黯，心裡莫名發虛，自己這樣的出身，肯定叫趙旆為難了吧。

海棠安慰道：「世子夫人是個極好的人，處事也很公允，上上下下沒有哪個不服的。容奴婢說句不好聽的，正因為世子夫人這樣小心，姑娘才該放心，以世子夫人的立場，必定要知道姑娘的為人，才好替五爺在定國公夫人面前說好話，姑娘，這是好事。」

事情既已發生了，姚姒只能往好的方面想，但到底心裡存了事，她忍不住猜想，若是她和趙旆的事情不成，令趙旆陷入兩難的境地該怎麼辦？

夜裡躺在炕上，就怎麼也睡不著，披衣起來，拿起妝盒裡那支光燦燦的八寶簪握在手，越發思念起他來。

姚姑也睡不著，白日時掩飾得好，沒叫人瞧出半點異樣，可一到夜深人靜時，心裡就煎熬得厲害。

女兒家的心事，也沒半個人可以商量。

她不敢告訴妹妹，一閉眼就想到那天恒王妃拉著她的手說的話，說感謝她救了恒王的命，清白的女兒家一個，到底這樣同殿下處著，有名聲也沒名聲了，不如讓劉家認了她做義女，她作主替他納為側妃，從此一同和她服侍殿下。

他那麼忙，想見他一面都難，她很想問他，這是他的意思嗎？還是只是恒王妃的一廂情願？可這些話即便是面對他，她也問不出口，她用什麼立場問？她和他又是什麼關係？細細追究，他還是她的救命恩人，沒有他出手相救，她早已墮入難以想像的地獄。

眼淚簌簌落下，她怨，難道就只有一條給人做小的出路？擁著褥子悶聲狠狠嗚咽了幾下，卻又覺得自己這樣不值。

譚娘子隔天笑盈盈地把黃家嫁女兒的帖子送到姚姒面前。「昨兒個給黃太太送分例銀子，我也就隨口那麼一提姑娘上京的事，那黃太太是個有心的，便說了嫁女兒那天，也叫兩位姑娘去府上坐坐。」

姚姒把帖子打開一瞧，原來是兵部給事中黃太太下的帖子，黃家姑娘出閣，這月二十二是正日子。她屈指算算，只有八、九日了，若是尋常兩家交往，必定不會這樣趕急，又一想，如今她的身分不一樣，區區商賈人家，難得黃太太順口這麼一說，也難為譚娘子了。

她把帖子合上，倒也不覺得難過，笑了笑，問譚娘子。「可知道黃家姑娘嫁的是哪一家？這樣的喜事是要去沾些喜氣的，到時候少不得還要師傅帶著我和姊姊去，該送些什麼給黃家小姐添妝、那日該說什麼、忌諱些什麼，都少不了要麻煩妳指點些了。」

譚娘子瞧她面上一派風平浪靜，想著她冰雪聰明，未必不明白，今兒這帖子只是黃太太隨口給的人情，她也不點破，歡歡喜喜應了聲。

「哪裡就要我來指點了，想必太太在時，必是手把手地教過兩位姑娘這些東西了。雖說這裡是京城，但人情來往大同小異，到哪兒都是差不離的，要注意的地方，不過是多看多聽謹言慎行，聽得多看得多了，也就能看出些門道來。」

姚似聽得極認真，曉得這是譚娘子在指點，前世今生，她幾乎沒踏入過這樣的交際圈子，但往後，只怕少不了要四處交際，左右奉迎。

譚娘子見她聽得仔細，心裡一鬆，感嘆她實在不容易，身上擔著那樣大的擔子，想想也替她揪心。「姑娘也不必一味小心，咱們一不搶二不偷，話說穿了，不過是和這些官太太們彼此交好，各得所利，各取所需，倒也犯不著低聲下氣。我知道姑娘心裡存著志氣，但此事非一朝一夕能成，咱們慢著來，待我帶姑娘把這裡頭的彎彎繞繞摸清楚了，往後便容易些了。」

這些話，非是貼心之人再不會說得這樣細緻。

姚似是真的感激她，她拉起譚娘子的手，臉上一片真誠。「這些年可難為妳了！」她嘆了口氣，臉上帶了絲堅毅。「開弓沒有回頭的箭，想一想遠在瓊州島的舅父、舅母和其他表兄妹們還在那樣的苦日子裡熬著，便覺得矮下身段來不算什麼難事，我既然想從她們身上得到好處，總得捨下些什麼。妳不必替我憂心，若連這樣的志氣都沒有，還談什麼後面要做的事情。」

譚娘子連聲道了幾個好字，拉著她的手，仔仔細細把這幾年在京中所知的一應事情都說給她聽。

第六十二章　勢利

姚姒拿著帖子給姚娡瞧，譚娘子今日來時，她正在理帳，故而是姚姒接待譚娘子。

姚娡瞧了那帖子一眼，對妹妹道：「還是妳去吧，我在家守著，一出去，總叫人心裡不大安心。」

姚姒打定主意要說服姊姊一起出門，卻是打著別的主意，京城這樣大，總會找到一家不嫌棄姊姊的人家，她的年紀已經耽擱不起了。

「那不成，咱們說好要重新開始的，現在不過是出門交際應酬，姊姊倒好了，只一味躲懶，這樣怎麼行？」說著，便故作嘆氣。「好吧，妳不去，那我也不去了，索性安安靜靜留在家裡，外頭發生什麼事，也不關咱們的事，再有昨兒個的事，也只當自己再小心些，總不會惹上不該惹的人而招禍上身。」

姚娡被妹妹的話撩撥了些氣性，她想到昨兒個那樣惶惶，就覺得不應該，若是她們在京城見識多了，也不至於對個婆子還心裡沒底氣。「罷了罷了，姊姊和妳一道去便是了。」這麼些年，都是妹妹護著她，她說過，往後要由她護著妹妹。

姚姒見姊姊改變心意，就往她身上撒嬌。「姊姊真好，這可怎麼著，我都捨不得把姊姊嫁出去了。」

姚姒不知這句話無意間觸動了姚娡紛亂的心，她忍著心中百般滋味，面上卻裝著一派風平浪靜。「那姊姊就真不嫁了，這輩子就守著妳。」

姚姒並未聽出她話裡的一絲決絕，說到嫁人，也勾起她無限的心事，一時間，姊妹倆都有些悵然。

姚姒和姚娡兩個心裡都存了事，卻都瞞著彼此，一個是不知道該怎麼和妹妹說，一個卻覺得不能讓姊姊擔心，恰好黃太太嫁女兒的事情，讓她們都找到事情做。

京城流行的衣裳首飾同彰州有許多不同，在彰州時，不過穿著些百褶襖裙，再在裙身上繡些花色或是折枝。而今姚姒在京中一瞧，京中女子衣著多華貴，光是裙幅就有二十四幅之多，便是那頭面首飾，也以點翠和鑲百寶居多，那死沈沈的純金頭面，再沒有幾個戴著的。

這樣一看，姚娡便要動針線，趕在赴宴前替自己和妹妹各做一身十八幅的裙子出來，看看只剩沒幾天了，於是帶著幾個丫頭房門都不出，一心專注在裁衣繡花上。

既然衣裳是由姊姊準備，那首飾頭面少不得姚姒來張羅了。把自己的妝盒打開來瞧，也不一味跟著京中的流行走，她從妝盒裡挑了對蟲草簪子，一對銀鑲珍珠頭花，左右她年紀還小，又不梳髻，有這幾樣東西簪在頭上也就是了；只是姊姊那邊卻不能湊合著，最後是叫譚娘子來幫著去銀樓那邊遞信，叫送些鑲寶的頭面首飾過來，她給姊姊挑了幾支金鑲寶簪子，並一副翡翠手鐲，那鐲子難得品相好，水透透又碧瑩瑩的，有了這些，想必也就能應付那日的宴席了。

到了二十二那日，譚娘子早早就過府來，瞧著亭亭玉立的姊妹倆，譚娘子不禁露出極滿意的神色。這也算是姚姒和姚姽第一次在京城交際圈子裡露面，姊妹兩個今日的打扮既莊重又不失柔麗，商賈人家的身分在那兒擺著，若是太過華麗，才叫不分輕重。

姚姒、姚姽及譚娘子三人到黃府時，不早也不晚，三人帶著幾個丫頭一下馬車，譚娘子便立在姚姒身邊，有意無意地就落後個半步。

主為尊，自然是走在前面，如今她是以茂德行的東家身分交際，譚娘子算是個管事娘子，自然要以姚姒為尊。姚姒伸手拍了拍譚娘子的手，示意領她這份情。

譚娘子卻似渾不在意地笑了笑。「平素混鬧，今兒卻不大一樣，兩位姑娘只管往前。」

姚姒知她說的是事實，便不好勉強。她一邊走一邊打量黃府的格局，是座二進宅子，看上去半新不舊的。曾聽譚娘子說過，黃夫人生了三子一女，三個兒子已經成親，如今是最小的女兒出閣，看這庭院不甚寬敞，倒也理解黃太太私下搭著茂德行做生意的舉動了。

迎客的是黃太太的大兒媳婦黃大奶奶，譚娘子經常出入黃府，自和黃大奶奶熟絡。

「好標緻的兩位姊兒，卻不知原來譚娘子還藏著兩個小美人兒。」黃大奶奶笑得極得體，眼神卻朝姚姒和姚姽身上瞟了幾眼，有意無意地便帶了幾分居高臨下的打量。

譚娘子忙笑道：「這是我家兩位東家小姐，才上京來的，只怕大奶奶還未識得。」說著便替姚姒和姚姽介紹。

姚姒和姚姽才朝黃大奶奶見禮，黃大奶奶便掩了嘴笑。「快快隨我來，今兒客人多，太太忙得只恨不得多長出幾雙腳來，只怕今兒是不得閒替兩位小姐引見太太了。」

這話就有幾分敷衍的味道，幾人隨黃大奶奶踏入花廳，姚姒和姚娡交換了個眼神，姚姒見姊姊臉上有了幾分慍色，她忙笑著回道：「黃太太貴人事忙，我們做小輩的萬不敢打擾，等以後黃太太得了閒，我和姊姊再行拜帖來給黃太太問安。」

黃大奶奶睃目過來，眼神就在姚姒身上停留了一瞬。「那敢情好，往後得了閒可一定要來，咱們太太最喜歡花兒一樣的小姑娘了。」

譚娘子上前挽了黃大奶奶的手。「不和妳客氣，往後還要來府上叨擾，知道妳今日忙，就不占著妳這大忙人，我和兩位小姐且先去給黃小姐添妝，也叫我們瞧瞧新娘子去。」

許是譚娘子和姚姒知情識趣，黃大奶奶端夠架子，使喚個小丫頭帶她們去黃小姐屋裡。姚姒和姚娡給黃小姐各添了一支珍珠鑲寶的頭花添妝，黃小姐屋裡鬧哄哄的，十幾個姑娘擠在屋裡笑鬧，姚姒不過略說了幾句吉祥話，便和譚娘子及姚娡出來了，小丫頭就領著她們又回到待客的花廳。

才不過一會兒，花廳裡又坐了些人，小丫頭卻引著她們往靠門口的地方安了座。看著黃大奶奶像花蝴蝶似的周旋在各個太太奶奶們之間，姚姒和譚娘子笑著對望一眼，譚娘子唇邊若有似無地苦笑了一下。

商人地位低下，尤其在這貴人雲集的京城之地，姚姒的眉角都沒曾動過一下。

這還只是剛開頭，往後只怕還有想不到的冷眼，她抿了口杯中的茶，不動聲色打量起花廳裡的太太奶奶們，望一處便問一句譚娘子，有那不知道的，便把人記在心裡，不過一會兒，便把花廳裡的人臉記了個七八分。

花廳裡人多，各人身上的胭脂花粉味混在一起，姚姑聞了掩帕子有些不喜，她瞧了瞧外頭的幾樹老梅花，臉上就有幾分意動。

適才黃大奶奶那樣的輕慢行徑，她想到還有些鬱氣，便是恒王也沒有這樣瞧不起人過，這黃大奶奶實在是個看菜下碟的主兒。

姚姒一心二用，瞧姊姊半掩帕子微蹙眉頭，曉得她只怕是不高興，她往姊姊身邊挨過去。「屋裡有些悶，要不姊姊陪我出去在廊下站站醒醒神？」

譚娘子很識趣，指了指外頭的老梅樹笑道：「現在離開席還早，兩位小姐且在廊下看梅花也好，適才我瞧著有相熟的人，也好上前去打個招呼。」

姚姒便起身，海棠和采芙給她們披上披風，兩姊妹手挽手就步出門檻。

天兒冷，屋裡暖烘烘的，一出到外頭，冷風迎面颳過來，頓時叫人一陣醒神。

姚姒扶了姚姑，兩人沿著走廊略走了幾步，見附近無人，她輕輕嘆了口氣，替姊姊攏了攏披風。「若姊姊實在不喜歡，以後遇到這樣的人家，再不叫姊姊來了。」

姚姑憐愛地看了看妹妹，把她的手捂在自己袖子裡，笑了笑。「倒也不是喜不喜歡，這世上就有那樣的人，長著一雙勢利眼，我、我只是一時轉不過來。」

姚姒心中一酸，說要重來，談何容易？她自己矮下身來逢迎，可私心裡卻不希望姚姑也成為她這樣的人，她朝姊姊柔柔地笑了笑。「姊姊這樣就很好，永遠保持著一顆本心，其他的就由我去做。」

「難為妳了，也不知道咱們能不能有見到姜家平反的那一天，即使不能成為妳的助力，卻也不能成了妳的拖累，似姊兒，給姊姊一些時間。」

姊妹倆有這麼一番交談，就都有些不一樣，兩人回了花廳才要坐下，就聽見外頭一片歡聲笑語，幾個穿著體面的丫鬟走在前頭，只見一名穿著喜慶的中年婦人神色很恭敬地擁了名年輕婦人進屋，那婦人二十七、八的年紀，通身的氣度卻壓過屋內所有的太太奶奶們。

姚似正不知道這是何人，卻聽人驚呼。「什麼風把定國公府的世子夫人給吹來了！」

姚似難掩面上的驚異，朝海棠瞥了眼，海棠卻點了點頭。

她下意識就微垂了頭，把身子半隱在人群裡頭，她不明白自己為何這樣驚惶，彷彿一下子失了魂般，好半天才微微回神，隨即一哂，暗道自己就這點能耐？世子夫人未必就是來堵她的，這會兒還不知道她的意圖，她怎能慌神。

世子夫人的到來，使得原本就熱鬧的花廳更加嘈雜了。

要知道定國公府的女眷向來低調，一向只在京城頂尖的名門圈裡走動一二，加上定國公府一個小姐也無，就算要與定國公府攀交情，也是十分不易。

如今黃太太獨得了這份殊榮，在座的這些太太奶奶們又怎麼不眼熱。

有人竊竊私語起來。「聽說定國公府還有好幾個公子不曾訂親，嫡出的且別說，幾位庶出的公子都到了年紀……」

姚姒坐得剛好離這說話的婦人不遠，聽了個開頭，睃目往別處一瞧，旁的也是三三兩兩作堆，或笑或私語。

「……那樣的人家，依咱們這些家勢，配個庶出的正合適，定國公府幾十年來聖寵不衰，兒郎都有出息，將來又能分家出來單過……」

「說是單過，那樣一個大家族，真有些什麼事，還不是本家出面擔？再說，單過也有單過的好，姑娘嫁了人，不用在婆婆面前立規矩，不過幾年便能自己當家作主，就算是個庶子，我也願意姑娘嫁到這樣的人家去……」

姚姒不尷不尬地聽著，她沒想到定國公世子夫人這一來，倒叫這些太太奶奶們起了心思，原本躁亂的心竟慢慢平息下來。

姚姮自然也把這些話聽到耳裡，她笑著朝妹妹眨了眨眼，臉上帶著幾分促狹，湊到妹妹耳邊一陣咬耳朵。「沒想到定國公府的公子們這樣吃香，太太奶奶們都想要那樣的好女婿，這還只是庶出的幾個，真要是那位出現在這裡，我們姒姊兒可該怎麼辦？」

如今可好了，連姊姊都來打趣她，這些個長舌的太太奶奶們，就不能小聲些！姚姒哪裡還能再聽下去，喚了海棠，便起身說要去更衣。

出了花廳，姚姒扶著海棠的手深深吐了口氣，沿著甬道慢慢走，覷著左右無人，便立在花牆下，她到底還是叫那些個長舌婦人給撩撥起來了。「底下幾個弟弟都開始議親了，他為何這些年都沒動靜？」這話一出口頓時又後悔起來。

那樣精明的人兒，偏偏一遇到五爺就慌了神，海棠掩嘴一笑。「姑娘又想些有的沒的了，明明知道五爺的心在哪兒，何苦這樣患得患失。」

姚姒叫人說破心事，臉上有了幾分不自在，瞅了海棠一眼，自己也覺得輕浮了，扯了片光禿禿的樹枝，臉上就攏了些輕愁。「世子夫人今兒來，確實叫我亂了心，越是在乎就越是患得患失。」那枯枝叫她一折，「啪」一聲就斷成兩半。

「自古門第是道鴻溝，叫多少有情人難成眷屬。五哥有多難，又替我和他兜了多少煩心事，從前不知，今兒卻是真切感受到了。若我和五哥有一日就像這樹枝一樣，因為種種原因被折成兩半，我必不會怨恨他。」

海棠大驚，急忙把她手上的枯枝扔得遠遠的，「呸」了聲。「姑娘怎地就對五爺沒一絲信心，五爺年前就會回京，到時必定會跟國公夫人把親事說明。就算夫人不同意，上頭還有定國公爺、老夫人呢。」說完，便拉著她出了牆邊。

海棠的話無意中透露出的一、兩句，叫姚姒坐實心中的猜想。

世子夫人這樣私下相看，她早就覺得不大正常，原來一切只因定國公夫人心中有更好的兒媳婦人選。她姚姒，在這權貴雲集的京城，什麼也不是。

趙斾該有多難，從前她還那樣傷他的心，著實不該。心中升起的卑微與徬徨就漸漸熄了下去，不管有多難，她一定不能有任何動搖。

想到趙旆，哪裡知道思念就像水草一樣瘋纏起來，她喃喃幾聲。「也不知道有沒有好好換藥，是不是一忙起來就顧不上吃飯，他又是個不聽下頭人勸的，也不知道這會兒人是在月兒港，還是又上了船……」

可真是一會兒東一會兒西的，虧得平日那樣鎮得住人。海棠笑得歡了，回道：「就該這樣才好，那詩裡頭不是寫著『心有靈犀一點通』嘛，說不定五爺這會兒指不定怎麼念著姑娘呢。這天大的事還有高個子的五爺頂著，塌不下來的。」

海棠服侍她久了，嘴上就越是隨興，打趣起來簡直口無遮攔。

姚姒被這話堵得啞口無言，這丫頭可真是什麼話都敢說。

什麼叫做心有靈犀一點通？腦子裡一想到這話裡的綺思，羞意就上了臉，到底還是覺得不好意思，扭了頭佯裝沒事。「走吧，也該回去了，不然姊姊見不到該著急了。」

海棠叫她這欲遮還掩的一番情態弄得很想笑，到底不敢太過放肆，只那雙眼睛裡的歡快止都止不住。

姚姒這一回到花廳，卻瞧出些不一樣，原來都在黃小姐屋子裡說話的小姐們都移到了花廳，臉上含了幾分殷殷期盼，有些索性兩、三個結伴坐在一處，扮著矜持的模樣。

姚娡朝姚姒睃了一眼，等妹妹一坐下來，她湊過臉假裝替妹妹撫衣裳上並不存在的皺褶，用兩人能聽到的話聲告訴妹妹。「適才妳不在，黃大奶奶把娘家的妹妹引見給世子夫人，聽說世子夫人給了一只玉牌做見面禮。這不，在座的太太奶奶們可都急上了。」

姚姒眼不斜地端坐著，不過對姊姊一笑。幸虧她想開了，這會兒也不覺得對著世子夫人有多慌亂，醜媳婦終歸是要見公婆的，要瞧就給人瞧吧，大大方方的。

世間最美好的事情，莫過於兩情相悅。她喜歡趙斾，趙斾這樣努力，她也不能扯他後腿。再怎麼著，她一沒偷二沒搶三不失禮，自己不能先慌亂起來。

果然她才坐下沒多久，世子夫人就被黃太太和兒媳擁了出來。花廳裡最頭等的席位早已整理出來，曾氏面上一如剛才進來的那樣端方中帶著些矜持，微笑著和黃太太一起坐下來。

姚姒遠遠坐在門口，那邊說什麼也難聽得清楚，不過卻看到陸續有太太奶奶們上前去和世子夫人說話，小輩的姑娘們也給世子夫人問安。

曾氏並未有半分不耐，和各家太太奶奶們多有交談，她言語客氣隨和，矜貴之氣並不叫人覺得張揚，反而心悅誠服，對上前給她見禮的小姐都有見面禮，再問了一、兩句話，那家的太太立即笑得合不攏嘴。

在座的太太奶奶們見機不可失，索性幾個眼色一打。

世子夫人的意圖這樣明顯，再不動起來便是傻子。因此各帶了自家姑娘來的太太奶奶們就像約好了似的，世子夫人才一誇哪家姑娘水靈，下一家的太太便使出渾身解數上前逢迎起來。不過兩刻鐘，花廳裡的姑娘們都得了世子夫人的誇獎和見面禮。

那邊一派熱熱鬧鬧的，唯姚姒這桌冷冷清清，異樣突兀。

第六十三章 疼痛

姚姒這會兒還看不出來世子夫人的用意，那就白活一世了。

這樣大的陣仗，無非就是做給自己瞧，身分地位擺在那兒，定國公府是什麼樣的人家，僅從這裡就可略見一斑，她僅僅是往那兒一坐，多的是家世清白人品不俗的人家上趕著往上撲。

姚姒並非不心酸，可也不覺得世子夫人的舉動令人懊惱。

換作是誰，也會百般試探猜忌，畢竟這世上攀龍附鳳的人太多了，她姚姒憑什麼能獲得趙旆青眼？可明白歸明白，這會兒卻也尷尬，這花廳裡的小姐們都去給世子夫人見了禮，若自己不去，倒顯得自己與眾不同，有故作姿態之嫌，可若是往那邊湊，又不免讓人覺得心有攀附之意。

怎樣都是難，姚姒自嘲地笑了笑，看來世子夫人並非像海棠說的那樣是幫著趙旆的，這樣的示威再明確不過，分明是告訴她，若是識相，自然知道該怎麼做。

姚娡剛才還抱著看戲的心態，哪裡想到事情一下子演變成這樣，她再愚鈍，也察覺出異樣。她往世子夫人那邊瞅了眼，只見世子夫人跟前圍著一群人，個個有說有笑的，世子夫人被眾星捧月般圍在中間，越發襯出她和妹妹這桌的冷清。

她和譚娘子對視一眼，就向姚姒討主意。「姒姊兒，要不咱們還是去世子夫人跟前露個臉，姊姊帶頭，妳跟在我後面。」

姚姒這會兒反而意志堅定，心中也平靜下來，朝姊姊笑了笑。「咱們就不去湊那熱鬧了，黃太太是主人家，主人家沒發話，咱們不去給人見禮也不算失禮。」

姚姑聽她這樣說，只得作罷，又往世子夫人那邊覷了幾眼，心想也是這個理，如今她們算是一無所有，可唯有一身的骨氣不能丟。

世子夫人雖然在和人說話，可眼神卻飄向門口。

她等了又等，卻仍不見那兩個姑娘上前來，心裡倒有些高看。可這還不夠，還得再試探試探才行。

曾氏念頭一起，就狀似無意地和黃太太指了指姚姒這邊。「那兩位姑娘不知道是哪家的小姐，倒是有些眼生。」她話兒一說，眉頭卻微微皺了一下。

黃太太順著曾氏的眼色望過去，連忙笑著解釋。「不怪世子夫人覺得眼生，今兒人來得太多，便是我也不大認得齊全。」說完，忙向兒媳婦使了個眼色。

黃大奶奶覷了眼世子夫人的神情，心裡有些怨氣，世子夫人身分尊貴，誰見到不是上趕著巴結？那兩個倒好，如今世子夫人這樣問起來，倒像是他們主家失了禮數似的，她心裡這樣想，臉上卻言笑晏晏地替自己解圍。

「都是我的不是，勞世子夫人這樣詢問，倒是她們失禮了，小地方來的，沒多少見識，夫人若想見一見，我這就帶她們過來給夫人問安。」

黃大奶奶這話也就是客套一下，哪裡知道曾氏聞言卻點了點頭。「適才進來時，我就覺得那兩位姑娘不大一樣，大的那個瞧著便是個溫柔知禮的，小的那個雖說年紀不大，看著卻很沈穩內斂，兩位姑娘都極合眼緣。」

黃太太便出來打圓場。「唉呀，這是這兩個丫頭的造化了，哪承想她們入了您的青眼。」說完便吩咐媳婦親自去請人。

黃大奶奶聽到婆婆這樣吩咐，哪敢耽擱片刻，應了聲，折身就去請人。

「也是妳們有造化，沒承想竟然入了世子夫人的眼，快快隨我去和世子夫人見禮。」

黃大奶奶急行幾步就到了姚姒桌前，見她姊妹倆神情俱是一愣，黃大奶奶臉上便有些不屑，瞧著小家子氣的，商賈人家就是上不得檯面。

她眉頭一皺，有些不耐。「快快快，可別傻坐著，怎麼這麼點見識也沒？豈能由著世子夫人等妳們？」

姚姒和姚娡兩人苦笑了一下，只得起身跟在黃大奶奶身後。

等到了曾氏跟前，姚姒和姚娡給曾氏和黃太太行過禮，黃太太便給了兩個荷包當作見面禮，嘴上讚道：「怪不得世子夫人頭一眼便注意到了，瞧這水靈靈的鮮嫩模樣，竟是不比這屋裡的姑娘差了去。」

黃太太此言本是揣度著曾氏的心思而說，卻哪裡知道她這話一出，頓時激起千層浪來，當即便有人把不忿明明白白寫在臉上。

黃太太也機靈，頓時後悔自己說錯話，她急中生智，忙補救道：「我瞧著這姊妹倆，姊姊溫柔貞靜，妹妹沈穩知禮，還是世子夫人目光如炬。」

曾氏早在她姊妹倆跟著黃大奶奶上前行禮時，便不動聲色把人打量了一遍。姊妹兩個生得不大像，大的那個一張鵝蛋臉，眉如墨畫，唇若點櫻，一身寶藍色繡折枝紅梅褙子，繫著條薑黃色十八幅金線闌邊裙，既沒有小地方來的小家子氣，也沒京城閨秀身上的張揚。曾氏在心裡讚了聲，實在是個不折不扣的美人。

姊姊生得這樣出眾，曾氏的目光卻只停留一瞬，便轉向妹妹。

看著面前素淨的一張臉，心中一嘆，不可否認，若是再大些，只怕容色更在她姊姊之上。曾氏挪過眼，她越看越驚訝，這姑娘身上有股很獨特的氣質，反而容易叫人忽略她的長相。她心裡就帶了幾分挑剔，再一細瞧，便發現她有一雙很漂亮的眼睛，可那眼神卻如古井沈波，深邃得叫人一眼難以望穿。

這樣年紀的姑娘，按說不該有那樣的眼神。思及此，曾氏便有片刻的失神，趙旆看上的姑娘，果然很特別。

「哪裡是我眼光好，是兩位小姐確實生得好看。」她笑盈盈地就把自己手上戴著的兩只碧綠手鐲褪下來，往姚姒和姚娡手上套。「也算我和妳們有緣，這個且拿去戴著玩。」

屋裡頓時一陣抽氣聲，在座的姑娘們，曾氏給的見面禮都是她身後丫鬟給的，眾人心裡都明白，這是出門應酬時早就準備好的東西，可這姊妹倆卻是曾氏親自褪下自己戴的東西，意義不一樣，如何叫人不吃驚。

姚姒二人連忙把手上的玉鐲褪下來，這樣貴重的東西，哪裡敢要。

姚姮瞧一眼妹妹，看到她對自己輕輕搖了搖頭，便把玉鐲捧到手上。「實在不敢要世子夫人這樣貴重的東西，我和妹妹不過才上京，適才有失禮處，還望世子夫人莫要見怪。」

姚姒曉得這個時候，確實不宜自己出頭，便跟著姊姊一道，也把東西捧在手上，一副受之有愧的樣子。

曾氏便朝黃太太嗔笑。「莫非我的東西上頭有刺，瞧瞧把這姊兒兩個鬧的。」

黃太太知情識趣，轉頭就朝她們笑了笑。

「這是夫人看得起妳們，可莫要再推了。」

心裡卻詫異萬分，她睃了一眼花廳，眾人臉上各自精采的表情都落在眼裡，世子夫人這到底是在抬舉這兩個姑娘，還是有別的想頭？

都這樣說了，再推辭便是不識大體，姚姒兩人只得把這厚禮收下來。

接下來坐席，姚姒和姚姮自然被安排和年紀相仿的姑娘們一起，一桌八位姑娘，姚姒和姚姮便被這些姑娘有意無意地排擠在外。丫鬟站在後邊布菜，也不知是不用心還是有心讓她們姊妹難堪，席才坐了一半，兩人的衣裳便叫這些丫鬟弄上了菜漬。

姑娘們言語上的排擠、丫鬟們的輕慢、太太們的勢利，這就是姚姮今兒一天的感受。

回程時，她坐在馬車上，望著妹妹無動於衷的表情，她摸了摸手上曾氏給的玉鐲，心裡止不住一陣陣的疼。

曾氏不過幾句話的工夫，就能引起一片無聲的撻伐。將來，妹妹該是如何艱難……

黃府一行，姚姒和姚姞很有默契地再沒有提起過什麼。

於姚姞來說，心裡又添了一重心事，旁人待她們姊妹的冷遇不算什麼，可定國公世子夫人的態度卻很令她憂心。

偏偏瞧著妹妹一副不放在心上的樣子，她幾番想出口問她和趙旆是怎麼個打算，話到嘴邊，到底還是嚥了下去。她若真問出了口，豈不是令妹妹難堪？

姚姒很感激姊姊的體貼，她和趙旆的事又哪裡是三言兩語可說得清的，索性閉口不提，其實除開這件事，真正令她憂心的卻是另外的事。

從黃府回來，她的心情就很沈重，從前她的想法是，只要慢慢接近那些曾經與姜家案子有牽連的人家，總會找到些蛛絲馬跡。她也做好了心理準備，交際應酬時，即便受再大的委屈也能忍得住。可當真正踏入那個圈子，才發現一切和想像的相差甚遠。

她的身分擺在那裡，那些個官家太太奶奶們面上說得再漂亮，也難同她交心。她光想到得花上無數心力和時間周旋在這些婦人之間，最後得到的卻是很有限，內心就湧上一陣陣無力感。

可是若不這麼做，還能有什麼法子可想？若她否認自己，那她從前安排譚吉夫婦到京城來經營這些年，豈不都白費了心力？可她轉頭又安慰自己，姜家的案子牽連得那樣廣，裡頭涉及的人事只多不少。只要她有心，不拘從哪一家打開一個缺口，後面的事情她才有方向使力。

譚娘子隔了兩、三天後，陸續又接到幾張帖子。

那日姚姒姊妹在黃太太家受到的一應冷遇還歷歷在目，因此這幾張帖子就有些燙手。她到底沒敢耽擱，心裡卻不無忐忑，拿了帖子就往姚姒這裡來。

天兒越來越冷，才下過一場雪，譚娘子搓著手進了屋，姚姒便笑著迎上來。兩人邊說邊進屋，屋裡燒著炕，又擺了炭盆，譚娘子進來便把披風脫了，姚姒遞給她一個小手爐。譚娘子身上暖和過來，從袖袋裡拿出幾張顏色不一的帖子朝她遞過去。「這兩日陸陸續續又收到些帖子，就趕緊給小姐送來了。」

見屋裡沒人在，譚娘子邊說邊覷了眼她的臉色，斟酌道：「若是小姐不願意，也不要勉強。小姐若信得過我，只管交代我去辦，若再來一回前兒的事，只怕我再無顏見小姐了。」

「說這些做甚，哪裡就那樣禁不起了。」姚姒翻開帖子看了看，都是些和譚吉有關係的人家。

她合上帖子，正色道：「妳不必介懷那天的事情，從我安排你們到京城來，便是在為著今日鋪路。」

她嘆了口氣，提壺給譚娘子倒了杯茶，有些推心置腹。「那天回來後，其實我也曾動搖過，倒不是為了受這些委屈而難過，我就是害怕，怕這些功夫都是些無用功，也累得你們跟著我受苦；可我更害怕什麼也不做，只要一想到遠在瓊州島的姜家，可能正受著難以承受的苦難，我就不允許自己害怕。」

譚娘子叫她這番話勾惹出無限惆悵，便勸道：「若實在不行，便去請趙公子幫忙，姑娘也別把自己逼得太狠了，咱們慢慢來。」

姚姒搖頭。「五哥有五哥的難處，若能幫得上忙，他是一定不會推託的，只是這件事太複雜，我一時半會兒也不知怎麼同妳說。姜家的事情，只能由我們這樣在私底下暗著來。」

她到底沒把話說明白，這件事不過是帝王的一點私心，為了保全一個兒子而冤枉了一個耿直的臣子。若是趙旆有什麼動作，頭一個不饒的便是皇帝。

屋外，姚娡定定立在厚布簾子下，一片怔忡的神情，她從來不知道，妹妹心裡竟然藏了這樣多的事情，而她這個做姊姊的，何曾為妹妹分擔過半分？

進了冬月後，姚姒越發忙碌起來，她再沒有讓姚娡跟著她一起出去應酬。姚娡也明白，若是自己跟著妹妹一起，只怕妹妹會放不開手腳。與其這樣，她索性把家事都接手過來，又主動將采菱和紅櫻的婚事也一併攬過來。

紅櫻的嫁妝先前陸陸續續置辦了一些頭面首飾和布料，姚娡接手後，便和焦嫂子及蘭嬤嬤出了幾趟門，直到走了大半個京城，才把東西置辦得七七八八。

姚娡出門要麼是蘭嬤嬤、要麼是焦嫂子作陪，可是她再想不到，不過是出去了幾趟，便叫有心人給惦記上了……

第六十四章 側妃

姚姑從喜餅鋪裡出來時，才申初過一刻鐘，天兒早早就陰沈下來，馬車行經一條小胡同時，竟被一群不明來路的人攔了路。靠牆根下，立著個極年輕的緋衣公子，手裡拿著把摺扇，臉上卻涎著不懷好意的笑，他身後立著七、八個看著就凶悍的家丁。

蘭嬤嬤嚇了一大跳，姚姑覺得有異，打起簾子往外一看，也懵了。「這是……？」

蘭嬤嬤畢竟是經過些事的，看那緋衣公子一臉邪氣，驚駭之下急忙把手一甩，簾子便遮住姚姑的臉。

「姑娘，只怕是要壞事了。」蘭嬤嬤嚇得一臉的汗，才說了這麼一句，外邊便傳來那車夫的慘叫聲。

姚姑氣急，顧不得蘭嬤嬤死命攔著，一把掀了簾子，連面紗都忘了戴上便跳下車，朝那緋衣公子喝道：「你們是什麼人？半道上不分青紅皂白抓了我的車夫一頓打，還有王法嗎？你們還不住手！」

「小美人，還道妳要一直躲在車裡，得要爺請妳出來才行，沒承想是個辣性的，我喜歡。」緋衣公子話兒一出，便是這副痞相，令姚姑氣得渾身發抖。

看美人柳眉倒豎，怒不可遏地脹紅著一張臉，也是難得的好風景。

緋衣公子幾個跨步便行到馬車前，隔得近了看美人，果真是這幾日讓自己想得撓心撓肺的美人。「爺惦記妳好些日子了，今兒總算有緣與小姐一見。」話音才落，他的扇子便抵住姚姑的臉，要多輕佻便有多輕佻。

蘭嬤嬤捨了老命一把打掉扇子，把姚姑護在自己身後，便大聲喊道：「你這賊子，光天化日之下便敢調戲良家女子，還有沒有王法？你們再不住手，我便要喊人了！」

緋衣公子嗤了聲。「妳個老婆子，恁地聒噪！」說完，便打了個手勢，立時就有兩個小廝上前把蘭嬤嬤制住，又不知從哪裡掏出來一團烏漆墨黑的布團，就把蘭嬤嬤的嘴堵上，可憐蘭嬤嬤一邊掙扎一邊叫，只餘得幾聲嗚嗚聲在風中迴響。

那緋衣公子欺上前，將將抵到姚姑跟前，眼中淫光漸盛，拿手極輕佻地就往姚姑臉上摸來。

姚姑哪能叫這登徒子得逞，急退到馬車邊，背脊抵住車壁，冷汗直流，嚇得魂兒都沒了一半。「你是何人？我們從未見過面，你……你是不是認錯人了？」

「錯不了，那日在黃府，小爺一眼便瞧上了妳，這幾日小爺早早就把妳的底給摸透了。小美人，妳就乖乖從了小爺吧。」

姚姑眼看他就要朝自己撲上來，嚇得面無血色，一陣尖叫，閉了眼拔起頭上的金簪就朝這賊人刺去……

只是金簪並沒有穿透賊人的皮肉，她就像是對著空氣胡亂揮舞了一陣，漸漸感覺到有些不對勁。

她不敢置信，急急睜開雙眼，便見適才還活蹦亂跳的小廝們一個個都躺在地上，而那個登徒子，嘴裡被人拿了塞蘭嬤嬤的那團布死死塞著，雙手雙腳呈詭異的外八形倚在牆角上。

「姑娘受驚了！」打頭的一個高壯男子朝她走來，便對停在幾步外的馬車指了指。「姑娘且上那輛馬車，主子在裡邊等著姑娘。」

姚姑狠狠抹了把眼淚，這才看清站著的男子竟然是恒王的護衛，她緩了半晌，才顫抖著走向那輛毫不起眼的馬車。

姚姑上了馬車，看到恒王冷峻著一張臉，那眼神既深邃又冰冷，她不禁抱著雙肩背抵著馬車壁，呆呆愣愣地咬著唇一聲不吭，可身體卻抖得如風中落葉。

恒王心裡悶著一團火，想到她一直未曾給劉氏答覆，這些天來就莫名氣惱煩躁，剛才下人報上來，說她被人堵在這兒，他立時就丟下一干幕僚，心急火燎地趕了來。所幸，沒來晚了，當他看到她手裡持著金簪狀似瘋魔的樣子，那團火忽地就熄得無影無蹤。

他不過是在端著樣子，叫她知道這世道險惡，叫她明白這世上唯有他能保護她，可瞧瞧她現在這麼可憐的模樣，他再也端不下去，一把將她抱在懷中。「若是我趕不來，妳會怎樣？怎地那樣叫人不省心……」一邊低語，一邊緊緊把她箍在胸前，彷彿這樣就能安撫她的驚嚇。

姚姞的眼淚頓時就像決堤的洪水般止也止不住，無邊的委屈蔓延開來，她死緊地攬住他的腰，就像攀上唯一的浮木，哭得撕心裂肺……

姚似黃昏時一臉疲憊地回到屋子，就見焦嫂子焦急地上前道：「二小姐，大小姐今兒出去一整天了，這個點了還沒有歸家，奴婢實在擔心。」

姚似今兒被人勸著喝了點果子酒，腦子還在暈著，聽到焦嫂子這樣一說，頓時額頭一陣陣抽痛。「姊姊今兒幾時出門的？是去了哪裡？身邊何人陪著？」

焦嫂子連忙回道：「只有蘭嬤嬤一個陪著，好似聽大小姐說要去喜鋪店買喜餅，車夫是張四，奴婢適才已經打發人去喜鋪問了信兒，那邊回說大小姐是申時初出了鋪子，後來奴婢沿著那條路叫長生著人去找，長生剛才回來一趟，也是沒找著人。小姐，大小姐不見了！」

姚似聞言，眼前是一陣陣地冒金星。

姚姞才上京城，一個人都不認識，就算出門，也一定會在黃昏前歸家，她第一時間便意識到，姊姊肯定是出事了。

「快去叫人把張叔和貞娘找來，再給譚娘子那處送信，把能叫上的人都叫上，全部出去找人！」她疾聲吩咐起來，一把拿起才剛掛在衣架上的斗篷，就往正堂去……

姚姞這晚沒有歸家，姚似帶著人冒著寒風找了大半夜，因為京城宵禁，半夜裡人都回來了，可每個人的神情都不好看。

姚姒無奈，只得叫所有人都回屋去歇著。

她不敢去想，一個妙齡女子就這麼憑空失蹤了？等人一離開，她再也撐不住而低泣起來，若是姊姊有個萬一，她怎麼活得下去？

這一晚姚姒眼睜睜坐著等到天亮，一大早張順便敲了屋門，紅櫻去開了門，張順垂著頭稟道：「若今兒再沒有大小姐的消息，小的便去發懸賞銀子給道上的人，不管怎麼樣，小的都要找到大小姐。」

姚姒自然聽明白張順話裡的意思，姚娡這樣一來，便再無名聲可言，可她如今也管不得了。

張順略一抬眸，便瞧見她一雙紅腫的眼睛襯著青白的面色，才一夜間，姚姒便似一朵凋謝的花兒，再也沒有了往日的鮮活。

張順未再多說什麼，轉頭便出了屋子，行至院中時，他狠狠地朝著院子裡那株樹幹捶了下去……

第二天姚姒和譚娘子、貞娘等人又找了一天，依然沒有半點線索，姚姒的心裡越來越絕望。

雁過留聲，事情發生過都會有些擦不掉的痕跡，可三個活生生的人像憑空消失一樣，說不見就不見了，這件事怎麼瞧著都不太正常，可她又想不通，她和姚娡才上京城，哪裡能得罪什麼人？

海棠悄悄回了趟定國公府，第三天的時候，就有人給她送了口信，回了屋就往姚姒那頭報。「姑娘，奴婢瞞著您回了趟定國公府，並且找了世子爺，剛才有人給奴婢送來口信，來人只說大姑娘如今一切安好，旁的再沒多說。」

姚姒這會兒哪裡還有工夫跟海棠計較她私自回定國公府求援的事，聽她說有了姚姞的消息時，三天來幾乎沒合眼的她立即抓住海棠問道：「這是真的嗎？那姊姊如今在哪裡？」

海棠卻搖了搖頭，這消息也是定國公府花了快兩天的時間才打探出來的，定國公府不把姚姞的行蹤告訴她，肯定有他們的考量。

「奴婢敢說，定國公府的消息來源絕對可靠。姑娘您仔細想想，大姑娘在京城還有識得誰？能讓定國公府如此忌憚而不肯將大姑娘的行蹤說出，那人的身分只怕不一般。」

姚姞還能與誰有牽扯？姚姒左思右想，一時腦子都想得亂了，海棠卻朝她伸出四根手指，令姚姒頓時驚駭萬分。

過了幾天，姚姒便從張順那裡得知，恒王要納側妃了。

恒王要納側妃的消息才送到姚姒這裡，恒王府便打發人進府。來的婆子是恒王妃身邊得用的向嬤嬤，向嬤嬤穿著很是體面，一張圓團團的臉笑得和氣。

姚姒迎了她在屋裡坐下，海棠上了茶，向嬤嬤不動聲色地打量了幾眼屋裡的擺設，叫姚姒猜不出她的來意。

向嬤嬤端了茶盞抿了一小口，就朝屋裡幾個丫鬟睃了幾眼。姚姒會意，揮手把丫鬟都打發出去，向嬤嬤便滿意地笑了。

「不是信不過姑娘身邊的人，今兒奴婢過來，是奉王妃娘娘的命，因此事關係重大，老奴不得不謹慎些。」

送個帖子需要恒王妃身邊得力的婆子親自來，姚姒的心慢慢沈了下去，憤怒、絕望、怨嘆還有自責，這些詞都不足以表達此時她內心的真實感覺。

她的手在袖子裡攥得緊緊的。「民女初到京城，實在想不出王妃娘娘找民女所為何事，我瞧嬤嬤是個爽快人，這裡也沒旁人，還請直說。」

向嬤嬤在心裡讚了聲，好個沈得住氣的丫頭！便笑道：「老奴也就不在姑娘跟前繞彎子了，姞姑娘如今確實在王府的別院裡。」

說著，便把三天前姚姞半路被人攔路的事情說了一遍。「姞姑娘受了一番驚嚇，殿下動了大怒，那襄陽侯家的庶孫被殿下的人折斷了手腳。這件事情是殿下吩咐下來，意思自然是不欲讓姑娘牽扯進來。是以直到今日宮裡發了明旨，將姞姑娘指給咱們殿下為側妃，王妃娘娘這才命奴婢來給姑娘說一聲。」

事情竟然是這樣的，姚姒不禁悔恨萬分，怪不得姊姊自回來後，總有幾分不對勁。她早該想到，恒王是個男人，姚姞那樣純真善良又涉世未深，在江南的幾個月，他二人朝夕相對，恒王雖全鬚全尾地把人帶回來，卻是個有心人，原來都應在了這裡。

姚姒一臉呆若木雞，向嬤嬤並不以為意。「姑姑娘在江南救了殿下，這也算是緣分。王妃娘娘寬厚賢慧，憐憫姑姑娘的出身，特地讓承恩公府大老爺認了姑姑娘做義女，皇后娘娘的懿旨是直接發到承恩公府那邊。」

向嬤嬤的話無疑又是一重打擊，姚姒再無心周旋下去，站起來就朝向嬤嬤福身。「恕民女失禮了，還請嬤嬤回去後幫民女向殿下和王妃娘娘討個恩典，無論如何讓我和姊姊見一次面。」

她言詞哀懇，向嬤嬤卻沒有一口就應下來。「姑娘放心，我一定會替姑娘把話帶到，只是王妃娘娘要張羅納側妃的一應事宜，這些日子是否得空，便是我也不知。」

姚姒心裡明白，大抵貴人們都喜歡玩感恩戴德的一套，她對向嬤嬤便深深道了個萬福。「那就一切都拜託嬤嬤了。」

向嬤嬤的表情就更和氣了，再坐得一會兒，便辭了出去。

姚姒一路送她到二門口，直到看向嬤嬤上了馬車駛出院子，她頓時肩頭一垮，雙手死緊地握住門把，手上的青筋一絡絡的，任誰勸都不鬆手。

兩天後，一頂小轎把姚姒抬進了承恩公府，姚姒下了轎，扶著海棠的手跟著個引路的嬤嬤七彎八拐地進了一座精巧院子，進了月洞門，姚姒便看見姚姑立在門前，正朝她笑著招手。

姚姒忽地不敢上前，近鄉情怯，才幾日不見，她便覺得姊姊有些不一樣了，她立在門前臺階上，梳了個墮髻，衣裳穠麗，美麗耀眼。

姚姒心中滿滿的酸澀，她多希望這時候與姊姊相見是坐在她們家中，丫頭們嘰嘰喳喳地說話，隔得老遠就能聞到廚房裡燉的佛跳牆味道……

姚姑看到妹妹來了，上前幾步便拉了她的手，眼淚明明在眼眶裡打轉，卻忍著不落下來。

姚姒輕輕喚了聲「姊姊」，心中有千言萬語，卻不知要說哪一句。

姚姑身後此時走出個中年嬤嬤，笑吟吟地上前對姚姑欠身。「天兒冷，側妃娘娘且和姑娘進屋說話去。」

姚姒才注意到這嬤嬤是個臉生的，可瞧她對姚姑恭恭敬敬的樣子，心裡卻詫異。姚姑便朝那嬤嬤頷首點頭，挽著妹妹進屋，一邊走一邊對妹妹道：「這是殿下給我的管事嬤嬤——春嬤嬤，蘭嬤嬤那日受傷扭著腰了，殿下便讓她暫時在別院裡養傷。」

姊妹倆並肩坐在炕上，春嬤嬤帶了幾個丫鬟上了茶水點心便退出一丈外。

姚姒曉得這是規矩，又見姚姑一個勁兒地勸她用些點心，又問她這些日子好不好，盡說些不痛不癢的話。

姚姒的眼淚這回沒忍住，她攬住姊姊的肩膀，伏在她肩頭無聲流淚。「姊姊，怎麼會成了這個樣子？都怨我，是我太粗心大意，是我害得姊姊變成這樣……」

姚婼見她這樣自責，掩下滿腹心酸。「傻妹妹，殿下待我極好，我這樣的出身，能得殿下厚愛，已經是幾世修來的福分了，妳該替姊姊高興！」

她摸了摸姚姒柔軟的青絲。「這樣也好，我知道妳自小便不要我操心，只是往後不能再和妳住在一起了，想來能夠見面的日子也不會很多，妳往後就一個人住在外頭，樣樣都要小心謹慎，若想姊姊了，便給姊姊送信。殿下說，若實在想妳得緊了，便讓我每隔一些時日，把妳接到王府裡小住些日子……」

「不要再說了！」姚姒哽咽著打斷姚婼絮叨的話，抬起眼一臉的淚痕。

她定定望著姊姊，那眼神彷彿要望到人心裡去。「妳跟我說實話，是不是恒王勉強妳的？只要妳說是，我總會想到法子，咱們就算將來亡命天涯，也不要妳活成這樣！」

「胡說些什麼！」姚婼急快地伸手掩住妹妹的嘴，又怕妹妹再說胡話，她別過臉去，臉上有了幾分嬌羞。

「殿下他……他對我真的很好，殿下是個君子，那日是我心甘情願的。」她彷彿怕妹妹不相信自己的話，垂了臉期期艾艾的，終是湊嘴在妹妹耳邊細聲道：「我已經是殿下的人了，不是殿下用強的，我、我是喜歡殿下的……」

姚姒如遭雷擊，仔仔細細地盯著她瞧了半晌。姚婼的臉像搽了胭脂一樣紅到耳根，曉得妹妹在打量她，十分不好意思，別過了臉，不知該怎麼辦好。

姚姒瞧著她的側臉，也不知道該說什麼才好。

兩人這樣乾坐著，都有些難為情，還是姚姒先釋然，輕輕拍了拍姚娡的手。

「姊姊是以側妃的身分入王府，那我回去後就給姊姊置些嫁妝吧，妹妹旁的不多，這銀子卻託了五哥的福，手頭上這些東西再是不缺的。」她幽幽嘆了一口氣。「冠了劉氏這個姓也好，往後姚家就算有事，也連累不到姊姊的頭上來。姊姊往後可一定要幸福，更要愛惜自己。也不要替我擔心，姊姊是知道我的本事的，再說我還有五哥，旁的人再難欺負到我頭上來。」

姚娡握緊妹妹的手，重重一點頭。

那些個輾轉反側的失眠夜裡，那樣多的糾結，其實都只因她發現自己愛上了那個男人，而那個男人卻不屬於她。許是老天見憐，替她作了選擇。

愛一個人總要有些犧牲，不管是為了內心的那點綺念，還是真的順水推舟，抑或是為了妹妹將來能有個高些的出身，如今都沒有回頭路可以走了。

她這輩子從此就依附在那個男人身上，是她的男人，卻也是別的女人的男人。殿下說，他喜歡她的純真良善，喜歡她沒有經過世俗紅塵的浸染，那她就做他一輩子的蓮花，守著本分的心，安安靜靜地愛他。

姊妹倆在屋裡說了不過半個時辰的話，春嬤嬤便來提醒。「姑娘，時候到了，宮裡的教導嬤嬤們已經來了。」

姚姒萬般不捨，卻也不得不和姊姊離別，和來時一樣，坐上小轎悄悄離去。

姚姒心裡苦悶難當，夜裡就給趙旆寫信，可是提起筆來，卻又有千重的怨懟，不知該從何說起，墨汁滴在鋪就的花箋上，最終她只寫了兩個字「想你」。

等到把書信發出去了，姚姒卻又後悔起來。那樣兩個字，不就是眼巴巴盼著人回來嗎？這也太直白了，想想就叫人羞得慌。

姚姑出了這麼大的事情，她身邊沒一個人可以商量，頭一個便是想到趙旆，但轉頭卻又思量，不能總是給他製造煩心事，好在只寫了那兩個字出去……

第六十五章　醉酒

恒王納側妃的日子定在臘月初六，眼看著剩下不到一個月的時間，姚姒只得打起精神來，她拿出一萬兩銀子，一應採買事項都交給貞娘和譚娘子去辦。而姜氏留下來的東西，姚姒除了把頭面首飾留下來以外，所有田莊、鋪子以及古董書畫，她全部列在給姚姑的嫁妝單子上，還準備了二萬兩銀票壓箱底。

姚姑的身分是側妃，王府裡上有王妃掌家，她只怕姚姑將來受委屈，因此給姚姑置辦嫁妝就要花些心思，既不能太耀眼，又不能寒酸了去，姚姒便要求貞娘儘量往實惠上頭考量。

手頭上既有銀子，也不怕買不到好東西，可陪嫁的人選卻是個問題。

姚姑身邊除了長生、采菱能擔些事外，餘下的采芙、蘭嬤嬤以及兩個小丫頭，竟是老的老小的小。這樣也不是辦法，姚姒便叫了牙婆來，挑了幾回，才挑了五個十三、四歲樣貌普通的丫鬟，一個會些藥理懂調養婦人身子的婆子，這樣算下來，陪嫁過去的人選也夠了。

冬月底，姚姒把采菱、紅櫻兩對新人的婚事熱熱鬧鬧地辦了，只是再怎麼熱鬧，姚姑不在這個家裡，姚姒心裡便空落落的。

貞娘和譚娘子辦事很妥當，曉得姚姑這樣的身分不宜招搖，因此一萬兩銀子置辦出來的嫁妝雖然看著只有三十六抬，可每抬箱子都是壓得滿滿的，手都插不進去。

姚姒又往承恩公府走了一趟，姊妹倆不過是匆匆會面，就算有千言萬語，當著滿屋的丫鬟婆子，也不知從何說起。她把嫁妝單子交給姚娡，那二萬兩銀票她用了個妝匣裝了親手遞給姊姊。

姚娡接過去時，她捏了捏姚娡的手，眼睛往妝匣上停留幾瞬，姚娡便曉得這妝匣裡另有乾坤。看著手上那長長的嫁妝單子，姚娡哽咽不成聲，心裡暗暗發誓，妹妹為她付出這樣多，將來就換她為妹妹撐起一切。

姚姒從承恩公府回去後沒幾天，那邊便打發人過來抬姚娡的嫁妝，前來的管事婆子倒十分客氣，姚姒便把長生夫妻及采菱這幾個陪嫁的丫鬟和婆子都交付給她。看著原本還塞得滿滿的院落一下子就空蕩蕩的，人也去了一半，她才真切意識到，姊姊再也回不來了。

數著日子一天天過去，到了初六那日一大早，姚姒便開始梳妝打扮起來，許是承恩公府見她這樣知情識趣，特地下了帖子接她那日去觀禮。事情到了這一步，所有的怨天尤人都不合時宜，唯有看著貴人的眼色行事，把一切都當成是恩賜，或許那樣才能保得姚娡暫時的安穩。

承恩公府雖是皇后娘家，可在皇帝心中並非特別看重，而今不過是發落一個義女給恒王做側妃，雖然側妃也是要上皇家的玉牒，可身分上還是做小，這樣的身分，還當不得那些貴人看重。是以姚姒到承恩公府時，便只見到寥寥賓客，丫鬟引了她去姚娡屋裡，她睃了一眼，姚娡的屋裡卻也還熱鬧，承恩公在面子上一向做得讓人無可挑剔。

「姒姊兒來了。」姚姑坐在喜床上，身上是一身薔薇色盤金繡嫁衣，頭上珠翠環繞，面上豔若芙蓉，看到她來，就打算起身來迎，卻叫一旁的春嬤嬤給按住了。

「姊姊坐著就好。」姚姒快步上前，笑著給姊姊道了喜。丫鬟端了個小錦墩來，她坐在姚姑身邊，抬眼仔仔細細地把她瞧了一遍，心中萬分不捨。

屋裡的人進進出出的，姚姒才剛坐下來，便有婆子上前道：「姑娘，該去辭別爹娘了，再過一會兒，王府那邊便來迎親。」

姚姒站起身來，到了這個時候，鼻子一酸，眼淚就傾瀉而出，她急忙別過臉，抬起寬大的衣袖拭了淚，再看過去，春嬤嬤已經替姊姊蓋起了粉色的蓋頭。

姚姒想上前去攙她，腳還沒邁出，便有兩個本家姑娘笑盈盈地扶起姚姑，她腳步一滯，只能眼睜睜看著一群女眷擁著姊姊離去。

這輩子唯一的姊姊出嫁，她卻不能送她一程，看著別人揹她上花轎，彷彿她們一點關係也沒有，這簡直要剮了她的心。

姚姒回去就有些懨懨的，晚飯也不曾動過幾筷子，也懶得洗漱，和衣歪在炕上，聽外頭風聲大作，更加襯得一室寂清。她忽然很想喝酒，人說一醉解千愁，她倒要嚐嚐這個愁是怎麼樣的解法。念頭一起，嘴上便已喚人進來，看到來人是海棠，便指使道：「去給我拿一罈梨花白來，妳姑娘我今兒冷得很，姊姊不在，倒是有這宗好處，沒人管，不用顧忌。」

海棠看她自暴自棄的，眼神閃爍了幾眼，卻還是應了聲，轉頭竟真給她拿了一罈梨花白來，食盒裡還有幾樣佐酒的小菜。海棠一樣樣把吃食和酒盅擺到炕几上，也不出聲勸，退下去時把門輕輕掩上。

姚姒自斟自酌，喝了三杯下肚，便已經有了醉意，不知什麼時候眼淚糊了一臉，她也不拿帕子拭，和著酒一口吞下，越喝越急，腦子便越發迷糊起來。

屋裡燒著炕，她索性解了外衣往地上一扔，就只著了件中衣，又往嘴裡倒了一盅酒。

趙旆攏了一身冷清進屋，打眼一瞧便看到心心念念的嬌人兒正歪在炕上，屋裡迎面撲來一陣暖香的酒氣，她臉兒醉得酡紅，叫燭火一映，嬌妍得像朵剛開的海棠。

他大步流星地行到炕前，伸手就把她手上的酒罈奪下來，一臉既心疼又惱恨的神情。果真是膽子大得沒邊了，一個姑娘家竟然喝光了一罈酒。

姚姒雖然醉得迷迷糊糊了，可自認腦子清醒得很，看到有人把酒罈搶了去，哪裡捨得放。這酒啊，可真是好東西，喝著喝著，就叫人只憶著那些美好記憶，確實能解千愁。她不鬆手，極寶貝地要把酒罈往懷裡抱，抬眼覷了下奪她東西的人，這一瞧卻是大吃一驚。

酒罈已經不重要了，這可真是醉得無邊了，竟然看到趙旆。她不敢置信，伸手就朝他臉上摸去，他的臉還帶著些外頭的冷清，她的手卻是熱熱的，貪他那冰涼的溫度，流連地在他臉上撫摸。

這個夢真好，她想他的時候，他就在她的夢裡出現。

他一把捉住她不安分的手，叫她這樣一撩撥，哪裡還能生得起氣來，胸腔裡像是著了一團火，往她五根青蔥似的手指上親了親，燭火下，她卻愣住了。

是了，五哥一向愛勾著她，就算在夢裡，也還是這樣大膽。她嗤嗤地笑出聲來，含著無限情思，呢喃了聲「五哥」。

這可真是要人命了！他再也管不住自己，張臂就把她禁錮在懷裡，哪裡還有理智在，低頭就狠狠吻上她的唇。

她的唇軟綿綿的，帶著梨花白的綿醇，叫他深深沈醉，他勾纏著她的丁香小舌，忍不住含在嘴裡一通咂弄，雙手無意識地遊過她的後頸，隔著一層單薄的中衣，撫上她的後背。

這真是美得妖豔冶情的夢，叫他如此撩撥，她也動了情，第一次不甘於受他擺弄，她迎了上去，也學著和他唇舌相纏。

這可真是房子著了火，他是再正常不過的男子，被她這樣一通亂纏，所剩不多的理智叫他扔到爪哇國去，翻身就把她壓在炕上，一路從唇親向她的額，滑過紅豔的臉頰，碰了碰唇，便吻上精巧細緻的鎖骨。

初嘗愛撫的滋味，就算醉著，身體也會有反應。姚姒微微顫抖著，被他覆在身下，雙手很自然地摟上他的脖子，嬌嬌地往他懷裡拱。

青澀的身子也有了微微的山巒，她在他懷裡輕輕蹭著，領子早就蹭開了一道口來，細白的肌膚裸露在他身下，這樣的情狀，衝得他一頭的汗。

這可真是磨死人了，趙旆用了百倍的定力，喘著粗氣把自己撐起來，轉頭就下了炕，拿起桌上已冷掉的殘茶，猛地灌了幾大口，這才稍稍平息躁動。

這樣下去不行，他慢慢平復了幾分躁熱，再到炕前，就輕輕喚她。「姒姊兒，醒醒。」她見他跟她說話，叫她的名字，便嘟囔了聲。「五哥啊，我很想你……」

他心頭又一熱，一股陌生的情潮梗在心上，他摸了摸她的頭，呢喃著回道：「傻姑娘，五哥也想妳。」

床前一盞燭火明明滅滅的，許是剛才動過情，一雙眼眸氤氳著朦朧的霧氣，趙旆的手撫上她的眉眼，指腹觸過之處，細膩柔嫩。

姚姒把他的手捉住往自己心口放。「五哥，這裡疼。」

才說完，豆大的眼淚順著眼角往鬢邊滾落。「姊姊會幸福嗎？」她問，心裡期望他能應一聲是。

趙旆的心疼到糾在一起，把她摟在懷裡安慰。「妳姊姊有她自己的人生，只要她甘之如飴，便是幸福的。」

許是人一旦有了依靠，就變得嬌氣起來。她伏在他懷裡悶聲地哭，像個受到莫大委屈的孩子，哭得不管不顧。

胸膛慢慢被她的淚水打濕，他把她緊緊摟在懷中，一下一下地順著她的後背，小心而溫柔。看到她這樣難過，他只恨不能替她難過，可是他不後悔。

恒王和姚娡的緣分確實因他而起，可是事情的後來，卻是由不得他，那是恒王與姚娡這輩子命定的姻緣。

誰在愛情裡不自私，他承認他趙旆確實存著私心，如果恒王有幸得到那個至尊之位，那麼他和她的姻緣也就走得順暢一些……

漸漸地姚姒哭得累了，趙旆的懷抱讓她溫暖又窩心，就眯眼睡了過去。

姚姒是被渴醒的，睜開眼就覺得頭痛欲裂，青色的帳子裡迸進來一線微弱的燭光，她動了動，頓時一個激靈嚇得魂都沒了。

她的手被一雙厚實大掌覆住，那人與她十指相扣，手臂擱在她的腰際，她的背抵著他溫熱的胸膛，頭頂傳來一陣淺勻的呼吸聲，兩人這樣親密無間的抱攬而臥，讓她傻了眼。

她急急把頭轉過去，對上他半含慵懶的眼，這個冤家，不是趙旆又是哪個？

她不敢置信地喃喃一聲。「五哥？」

許是看到是他，腦中慢慢就浮現那綺麗的夢，難道竟不是夢？她大驚失色，臉上唰地就暈開兩朵紅雲，閉了眼不敢再看他。

「膽兒不小，一個人竟然喝光了一罈梨花白。」趙旆見她閉起眼睛躲羞，就知道她必定是極難為情了，於是他起了戲弄之心，伸臂把她抱滿懷，湊在她耳邊嘟囔。「怎地，把人吃乾抹淨就不認帳了？」低啞的聲音裡，真真切切地含了幾分委屈。

姚姒嚇得雙目圓瞪，結結巴巴道：「不……不、不可能啊？」明明她只親了他，好像還躲到他懷裡哭過……之後呢？好像記不清了……

老天爺，叫人要羞死了！

「我真的……真的強了你？」她扭動了一下，把手從他懷裡抽出來，摸了摸自己身上完好的中衣，又覷了眼他露在被褥下的衣領，自己也不敢確定了。

看她這麼個可愛模樣，趙旆悶著聲在她頭上笑，叫她頓時意識到，自己又犯傻了。哪有人拿這種事來開玩笑的！一時間她又惱又羞地捂住臉，恨不得有個地洞讓她鑽進去。

他笑夠了，在她捂面的素手上親了親。

「傻姑娘，我的衣裳都叫妳吐髒了，這件中衣還是妳給我新做的，海棠在妳衣櫃裡翻出來讓我湊合著穿，妳夜裡又哭又吐，我哪裡放心丟下妳不管。」

他把她的手拉起來握在自己手心裡，看著她黑白分明的眼睛、因宿醉而有幾分憔悴的臉，柔柔道：「再不許一個人醉成這樣，也不許再飲酒，更不許把事都悶在心裡。從今日起，我便是妳唯一的依靠。」

他把她的手帶到自己心口。「這裡面住了一個傻姑娘，我這輩子只想對她一個人好，她難過我也會難過，她高興我比她更高興，她疼了我比她更疼，我瞧它這輩子也就這麼點出息了，妳要好好待它。」

姚姒重重一頷首，往他心口親了親。「傻姑娘說她知錯了。」

帶著濃濃的鼻音再難成聲，她把臉貼在他的胸口，聽著那裡頭蓬勃有力的跳動，心裡鼓脹脹的，像是被蜜填得滿滿的。

趙旆被這番回應激得一陣心旌搖曳，他輕柔捧起她的臉，吻上她的唇，卻不似昨夜那樣急切，每一下都像在品嚐至極的美味。他輕咬慢嚐，那樣的溫柔而深情。姚姒閉著眼，心裡眼裡身上全是他的味道，在一陣陣顫慄中，她情難自禁地抱住他，身子軟得像一灘春水，他就是她的浮木。

帳子裡慢慢地映了些雪光進來，兩個專注的人哪裡管得了那個。

他勾纏著她，她被吻得一陣陣發暈，衣裳被扯開了，露出粉色繡梅枝褻衣，她的山巒緊緊貼在他剛勁有力的身體上，那一處越發顯得突兀而恐怖。

他隔著一層輕薄衣料吻上去，那一點尖而細巧，叫他好一陣悸動。

「姒姊兒，妳相信五哥嗎？」他把她嵌在懷裡，染了情慾的眼眸深沈沈的、定定地望著她。

「嗯，我相信五哥。」她媚眼如絲，臉上半是羞半是怯，見他不回應，怕他不相信似的，遂勾起他的脖子親他，在他身下細細顫慄。

這無疑是最好的回應，趙旆啞了聲道：「讓我看看妳，好不好？」

她自然知道他所謂的「看」是指什麼，姚姒細聲應了下，悄悄別過臉，乖順得叫人心顫。他又吻她，手上卻越發忙碌起來，中衣的腰帶挑開來，褻衣的帶子一根根的解，可就是那麼幾根不起眼的帶子，卻那麼不聽話，叫他急出一頭的汗。

好不易把她的衣裳都褪了，趙旆卻又怔住，成了個呆子，原來女人的身體是這個樣子！

她的肌膚晶瑩勝雪，剛才自己含咬的那一顆是粉紅色的尖尖，邊上勻開一層淡粉色光暈。再往下，再往下他自是知道那裡是什麼，自己也羞紅了臉，再一看她，緊緊閉著眼睛，長長的睫毛忽閃忽閃地輕顫，她也是極緊張的吧？

才說要做她的依靠，可不能讓心愛的女子失望。他急急把自己的衣裳脫了，大被一鋪，便兜頭兜腦地把兩人都蒙在黑暗中。

「姒姊兒，別害怕。」他脫得光溜溜的，一挨著她的肌膚她就抖，他把她抱在懷裡，吻她小巧的耳朵，一隻手握著她的，慢慢挪到那處血脈賁張處。見她縮著手不敢撫，他怕她害怕，一迭連聲安慰，又去吻她的唇。

那樣一個龐然大物，她確實有些害怕，可她相信趙旆，那也是他的一部分，於是她緩緩地摸過去，它卻有自己的主意，在她手心輕輕一跳，她便覺得不怎麼怕了。

她閉著眼摸上去，卻叫他悶聲一吭，她睜眼一瞧，他似痛苦又似極樂的矛盾表情，叫她打心底起了愛憐。

這種事不需要師傅，她摸索了幾下便找到竅門，手指忽輕忽重地撫弄，激得他再難把持，順著那玲瓏的身線，從鎖骨一路吻過山丘，圓潤的肚臍再到那極樂處。

她哪裡經得他這樣撥弄，他吻到那處，用唇舌輕咂慢咬，她的心肝都要顫出來了，無意間就重重一捏——

他一聲低抽，把她抱得死緊，身子抖了幾下，她的手上便多了些東西，黏滑滑的……

天已大亮，海棠守在門口，小丫頭都端了兩趟的洗臉水來，卻都叫她攔了。小丫頭知道昨兒夜裡姚姒要了酒，滿心以為她這是醉著還沒醒，海棠朝著緊閉的房門望了望，也沒多說什麼。

直到屋裡傳來動靜，她挑了簾子進屋，就見床帳密密垂著，裡頭坐著個人影，瞧上去像是趙旆。海棠垂了頭不敢隨意張望，上前就聽趙旆沈聲吩咐。「妳去提些熱水進來。」

海棠聽了吩咐，心裡便有數，應了聲「是」，轉身把丫頭們都打發得遠遠的，她自己一手提一個熱水桶放進洗漱間，便垂頭出了屋子。

等到趙旆和姚姒洗漱好再出來，各自都有些尷尬，兩人心裡都明白，他們之間有了這層關係，往後就再不一樣了。

趙旆回京要忙的事情確實太多，他看了看窗外的天色，再不敢耽擱下去。

姚姒也知道他忙，到底忍著羞澀把他打理得清爽了。衣裳是她給他新做的，一件竹葉紋直裰，外面是他昨兒穿來的一件墨色披風。她替他繫好了腰帶，又踮起腳幫他正了正冠，紅著臉就把他送出了門。

趁著這當下，海棠便一個人進了內室，親自把床鋪和褥子都替換下來。

姚姒返回來，床上早就換了套新的褥子和床單，再看海棠時，她臉上就十分不自在。

一想到今晨那一場放縱，自己都面皮臊得慌，在屋裡再也待不住，轉頭便吩咐丫頭把早飯擺到外間。

第六十六章　溫馨

天色漸漸暗下來，雪片卻越下越大，連綿的宮殿覆在一片白茫茫的世界裡，彷彿所有的爾虞我詐都無所遁形。

趙旆冷峻的臉上帶了幾分疲憊，撐了油綢傘踏出宮門，小廝青墨迎上來替他撐了傘，暗地覷了眼他冷肅的神情。「五爺，是直接回府嗎？」

「不，先去四喜胡同。」他沈聲吩咐，彎腰坐上馬車，簾子一甩下，狹小的車廂便成了他一個人的世界。他揉了揉眉心，黑暗中臉上慢慢地就漾了一絲笑意，明明早上才見過面，這會兒卻又撓心撓肺地思念。

姚姑這一嫁出去，原本就不甚熱鬧的小院愈加冷清了，正院黑漆漆的，只有東廂房這邊熒熒幾盞燈火。

姚姒倚在炕上，百無聊賴地翻著話本，有些心不在焉。

從前再是煩心事多，也不曾這樣亂過心神，自己也不知道是怎麼了。早上發生的事情，她到現在都不敢去想，實在叫人羞得慌，眼神時不時就往門邊的簾子瞅，殷切希望下一眼就能瞧見令自己魂不守舍的那個冤家。

綠蕉在床邊鋪床疊被，轉過身來便看到她這麼個失魂的樣子，便有些想笑。

自從紅櫻嫁出去，屋裡便只有她和海棠兩個大丫頭了，昨兒夜裡雖然是海棠值夜，可姑娘屋裡就沒熄過燈。昨夜趙旆便來了，只是姑娘那會兒醉得厲害，莫不是叫人看見醉態還在難為情？

姚姒丟開書本，捧了茶盞，拿手指輕輕描摹茶杯上的花紋，有些漫不經心道：「今兒這雪可真大。」

她記得前世也是這一年到京城的，紛紛揚揚的雪下下停停的，最終釀成災禍。她忽地靈光一閃，如果京城大雪成災，那趙旆是不是就能晚一些離京？怪只怪昨夜自己醉得不省人事，今早又是那麼個光景，偏偏忘了問他什麼時候歸京的，能在京裡待多長的時間。

綠蕉正要答話，門上簾子被人一挑，一陣冷風灌入，趙旆便走了進來。

姚姒打了個冷顫，抬眸便往門邊一瞧，燈火下，不是趙旆是哪個？她還在炕上歪著，看到他來便一個急起下炕去迎他，自己也不知道為什麼這般急切，赤著腳連鞋都忘了穿。

子夜熒熒，趙旆的心雀躍起來，毫不避忌地伸臂將她一把打橫抱起，嘴上連聲怨怪。

「怎地還像個孩子似的，鞋也不穿就跑下地。」

話一出口，自己聽了都覺得不像樣，這境況怎麼像個抱怨妻子不聽話的丈夫？

姚姒摟住他的脖子，羞得頓時往他懷裡縮。屋裡還有丫鬟在呢，他就不能避著些？

綠蕉朝趙旆慌忙一福，紅著臉就退出屋子。

趙旆把她放到炕上，瞧她羞羞怯怯的，伸手揉了揉她的頭。「妳身子不好，再一受涼可不又是一番折騰。」

姚姒心裡就像裹了蜜一樣的甜，心裡曉得他這時還來必是放心不下她，歡喜就漾到了臉上。「五哥怎麼這時候來了？」

打眼一瞧，他身上還是早上出門時的那身衣裳，姚姒猜著只怕是才從宮裡出來就到她這裡來了，到底沒扭捏，自己穿了鞋，旋身出去一通吩咐後，便給他倒了盞熱熱的茶水。「五哥想必還沒用飯吧，想吃什麼？」

趙旆叫她這麼一說，還真覺得餓了。宮裡的飯食端上來時已經冷掉了，中午只好湊合著用了些，見她像個妻子一樣，進屋便噓寒問暖，他心裡十分受用。「不拘什麼，做些熱食端上來便成。」

哪能這麼湊合，姚姒很心疼，轉身擰了條熱帕子遞到他手上。「今兒廚下熬了雞湯，要不我去給五哥下碗什錦麵來吧。大冷的天兒，得吃些熱湯熱水才暖和。」

熱帕子十分管用，趙旆就著手往臉上擦了一把，揚起眉，疲乏似乎一掃而光。

「五哥且在屋裡稍坐，我去去就回。」她把他用過的帕子放置好，旋身便跑出去。

趙旆一來，屋裡只不過是多了一個人而已，便再不似先前那樣蕭蕭瑟瑟。姚姒在廚房裡不過是忙了盞茶工夫，便和綠蕉一人提著個食盒進了屋。

趙旆學她先前的樣子歪在炕上，手上正拿著那本話本在瞧。

想到那話本裡頭纏綿的愛情，姚姒頓時有些不好意思，和綠蕉兩個抬了炕桌放在他跟前，不過一眨眼，她就像變戲法似的滿滿放了一桌子吃食。

說是給趙斾下一碗麵，可哪有那樣簡單，早先她便叫廚房裡準備好東西，只盼著能和趙斾一起用一頓晚飯，如今再不麻煩，東西都是現成的。

一碗熱氣騰騰泛著黃油的雞湯什錦麵、一籠小籠湯包、一碟醬牛肉、四碟爽口小菜，看得趙斾胃口大開。

這些都是他愛的菜式，竟然這樣快就做出來，那只能是早先就預備上的。這叫他心口一燙，她必定是等著他的。

屋裡燒了熱炕還擺了個炭盆，吃上這些熱湯熱水的，趙斾臉上便氤出一層薄汗。姚姒坐在對面，心思七彎八轉，到底是從袖中掏出帕子替他拭。「急匆匆的只能做了這些出來，湊合著吃些。」

女兒家面皮薄，他也不揭穿她，把一桌飯菜掃光，胃裡才有了些暖氣，很是心滿意足。

飯後綠蕉進來把炕桌撤下，姚姒又給他遞了條熱帕子，他往臉上擦了把，就拉著她的手不放。

「今兒都做了些什麼？」他把她圈在懷中，聞著她身上淡淡的馨香，很自然就想到今日早上的那場荒唐，他在她耳邊低喃。「有沒有想我？」

儘管兩人已經那樣親密過，聽到他這樣問，還是羞紅了臉。姚姒把頭往一邊斜，張口就否認。「誰想你了！」

趙旆望著她口不對心的嬌模樣，打心底發出幾聲呵笑，臉上滿是愉悅。他自小在兵營裡長大，什麼渾話沒聽過，那些成親的老兵常說，女人家就愛正話反說，剛才他進來時，分明沒有錯過她臉上一閃而過的驚喜。

「這些日子我會非常忙，可能沒多少時間過來看妳，妳要好好在家，天氣那樣冷，也不要總是給我做針線，傷眼睛。」他變得嘮叨起來，卻又霸道地不許她做這做那，曉得她心裡放不下姚姑，又安慰道：「今日我在宮中遇到了恒王，妳放心，恒王待妳姊姊很好。等再過些日子，說不定妳姊姊會差人來接妳去見她。到那時我陪妳去，總之不許再為她傷心了。」

見姚姒乖順點頭，他往她腰間一摸，又變了語氣，痞痞笑道：「妳要是瘦了，我會嫌棄的，所以要把自己好好養胖。」

聽他一副嫌棄她瘦弱的樣子，知道他這是又把今早的事情拿上來說。這人，怎地就沒個正經的樣子！

姚姒倒越發不好意思起來，輕輕從他懷中掙脫，替他撫了撫衣裳上的褶子。「天兒不好，五哥也早些家去，既是忙就不要總來看我。再過幾天，劉大成他們幾個的家眷就要到了，雖說人多熱鬧，可也打眼，五哥還是少些來，自己也要保重。」

兩個依依不捨了半晌，姚姒才送他出門，直到他的身影消失在茫茫夜色中再也看不見，才轉身回屋。

趙旆回到定國公府時，已經快到亥時了，青墨上前替他換了身衣裳，道：「五爺，夫人那邊有交代，讓五爺一回來便去上房。」

「可知道夫人是為何事？」趙旆才回京兩天，昨兒夜裡並未歇在家中，他心中有底，母親只怕多半為著這事。

青墨回道：「小的只打聽到夫人身邊的秋嬤嬤今兒招了門房那邊的管事問話，具體說了哪些，小的還未查到。」

趙旆朝他揮了揮手，神色漸漸歸於冷峻。

定國公夫人的上房燈火通明，趙旆才行到廊下，秋嬤嬤便帶了丫鬟出來迎，見到他笑得一臉慈愛。「五爺來了，夫人正在裡面等著呢。」

趙旆喚了聲秋嬤嬤，丫鬟躬身掀了簾子。待他進了屋裡，看到母親端坐在圍榻上，手中正飛針走線地縫著一件男子衣衫。

「回來了？」定國公夫人並未抬頭，問了聲兒子，依然不停手上的活計。

丫鬟端上茶水後，秋嬤嬤帶著屋裡所有丫鬟、婆子退出屋裡，趙旆瞧著這架勢，是要長談了。

「娘這是替誰做的衣衫？」趙旆想著自己一會兒要說的事情，決定態度放軟些。「多少年沒見娘拿針線了，您屋裡又不缺人動針線，何苦還熬夜做這費眼睛的活計？」說完這話，便上前把衣衫拿走。

哪知道定國公夫人卻很堅持。「就差幾針了，收收線也就能穿了，也沒費多少勁。倒是年紀大了，眼睛確實不好使了。」

她望了兒子一眼，便拿衣衫往兒子身上比了比。「你自小沒在我身邊長大，不比你幾個哥哥，從前為娘想著親手替你做幾件衣裳，你爹都要說我這是慈母多敗兒。如今你好不容易回來一趟，娘就是再為難，也要親手為你做件衣裳。」

看來是要曉之以情了。趙旆也沒再攔著，折身往一旁的圈椅上坐了，手上捧了茶盞，有一搭沒一搭地和母親說話。

定國公夫人沒有花多長的時間，就把這件月白色夾衣做成了，她用嘴咬斷線頭，扯了扯衣裳便朝兒子示意過來試穿。

趙旆接到手上瞅了眼，針腳雖然不太細密，卻是母親一針一線做給他的。慈母手中線，遊子身上衣，他心裡微微感動。把衣裳披在身上試了試，倒也合身。

「辛苦娘了，往後讓針線房做便是。」他把衣裳放到一旁小几上，神色微霽。

「往後我也不替你操心了，該是叫你媳婦替你打理這些瑣碎事。」

定國公夫人往肩上捶了捶，嘆了口氣道：「你也大了，男大當婚，女大當嫁，趁著這回你在京城還有些日子，老夫人和我的意思是，叫你把婚事先定下來。」

她朝兒子覷了眼。「前些年你說還小，不願成親，我也不逼你，眼瞅著你底下幾個弟弟都大了，他們畢竟不是我生的，你這裡再不定下來，難道還讓我擔這些惡名嗎？」

「就聽母親的，兒子的婚事確實該定下來了。」怪不得這麼晚了還在替他做衣裳，原來是為了引出這麼個由頭來。

親生兒子，有什麼話不能直說？若今日站在這裡的人換成他幾個哥哥，只怕母親不會如此，趙旆心裡頓時有了思量。

定國公夫人臉上一喜，連聲道了幾個「好」，真沒想到事情竟然如此順利。

「人選我一早就替你瞧好了，武義侯家的嫡幼女華姊兒是個溫婉大方的，他們家與你爹是鐵交情，這些年來咱們兩家也走得近；再就是中山王次女昭明郡主，你小時候娘帶你去中山王家中吃酒，你還抱過她呢；再來便是兵部左侍郎家的嫡長女芳姊兒，芳姊兒不論相貌還是才情，都是上上等的，這三個姑娘各有千秋……」

定國公夫人邊說邊瞧著兒子的神色，見他並未意動，心裡拿不準兒子的想法，便試探道：「依我的想法，還是華姊兒好，咱們兩家門當戶對，知根知底的，武義侯夫人算是我同宗的妹妹，親上加親，再好不過。」

母親一向固執己見，對於認定的事情不會輕易改變，趙旆心中極清楚，若再說下去，於他很不利。

他想了想，撩袍就跪在榻前。「要母親替兒子費心了，這些姑娘家都很好，只是兒子已經有了意中人，還求母親成全。」

「什麼？」定國公夫人愣怔住，看著兒子跪在自己跟前，頓時有了不好的預感。這冷不防的就說有了意中人，他這幾年都未歸京，難道是在外頭看中了什麼不三不四的姑娘？

定國公夫人掩下心中那層擔憂，面上卻也沒了剛才的笑容，她把兒子拉起來。「和娘說說，你瞧中了哪家的姑娘？」也不說同意的話，姑娘家養在深閨，哪能輕易見到外男？她的眼神停在兒子身上一瞬，他臉上的堅定她瞧著分明，心裡越發有了不好的猜測。

趙旆淺淺笑了笑。「她叫姒姊兒，是已故文淵閣大學士姜大人的外孫女。」他避重就輕，並不言明姚姒的父族。「姒姊兒年紀雖不大，但知書達禮，聰慧端莊，才剛守完她母親的孝，前些日子和她姊姊才遷到京城居住。」

定國公夫人聽到兒子的話後，心情直跌到谷底。幾年前姜家的案子牽連了那樣多的人家，兒子為何偏偏看中這家的外孫女？

她頓時搜腸刮肚地想，姜懷的女兒又是哪一個？嫁到了何處？卻偏偏沒絲毫印象。兒子只說了那姑娘的母族卻不提父族，要麼是父族不顯，要麼就是身分不好聽，況且又是個喪母的次女，這樣的破落出身，她如何能答應！

定國公夫人心頭冒過千萬個想法，最終只得出一個結論，這個口子不能輕易開，一開始就應該堵起來。她看了看兒子，臉上再不復剛才的和氣。「那姑娘多大年紀？你跟娘說實話，是不是你們有了首尾？」

趙旆沒想到母親是這樣的想法，急忙辯解。「母親，姒姊兒還未及笄，她也是幼承庭訓長大的姑娘，您應該相信兒子的眼光。」

還未及笄，就勾得兒子嚷嚷著要娶回來，要是大些那還得了！

定國公夫人皺起眉，語氣就有些嚴厲。「京城裡那麼多名門閨秀你不選，偏和個外頭那不知根底的姑娘私相授受，你長這麼大，我可曾教你這樣行事？旆兒，你明知不可為而為之，就憑這一點，那姑娘便讓我十分忌憚，這件事我不能答應。」

就知道會是這樣的結果，他仍不死心。「姒姊兒很好，兒子看著她長大，慢慢地就對她上了心。母親現在對她存了偏見，都是兒子的錯，若是您見一見她，必定會對她改觀。」

「什麼叫做存了偏見？你還有理了不成？她是什麼身分，還得你娘我屈尊去見她？你想都不要想。」兒子何曾像這樣低聲下氣地討好自己？這都是為了那個不三不四的女子！定國公夫人心中的火氣噌地就往上冒。「你爹就是教你這樣行事的？你學什麼不好，偏在這上頭學了個十成十？」

好好的說著話，她總能把事情往定國公的風流成性上頭扯，一出聲便是怨氣連天，趙旆不免有些埋怨。「娘，這事又和爹有什麼相干？說來說去，您就是嫌棄姒姊兒的出身……」

看到兒子這樣維護他爹，絲毫不憐惜她這個做母親的苦處，定國公夫人氣極，冷笑著打斷兒子的話。「是，我就是瞧不上她的出身，更是瞧不起她這樣的下作行徑，若真是正經清白人家的姑娘家，又怎麼會和男子私定終身……」

母子兩個都動了心火，屋外的秋嬤嬤暗叫不好，自己服侍的主子自己清楚脾氣，只要扯上定國公，夫人就像入了魔障。

這事說來說去，還是趙旆的不對，夫人給他說的姑娘，哪個不是一等一的好，怎麼就不體諒夫人的一番苦心呢？

秋嬤嬤心裡著急，想著要不要讓丫鬟去世子夫人屋裡走一趟，轉頭卻看到趙旆冷著臉從裡面出來。秋嬤嬤心裡一陣猶豫，不知該不該勸說幾句，卻見趙旆從身邊經過卻又折身回來。「母親心情不好，嬤嬤一會兒進去多安慰母親，我明兒再來給母親請安。」

秋嬤嬤點了點頭，目送他離開，轉頭便往屋裡去。

趙旆冷著臉回了屋，青墨瞧他臉色不對，卻也不敢問，垂了臉服侍他洗漱。

雖然一早就預料到母親會反對，可瞧著母親惡意地揣測姒姊兒，他只覺得十分刺耳，心裡有些不好受。若說有錯，也都是他的錯，姒姊兒何嘗不是被他一步步所逼？

他不禁後悔自己輕率了，如今和母親鬧得不歡而散，依著母親頑固的性子，只怕是要反對到底了。

上房發生的事情，過沒一會兒世子夫人便知道了，她披了衣裳要起身，世子趙旌連忙叫她躺下。「這事妳就當作不知情，還是我去勸勸母親。」

曾氏對丈夫的體貼很窩心，卻笑著搖了搖頭。「你這一去，就擺明這事我是知情的，倒不如咱們倆一起去，到時也有個商量。」

趙旌見妻子堅持，也沒再反對，兩夫妻本來已經歇下了，如今只得又點燈一通忙活。

曾氏先替丈夫穿好衣裳，卻聽丈夫嘆了口氣。「母親這些年對父親的怨氣是越來越大，偏又固執，一心認定要給五弟找個出身高門的媳婦，即便將來分家出去單過，也會有一門得力的娘家。這原本也沒錯，可錯就錯在母親不懂五弟的心。咱們男兒家，功名靠自己去掙便是，若都靠了妻族，那便不是五弟了。再者，哪個男人心裡沒個想頭，這一生就短短幾十年，越是驕傲的人越是不願意將就，找個知心知意、情投意合的妻子，建一番豐功偉業，這是多少男人的夢。」

曾氏橫了眼丈夫，嗔了聲。「怪不得，原來你是在將就為妻啊。」

夫妻兩個嘴上耍著花槍，手頭上也沒耽擱，不一會兒就各自穿戴妥當，肩並肩地去了上房。

第六十七章　撞到人

第二日是臘八節，姚姒按著京城習俗，吩咐廚房熬好臘八粥，分別往譚娘子和常走動的幾戶人家分送。貞娘和海棠幾個見她再不似前幾日那樣鬱鬱，心裡都鬆了口氣。

譚娘子親自回送臘八粥過來，眼見姚姒振作起來，心裡也歡喜，見她長日無聊，索性邀她一起去弘法寺拜佛。

相傳這一日是佛祖釋迦牟尼成道之日，是為「法寶節」，弘法寺這一日何等熱鬧，譚娘子的一番用心姚姒也明白，眼瞅著幾個丫頭都面露期盼之色，便欣然同意。

弘法寺建在城西，因著多日積雪，通往弘法寺的路上濕滑難行，姚姒和譚娘子的馬車足足行了快兩個時辰才到。

弘法寺是除了大相國寺外香火最鼎盛的寺廟，馬車遠遠停在山門口的路邊，打眼一瞧，山門前擠得水洩不通，人來人往的十分熱鬧。

譚娘子挽了姚姒的手朝她一指。「這弘法寺的香火聽說十分靈驗，今兒咱們恰好趕上大日子，人來人往，姑娘一會兒千萬要小心。」

姚姒朝譚娘子頷首，眼睛一抬，天王殿、大雄寶殿、八角琉璃殿、藏經樓等依然威嚴矗立，便是那層層斗拱和寶頂上覆蓋著的琉璃瓦也還是記憶中的樣子。

她心裡有著不小的激動，上一世活得那樣艱辛，只得把一腔心願付予菩薩，那些個青燈伴古佛的寂寥日子，竟是心如死水。後來那樣的寂滅，心裡究竟還是含了一絲不甘，可是菩薩垂憐，叫她又重來一世。雖然母親的性命她無法挽回，可是她也帶著姊姊安生活了下來，而今她和姊姊各自都有了自己要走的路，她並不是失去姊姊。

前塵往事在她腦海裡交替，這些日子的煩憂與鬱塞，在見著了這寶相莊嚴的弘法寺，只覺得心頭豁然開朗。

譚娘子見姚姒有些微怔，以為她是被眼前這一片威嚴的殿閣震驚，笑了笑道：「不怕姑娘笑話，便是我頭一次來參拜，也被這裡的恢宏氣勢震懾了。這弘法寺不單香火靈驗，最出名的是殿內有一尊木雕的四面千手千眼觀音菩薩像，高有三丈，鍍以金身，端的是寶相莊嚴，相傳為一整株銀杏樹雕成，一會兒我帶姑娘去參拜。」

姚姒斂了心神，隨著譚娘子湧入人群裡頭，進了寺中，先行參拜各處主殿，她拿出五百兩銀子給寺裡添香油錢，又替姚姑和趙旆各求了一個平安符，再去參拜那尊四面千手千眼觀音菩薩。歷來便有觀音送子一說，姚姒很虔誠地替姚姑求了菩薩，希望姊姊能早日夢熊有兆。

弘法寺占地廣，這一趟參拜下來，貞娘和幾個丫頭不顯疲色，姚姒卻是累了。譚娘子經常在寺裡走動，和那知客僧也熟，略周旋一回，便叫寺中空了一間廂房出來。譚娘子帶著姚姒進了廂房，一路上倒認出好幾個相熟的人家。

既有熟人在，不去打聲招呼也不大妥當，譚娘子把姚姒一行人安頓好，便自行出去應酬。姚姒眼見幾個丫頭興致不減，貞娘臉上還有餘興，索性只留了海棠在身邊，讓綠蕉帶著其他幾個小丫頭自行去玩耍。

海棠替她除了披風，又把手爐裡的炭灰倒盡，再添了塊新炭進去，姚姒喝了口熱茶水，才暖和過來。

海棠遞了手爐給她，見她面色猶青，嘴上便嘟囔。「這樣冷的天氣，姑娘實在是不該出門的，若是凍著了，五爺指不定怎麼心疼。」

姚姒臉皮薄，這兩日見了海棠還有些不大自在，聞言臉上便泛起紅暈，嬌嗔了句。「妳姑娘又不是瓷做的，哪裡就弱成這樣了。」

海棠噗哧一笑，見她坐在一張硬木椅上，椅背也沒個靠墊，忙往她腰間塞了個軟枕。「奴婢倒不是抱怨，昨兒五爺走時便交代奴婢，定要把姑娘照顧好了。奴婢跟在五爺身邊的時候也不短了，何曾見五爺這樣體貼人過。」

姚姒心裡微微泛起了甜，覷了眼海棠，期期艾艾道：「真的？五哥他、他從前真的沒有待別的女子這樣好過？」

這話一出口，自己都難為情。別說大戶人家的公子，便是姚家，都習慣在成年的哥兒身邊放上兩個略懂人事的丫頭，何況是趙旆。

海棠極力替前主人抱屈。「咱們五爺豈是那等人，像奴婢這樣被選出來跟著五爺的，是和青衣他們一樣打小就跟在五爺身邊。五爺長這樣大，何曾正眼瞄過其他姑娘。」邊說邊瞅了眼面紅耳赤的姚姒，心裡明白為何她會這樣患得患失。頓了頓，湊到姚姒耳畔輕聲道：「昨兒可是五爺的頭回。」

姚姒哪裡知道海棠直白白就把這話說出來，直羞得要找個地縫鑽進去才好。可羞歸羞，知道那是他的頭一次，她心底湧起難以言明的悸動。

主僕倆一時無話，歇了一會兒。這時，只聽到外間一陣疾步聲傳來，緊接著房門被打開，卻見綠蕉一臉驚色，見到姚姒便顫聲道：「小姐！奴婢、奴婢見到五太太和三太太……」

姚姒一驚，這三太太自然指的是焦氏，五太太在京城不奇怪，怎地焦氏也上京城來了？難道是姚三老爺這任到期，帶了家眷來京候旨？

可她掐指一算，姚三老爺任期並未到，眼瞅著就快過年，這個時候焦氏上京來，就很值得人深思了。

「可還見到其他人？五太太她們可有看到妳們幾個？」倒不是怕了她們，而是好不容易能清靜會兒，若是被姚家人知道她和姚娡上了京，就怕姚娡那邊再難有安生日子。

綠蕉剛才很驚慌，這會兒倒是慢慢平靜下來。「沒有、沒有，奴婢幾個正要往大雄寶殿去，還沒走到殿門口，卻叫奴婢眼尖，正好瞧見裡頭兩個貴婦人手挽手從殿裡出來。奴婢當時嚇了一跳，急忙閃進一旁的廊廡裡，眼見人走遠了，貞娘便讓奴婢先回來稟報姑娘。」

姚姒點了點頭，貞娘相對五太太和焦氏來說，至少臉生，如今她留在那邊還未回來，肯定要打聽五太太她們的行蹤。

既然五太太和焦氏也來了弘法寺，那自然要避開。姚姒略一沈思，便吩咐海棠去找譚娘子回來。

很快貞娘也回來了，姚姒並未問她什麼，得知五太太和焦氏還在觀音閣參拜，她當機立斷帶著人便出了弘法寺。

才上車坐定，貞娘便沈聲道：「姑娘，姚三老爺被朝廷下旨召回京城，焦氏這是隨夫上京。」她說了這幾句話，便把自己打聽到的一一說來。

「京城人都知道，弘法寺裡的千手觀音於求子最是靈驗，奴婢不遠不近地跟在那堆僕役後面，看到焦氏很虔誠地拜了千手觀音，還捐給弘法寺一千兩銀子，奴婢找了個由頭和後面的小丫頭搭訕，才套出話來。姚三老爺進京才沒幾天，別的那小丫頭也不知情，奴婢又怕露出破綻，便沒有深問下去。」

焦氏求子心切，這點她是知道的，可姚三老爺那樣的封疆大吏，究竟是為什麼會被朝廷特召上京？

天色漸漸暗了下來，路面本就結了冰又濕滑，馬車也不敢快駛，搖了許久，姚姒掀簾子往外一瞧，見外邊又飄起雪片。她才把簾子放下，就聽到外面一聲悶響，馬兒長嘶一聲，海棠伸臂一拉，姚姒和貞娘才沒被甩出去。

「出了什麼事？」海棠一聲急喝，自從出了姚姑被人調戲的事情，張順便找了會些功夫的人趕馬車。

只聽見外頭的車夫鎮靜回道：「回小姐的話，只怕咱們的馬車撞到人了。」

海棠一把掀起車簾朝外頭望了幾眼，看到車夫走上前去，在那倒地的人臉上和胸口搗鼓了一陣，返回來便道：「還有氣兒，只是那書生像是發著高燒，可能迷糊間沒看清路就撞上咱們的馬車。」

姚姒疾聲吩咐。「快把人救起來，說到底是咱們的馬車撞了人，不管如何一定要救活他。」

回到府中一陣忙活，又是請大夫為那書生看病，又是一應安排，等焦嫂子來回說人並無大礙，那書生只是有幾處擦傷，又得了風寒之症才暈過去的，姚姒便交代她好生照料。

張順很快聽聞事情，便過來看情況，得知無大礙才放下心。姚姒把他請到書房說話，開口便道：「焦氏和姚三老爺上京了。」

張順抬起頭，神情一滯，眼神幾經變幻，可姚姒在想著心事，並未發現他的異常，她沈了聲，顯得迷惘而傷感。「他來了，原以為我會無動於衷，可不知為何，我的心很亂。」

張順垂了頭，把神情掩在陰影裡，雙手緊緊握了拳頭，卻又瞬間鬆開。「小姐若是想見他，我便去安排。」

只聽到輕輕一聲嘆息。「罷了……」隔了幾息，才聽到她的聲音，再不復剛才那樣。

「還是叫人暗中去查查，莫要叫那邊的人發現了，我總覺得有些蹊蹺。」

稍後，張順目送著消失在夜色中的纖細身影，臉上只猶豫了一會兒，便轉身出了大門。半個多時辰後，他出現在趙旆的書房中……

眼瞅著年關將近，姚姒要忙的事情也多了起來，除了要打點各處的年禮外，還有茂德行和寶昌號的帳要盤。

恰好劉大成帶著幾位寶昌號成員的家眷抵京，宅子裡一下子多出十幾人要安置，姚姒身邊縱然有貞娘和焦嫂子這兩個能人，卻也忙得腳不沾地。焦氏和姚三老爺上京的事情，也就漸漸甩到腦後，這讓張順著實鬆了一口氣。

姚姑嫁入恒王府第八日，姚姒終於盼來一絲音訊。

看著梳婦人頭的采菱躬身給她請安，臉上帶著微微的激動之色，可她的一舉一動明顯較之前大有不同，一眼瞧去已初具王府奴僕該有的章法。姚姒只覺得心酸，覷了眼立在采菱身後的面生小丫頭，滿肚子的話想要問卻無從問起。

她斂下心緒。「姊姊一切安好？」

「側妃娘娘一切都好，小姐不必擔心。」采菱趕緊笑著回了話。「王妃娘娘賢慧明理，待側妃娘娘直如親妹一樣親厚。便是郭側妃和李姨娘，也都相處融恰，只是側妃娘娘思妹心切，王妃娘娘便開了恩，今日特地令奴婢前來給姑娘下帖子，明兒接姑娘到王府一聚。」

姚姒聞言，不由得多看了采菱幾眼。

姚姒本就心思細膩，仔細一想，她的話裡只提到恒王妃和後院其他女人，卻半句恒王的話也沒提，光是這份謹慎，姚姒便對她另眼相看了幾分。

從前瞧著采菱穩重老實，現在看來卻是個心中有成算的，她心中稍稍放心。「這些日子思念姊姊得緊，卻又不好貿然上門，如此倒是多謝王妃娘娘一番體恤。」

采菱笑盈盈地道了聲是，便揀了些姚姑日常的瑣碎之事說給姚姒聽，兩人心裡都明白，當著這個小丫頭的面只怕什麼都不能詳說，也就匆匆結束談話，采菱便辭了出去。

侯門一入深似海，自從姚姑嫁入王府，姚姒便有一種揮之不去的擔憂。尋常的大戶人家，尚且有正室姨娘的明爭暗鬥，何況恒王府那樣的皇室貴胄？姚姑又是個溫和敏感的，也不知道這些日子究竟過得如何？

不過想到明兒就能見到姊姊一面，姚姒心裡也有幾分興奮。

既然是恒王妃發下的話，那麼明日只怕少不了要去拜謝恒王妃一番，穿戴便不能馬虎。初次見面，她一個未出閣的女子，倒不需要正式拜禮，可一應打賞下人的荷包以及金銀錁子是不能少了去，再就是還得準備些姊姊愛吃用的物事。

姚姒思量一遍，便把焦嫂子喚進屋，好一通吩咐。

屋裡正說著話，哪曉得簾子一掀，海棠閃身進來，笑著往姚姒耳邊低聲道：「姑娘，五爺來了，剛進大門。」

姚姒臉上的喜色遮也遮不住，焦嫂子幾個見了都掩嘴笑，忙找了個由頭辭出屋去。

姚姒含著幾分激動，出了屋子也顧不得披上披風，立在廊下眼睛直往二門處眺望。遠遠地只見一個修長挺拔的身影，披了身寶藍色鑲白狐大氅，那人身姿如松，腳下閒庭信步，不過幾息工夫便近在眼前。兩人有六、七日未見面，正是情濃時，見著他來，她笑著迎上前兩步，嬌嬌柔柔的喚了聲「五哥」。

他喚她「姒姊兒」，眉眼俱是暖暖的笑意，卻在見著她被風吹得通紅的鼻尖時蹙起眉，解下大氅就往她身上披。「快進屋去，下回不許跑到廊下吹冷風。」

他冷起臉來卻嚇不倒她，這件大氅暖烘烘的，上面是他的味道，她心裡甜滋滋的，不把他的惱怒放在心上，胡亂地「嗯」了聲，就被他牽著進了屋。

她的手還帶著些冰涼，可手心軟乎乎的，他使了些壞，往她掌心輕輕摩挲，兩人一前一後，他的手掩沒在她身上的大氅裡，神情卻是再正經不過。

他這樣一番小動作含了種別樣的溫情，忍不住叫她微微紅了臉，抬了眼睃他的側臉，高挺的鼻梁如懸膽，眼尾處稍稍上翹，這樣的角度瞧過去，鬢若刀裁，他原來生得這樣好看，可是他的耳根子為何紅了？想到他還在她手心裡作怪，面上微燙起來。

不過幾步路的事，卻叫她胡思亂想了一陣，將將進了屋，海棠手上的簾子才撩下，屋裡光線一暗，自成了個獨立的空間，他稍稍一用力，她就被他抱了個滿懷。

她暗呼一聲，他的話就落在她的耳畔。「姒姊兒，可想我？」

充滿磁性的聲音溫沈沈落下，姚姒悶在他胸口細細嗳了聲，想他的話卻怎麼也說不出口。怎麼會不想念？她知道他忙，雖然不得見，想他的時候，光是在心裡想想他們就在一座城的兩個地方，空落落的心就像有了著落。

她的這番含羞帶怯令趙旆心滿意足。「傻姑娘，五哥很想妳。」

他的雙手攬在她的腰際，彼此這樣貼著，抵著頭就能聞到她髮間淡淡的桂花香味，令他的心安定下來。「這些日子有些忙，妳在家裡都做些什麼？」

這話怎麼聽都有些別樣的韻味，他用了「家裡」這個字眼，姚姒回味過來，心中一陣陣暖流迴蕩。第一次她主動伸出手圈住他的腰，小腦袋往他懷中蹭。「都是些瑣碎事，不過是打發時間。」

他從她的話裡聽出寂寥的味道，心中頓時微酸。「怕是悶壞了吧，一會兒收拾收拾，我帶妳出去走走。」他的手往她頭上摸，在她光滑如緞的髮絲上來回撫了撫。「咱們去梅園，那兒的梅花是京城有名的。」

前世姚姒在京城住了多年，對於梅園並不陌生。梅園在京郊，裡頭因種了十幾種品種的梅樹而聞名，每到隆冬初春，千株梅花競放，香氣滿園關都關不住，這樣的美景自是令她神往。

「真的嗎？」她抬頭，一雙黑白分明的大眼睛顯得不敢置信，可臉上還是露了幾分嚮往。「五哥不用當差嗎？」

從前她在他面前總是端著幾分冷色，可慢慢地，這張冷顏被他漸漸融化，屬於她的美好就顯露出來。趙旆瞧著她如明珠朝露的一張俏臉，心裡軟得能滴出水來。「不當差，今兒就陪著姒姊兒。」

能和他有一個下午的時間，哪怕什麼都不做也會讓人歡喜無限。

他一定是忙中抽空，怕她一個人寂寞特地來陪她，這樣一想，心裡像揣了蜜一樣的甜。她踮起腳忍著羞意，極快地往他面上一親。「謝謝五哥。」

做了這番卻再也不敢望他，垂下來的臉上滿是羞臊。

他的付出終於有了回報，這輕輕一吻，頓時叫趙旆難以把持，他有些心蕩神馳，在她髮上輕輕一吻。

「姒姊兒，」喚她的聲音帶著一絲魅惑。「把頭抬起來，讓我看看。」

姚姒扭捏了幾下，終於沈溺在他的溫情裡緩緩抬起頭，下一瞬，他的吻重重欺上來。他捧起她的臉，這回不同於前幾次的輕憐蜜愛，他如狼似虎地在她口中橫行，重重舔咬讓她有絲疼痛，異樣的刺激令她一顫，這陌生的悸動讓她心口都熱了起來。

「我們成親吧，姒姊兒。」他微喘了幾息，摟著軟軟貼在自己身上的她，極盡誘惑。

姚姒閉著眼不敢睜開，腦中還微微暈眩著，水光瑩潤的眸子悄然睜開。「五哥……」她不知道自己為何落淚，這大概是他對她說過的情話裡，最動聽的一句。

「妳願意嗎？」趙旆含著無限期待，低頭親上她的臉，把那一顆顆晶瑩的淚都親到嘴裡，淚是甜的。他的聲音帶著幾分急切，在她微腫的唇上掠過。「姒姊兒，說妳願意好不好？」

她的胸口慢慢升騰起一陣陣的悸動，情不自禁地撫上他的眉眼。「姒姊兒說她願意！」

巨大的喜悅充斥在他身體裡，下一瞬她就被他打橫抱起。

她被他這突兀的動作嚇得一驚，驚呼聲就被他的哈哈大笑聲淹沒。

趙旆像個孩子一樣，抱著她在房間轉了幾圈，一邊喃喃自語。「姒姊兒，我很歡喜，很高興……」說完又低下頭吻她。

第六十八章　憂慮

兩個人在屋裡鬧了一陣，在外守著的海棠和綠蕉兩個卻是頻頻互使眼色。趙旆的笑聲中有掩飾不住的歡喜，莫非有什麼喜事？

到底趙旆積威甚重，兩個丫頭也不好亂猜。過了一刻鐘，就見趙旆牽著姚姒的手出來，前面的人歡喜滿面，後頭的人嬌羞無限，兩個丫頭壯著膽子互相遞了個曖昧的眼色，這才迎上去。

趙旆既然是要帶姚姒去梅園賞玩，自然把一切物事都安排好了，也不需姚姒這邊準備什麼。姚姒便點了綠蕉和海棠跟車，趙旆扶她上了馬車，旋身便騎上馬，一馬當先衝出府去。

梅園的景致確實美，千株梅樹半數都開了花，隔著老遠便能聞到幽幽的香氣。

趙旆先行下馬，姚姒被海棠扶下來，觸目便見到一個開闊的院子，粉牆綠柱，庭院幽深，烏木做的門匾上書兩個勁瘦的字——梅園，姚姒仔細一端詳，梅園兩個字端的是傲骨嶙峋。

這時便有兩個中年僕婦上前，施施地朝趙旆福身。「五爺來了！」對著姚姒也道了聲「姑娘」。

姚姒見這兩個嬤嬤衣著整潔乾淨，態度卻是不卑不亢，心裡正疑惑，趙旆便笑著朝她一指。「梅園是宜敏長公主的別院。」

姚姒吃驚，前世雖然聽過梅園的名氣，可她卻不知道這赫赫有名的梅園是宜敏長公主的產業。她心思幾轉，再一看剛才那兩個嬤嬤看向她的眼神充滿探究，心裡頓時有了幾分猜測，敢情不是來看梅花，而是別有用心哪。

趙斾把她的神情都瞧在眼裡，安撫地對她一笑，轉頭便向那兩個嬤嬤溫聲道：「辛苦兩位嬤嬤帶路了。」

她倆忙道了聲不敢。

見兩個嬤嬤在前邊帶路，他挨上前去把她的手握住，沈聲道：「我母親是在太后娘娘身邊長大的，宜敏長公主和我母親情如姊妹，小時候她很疼我，妳是我看重的人，她一定會喜歡妳的。」

姚姒這個時候還不明白趙斾帶她來的用意，就真是白活了一場。自從世子夫人兩次相看，再到趙斾後來回京便再無消息，他卻連個解釋都無，這種種跡象都說明，定國公府是不贊同這件事情的。

她鼻間含酸，他什麼也不說，卻先要安她的心，就是不想在她得知不好的消息時打退堂鼓。

她斂下心中翻騰的情緒，柔順地朝他頷首，學著他的動作，在他手心裡撫了撫。「我都曉得，我們的事怕是讓五哥為難了吧？」

趙旆對她的冰雪聰明毫不懷疑，腳下一滯，醇厚的聲音響在她的耳際，莫名讓人安心。「莫擔心，一切有我呢！」

姚姒小小嗯了聲，小手緊緊扣住他寬厚的大掌。「我不擔心，一切有五哥呢。」

她和他心意相通，趙旆自然知道她話裡所含的全然信任和情意，他不再說些什麼，反手和她十指相扣，兩人的情狀都掩在厚重大氅下。

宜敏長公主有著清瘦的身姿，瞧著四十歲上下的年紀，鳳目不怒自威，打量姚姒的眼神慢慢地由犀利轉為溫和。

面前的女子雖然尚未及笄，卻有著與這個年紀不符的端莊持重，一張還未長開的臉已然可窺將來的傾城之色，舉手投足間看得出來有著良好的教養。

宜敏長公主先在心底讚了聲，這樣的女子眼中一片清明，臉上並無一絲媚色，顯見得也是好人家的女兒。她往趙旆一瞧，這個孩子毫不掩飾對這女子的維護和情義。

她心中一嘆。「都起來吧！給姒姊兒看座。」

趙旆臉上帶了笑率先起身，眼見海棠扶起姚姒，便向她投了個安慰的眼神。姚姒微微紅了臉避開他的眼色，向宜敏長公主微一福身。

宜敏長公主眼瞅著這對小情人在她面前的小動作，卻也不惱，從手上捋下個金鑲寶石手環，讓姚姒走近些就往她手放。「好孩子，妳的事我都聽旆兒說了，妳也不容易。」

姚姒沒想到宜敏長公主先是對她一番威壓地掃視，到末了卻和風細雨地跟她說話，又得了這樣的見面禮，心想著這必是託了趙斾的福，但心中依然有些感動。「民女多謝長公主的抬愛。」

「說起來也都不是外人，妳姊姊既然入了恒王府，今後也免不了走動。」宜敏長公主說完，轉頭便向趙斾道：「聽說你母親病了，這些日子可有好些？」

趙斾無奈的神情一閃而過。「母親的身子並無大礙，正服用太醫開的藥，幾位嫂子日夜在跟前侍疾，想來不日就會好起來。」

這孩子，分明就是他把端儀氣的。「待天兒暖和些，我會給你母親下帖子，這些年來她把你們兄弟拉拔大卻有著操不完的心，回去後跟你母親好好說話，天下無不是的父母，你母親性子強我知道，你這做兒子的便是軟和些也是應該的。」

「斾兒遵姨母之命。」趙斾臉上一喜，有了宜敏長公主的勸和，母親至少不會像現在這樣一口咬定不贊同，他睃了眼姚姒，恰好和她四目相接，兩人眼中都多了些熱切。

「去吧，我的梅園裡恰好開了幾株綠萼梅，我也睏了，你們自去梅園中賞玩一番，走時也不必來回我了。」

得了宜敏長公主的吩咐，趙斾和姚姒便退了出來。

依然還是那兩個嬤嬤在前方引路，轉過廊廡出了月洞門，姚姒眼前豁然開朗，一眼望不到頭的梅樹高低錯落地長在半山坡上，橫橫直直迷人路，打眼瞧去，小綠萼、骨裡紅、紫蒂白這幾個品種隨處可見，紅梅像霞，白梅如雪，綠萼梅白中隱青、晶瑩淡雅……縱然她滿腹心事，也被眼前這片美景吸引住了。

兩個嬤嬤悄然退下，趙旆頓時像沒了顧忌，拉了她的手往山上走。「半山上有處琉璃亭，從那裡往下望，好景美不勝收。」

姚姒想抽回手，他卻不放，四下一顧，才發現只有海棠和綠蕉兩個跟在後頭。她欲言又止，行到一株綠萼梅樹下時，他放開她的手，從樹梢上摘了朵重瓣的綠萼梅花往她鬢邊一戴。

小小的花瓣帶著淡淡白青色，使她看上去添了重柔麗，見她的眼睛像會說話似的朝他一瞥，他把她輕輕摟在懷裡溫言安撫。「乖，聽話，什麼也不要煩惱，這本該是男人要擔心的事，妳只要好好等著我把妳娶回家就好。」

以他的驕傲，能和她這樣說出來，已經是他能做到最大的極限了。

一個男人背後為妳承擔了那樣多的煩心事，人前卻從不肯顯露半分為難，大概是真的愛極了那個女人的。姚姒心裡暖暖的，也覺得滿足了。

「五哥，你為什麼對我這樣好？好得讓我心疼，而我卻什麼也不能回報。」她甕著聲，眼眶濕潤。「如果有一天，你實在為難，我一定不會怪你。」

「真是個傻姑娘。」趙旆把她緊緊摟在懷裡，半晌沒出聲。風斜著吹過來，他替她遮在風口，握了她的手放在心口，低頭朝她耳畔輕聲呢喃。「執子之手，與子偕老，相信五哥，一定不會讓妳受委屈。」

姚姒想她一定是水做的，眼淚再也忍不住滾滾落下。「死生契闊，與子成說。」她執了他的手抵住自己的臉頰，臉上再不復徬徨黯然。「五哥，有你這句話，姒姊兒這輩子沒有白活。」

這一天兩人都沈醉在喜悅中，姚姒坐在馬車裡聽著外邊馬兒奔跑聲，神思有些恍惚，若是馬車裡再亮些，便能看得見她臉上氤氳著一股春情。

趙旆騎在馬上，丰神俊朗的臉上難得含了幾許柔情密意，見馬車的速度緩下來，挨著車壁朝裡頭敲了敲，裡頭也回他幾聲細小的敲聲，他便滿足了。

已經交了酉時，趙旆在門口下了馬，跟著馬車進了裡門，姚姒便從車裡鑽出來。海棠攙了她一把，待下了馬車，兩人的目光又纏在一起。

他替她把風帽往頭上裹了裹，見她睜著雙水潤的眼睛很是不捨，他花了些定力才能打住留下來的衝動。「我就不進去了，回去不許胡思亂想，好生歇著，明兒我再來陪妳去恒王府看妳姊姊。」

適才回來的路上，姚姒告訴他今日恒王府來人給她下帖子，她打心底是希望趙旆能陪她一起去的，如今聽他這樣說，雀躍的表情一閃而過。「五哥快回去吧！若是忙，明兒我一個人去便得，不能耽擱了五哥的正事。」

他對她的小小矯情瞭然於心，也不點破。「哪就忙成那樣，這點時間還是有的。」轉頭便吩咐海棠和綠蕉。「今兒吹了些冷風，一會給妳們姑娘熬一碗薑湯，要好生侍候。」話音才落便轉身要走。

姚姒上前兩步，心裡有些不捨。「我送五哥幾步。」待走近他身畔，挽了他的手不由分說地送他到大門口，看著他打馬離去。

海棠上前看著她有些惆悵的身影，忙勸了聲。「姑娘，咱們且回吧，夜裡風冷。」

姚姒才收回目光，海棠扶了她，綠蕉在前面和一個小丫頭挑了燈籠引路，穿過迴廊將將要進二門時，迴廊盡頭卻立了個修長的身影。提燈籠的小丫頭吃了一驚，喚了聲柳公子。綠蕉打眼一瞧，原來是那天被撞的書生，想到姚姒在後頭，她往前一遮。姚姒似有所感，往那長身玉立的身影一瞧，大紅燈籠映襯下，那人溫潤如玉，驚得她一聲低呼。

那人朝她微微一笑，便是隔了一世，這樣的笑容她也不陌生。

她腳步微亂，從他身前垂目走過，跨進了二門，可那道飽含太多情緒的眼神卻如影隨形。姚姒再回頭一望，那人仍立在迴廊下，笑容越來越深。

怎麼會是柳筍？他怎麼會出現在這裡？

姚姒忍著心頭的疑問收回眼神，神情卻有些恍惚。

進了屋，姚姒解下大氅問綠蕉。「剛才迴廊上那人是誰？最近外院的人多，好些都瞧著臉生。」

劉大成帶回的一干家眷都住在外院，綠蕉並未多想，回道：「小姐，剛才那人便是上回被咱們馬車撞上的書生，這人姓柳，姑娘昨兒個還曾問過這人的傷勢呢。」

姚姒正坐在梳妝檯前褪下金鑲寶手環，聞言一下子失手，宜敏長公主賞賜的手環就重重磕在妝檯上，發出一聲沈悶的聲響。

「小姐？」綠蕉見她神情有異，以為她是惱了剛才那書生輕浮之舉。

也是，哪有外男瞧見主人家姑娘而不迴避的，看來此人應該儘早打發了去。「姑娘莫惱，明兒我便去問下外院那邊，瞧這柳書生應該是大好了，眼瞅著就要過年，咱們府上確實不方便留他。」

姚姒垂了眸嗯了聲，內心卻湧起一陣驚濤駭浪來。

上一世柳筍明明是在開平二十三年才出現在京城的，而今要過了年才是開平二十二年，為何他提早一年多出現在京城？而今又這般巧合被她的馬車所撞？姚姒的眸子幾經明滅，上一世的記憶紛紛襲來。

開平二十三年秋，那時的柳筍也是生了場風寒，寒門子弟病倒路邊無人聞問，卻因緣巧合被她所救。

當時她已是巧針坊繡娘，為了救他，她花光所有積蓄替他請大夫看病。那時皇帝病重，不知為何朝廷加開恩科，後來柳筍高中狀元，接著皇帝駕崩，從而恒王即位改元慶德。

慶德皇帝甫一登基，柳筍便以一篇開海禁的通略得到皇帝重用。再到後來，柳筍在京城有了府邸，而那時她的眼睛已經熬壞，再也做不得繡活。柳筍以報恩的名義接她入府，其後他的妻室從老家上京，她心灰意冷下才遁入空門。

要說柳筍提前出現在京城的原因，姚姒也只能有一種猜測，他必定是衝著明年春闈而來。可上一世，她未聽過柳筍在開平二十二年參加過春闈。

好似冥冥之中自有天定，不管早晚，這一世她還是和柳筍遇上了。

姚姒心裡升起莫大不安，她曾如此努力想挽救母親的性命，可終究還是失敗了，世事仍然按著既定的軌跡而走。她不禁心驚肉跳，難道姊姊也會遭遇不測，而她再怎樣力挽狂瀾，卻仍然逃不開青燈伴古佛的命運嗎？

這一夜她輾轉難眠，早上起來時眼下一大片青色。

想到今日還要去恒王府，一會兒趙旆會來接她，她頭一回往臉上敷了些粉，她的眉生得英氣，又往兩頰上了些胭脂，到底年輕，肌膚底子好，這樣一妝扮，倒顯出與平日不同的瀲灩之色。

趙旆恨不得把她藏起來，她所有的美好他都不希望被他人看去。只是他不能，這樣的念頭無聲熄滅在心底，他親自扶她上馬車，今兒他不騎馬了，和她擠了一車而行。

畢竟是去恒王府，他一路上和她細說恒王府的現狀，包括恒王妃劉氏和郭側妃、李姨娘等人的性情以及這些人身後的家族。「恒王妃不是個刁鑽的，妳莫怕，一會兒我怕是不能進後院，妳一切都要小心，不能讓海棠離了妳身邊，有什麼事回頭再說給我聽，萬萬要保重。」

姚姒從殷殷交代中聽出他的擔憂，她把頭擱在他肩上，挽著他的手臂一迭連聲應是。

馬車從王府的角門行入，趙斾先前便已下了馬車。海棠待馬車一停，便扶了姚姒下馬車，她才剛立定，迎面便來了兩個衣飾一樣的嬤嬤。

姚姒不敢隨意打量，斂了神跟著這兩個引路嬤嬤向裡走，也不知穿過幾重庭院和廊廡，就見采芙笑吟吟地立在一座院門前等待。

姚姒用眼角餘光一打量，這小院位置清幽，比之一路見過的院落都要新，她便知這是姊姊住的院子。

采芙含笑迎上來，蹲了一禮。「姑娘可是來了！側妃娘娘正在裡頭等著姑娘。」說話間便見她往那兩個引路嬤嬤手裡各塞了個荷包，兩個嬤嬤也沒推拒，極快地就把荷包滑入袖袋中。

想不到才幾日不見，連采芙也變得玲瓏了。

姚姒心裡隱隱有些激動，卻又帶著不安，人只有在適應環境的時候才會需要改變，姊姊在王府裡難道過得不好？

姚姑住的院落名宜爽齋，是座二進小院，粉牆灰瓦綠漆廊柱，四四方方的院子看上去很精緻。進得門來，便看到姚姑立在廊下，身後伴著一干丫頭婆子，她穿了身黛紫色交領繡芙蓉花褙子，披著桃紅色出毛披風，無論是氣度還是容色，都較往日更加出色幾分。

姚姒臉上忍不住露出幾分激動，幾個快步便朝姚姞走去。

姚姞含著笑，迎了兩步便把姚姒的手一把拉住，姊妹倆此番見面，妳望我我瞧妳，眼眶都微微濕潤。

「走，進屋裡去。」姚姞牽了妹妹的手往屋裡走，甫一進屋，便有一股暖香之氣撲面而來。

姚姒微一打量，屋裡一色花梨木傢俬，多寶格上擺著精巧的金玉之器，進了內室，便看到一架十二扇的美人雕花屏風，靠窗下是一張美人榻，落地罩上垂著杏粉色紗幔，裡頭是一架千工架子床，這樣佈置既溫馨又顯出幾分富貴人家的氣象。如此看來，恒王府至少沒在明面上虧待姊姊。

第六十九章 謹慎

姊妹肩挨肩地坐在榻上敘話，小丫頭上了茶水點心後，姚姒睃了一眼屋裡服侍的，除了幾個嬤嬤沒有進屋來，裡頭竟然有兩、三個很是面生。

姚娡自然留意到妹妹的神情，她把姚姒愛吃的點心往妹妹跟前擺，便朝采芙吩咐。「找人去王妃處瞧瞧，看看這會兒王妃是否從明暉堂出來了？若是王妃得閒，就和向嬤嬤說一聲，一會兒我帶妹妹去給王妃請安。」

她頓了頓。「姒姊兒愛吃棗雲糕和馬蹄爽，著人去廚下瞧瞧，這兩道點心要熱呼的用著才好。」

采芙笑吟吟應了聲是，立即把屋裡的丫頭都分派出去，隨後便笑嘻嘻地拉著海棠避到外間。

熱鬧的屋裡頓時靜得落針可聞，姚姒輕輕喚了聲「姊姊」，鼻尖一酸。「他對妳好嗎？」

姚娡撫了撫妹妹的手，心裡大概猜出她的顧慮。「不要替姊姊擔心，王爺他待我很好。」

這話一說出來，想到和恒王閨房中的相處，她的臉上便帶了幾分羞臊。

看姚姑的表情，姚姒知道自己問了傻問題，這可真是關心則亂。

姚姑一向知道妹妹像個小大人一樣，若自己不說些什麼，確實難安她的心，因此有些話便不瞞她。

「我嫁進王府也有一陣子了，當初我既是頂著劉家姑娘的身分封了側妃，王妃於情於理自然不會虧待我。府中一應用度都有定例，王妃怕我初進王府還不習慣，便賞了幾個丫頭下來。這些日子我瞧著王妃行事，倒當得起賢慧二字。」

見妹妹未有疑問，便又出聲。「郭側妃是當初王爺開府時進門的，算是老人，這些年又生養了兩位小郡主，體面也是有的。除開這兩位，後院裡不過是兩、三位姨娘和通房，再說我的分位在這裡，除了早晚請安外，餘下日子卻不難過。」

姚姒聽她這樣說，再瞧她面色紅潤，臉上有著少婦的婉媚嬌羞，便知這話是真的。「姊姊過得好，我便安心了。可防人之心不可無，這些卻是要提點姊姊的。雖說這樣，不過姊姊入府時間短，這些人能進得王府來，自然都是不簡單的，姊姊性子溫和，對人又不設防，今後還是要多留個心眼才好。」

從前姚家只有那幾房人口，大太太還是對府中的幾房妯娌使盡了絆子，更何況是一位得權的王爺後院。這個道理姚姑哪裡不明白，她笑了笑，臉上就露了幾分羞赧。「王爺撥了個積年老嬤嬤給我當管房嬤嬤，從前采芙她們幾個都有些拿不出手，如今被春嬤嬤調教一番，倒有些進益。」

姚姒心中微微驚訝，想不到恒王這般細心，不管如何，至少恒王待姊姊還是有幾分情義的，她心裡才真正鬆了幾分。

「姊姊的院子裡有這位春嬤嬤鎮著，這樣最好不過了。」不過，凡事還是需要她自己小心些。她瞅了眼外頭，把聲音壓得很低。「上次給姊姊陪嫁的人裡，便有個會調理婦人身子的嬤嬤，看姊姊和王爺這般恩愛，想必很快就會有好消息，到時一應入口的東西都要注意，需知人心隔肚皮，還是那句老話，小心駛得萬年船，我只有姊姊一個，妳若有個什麼，我在外頭便會牽腸掛肚。」

這便是沒娘的痛，這些話若是母親還在，自是輪不到妹妹來說的。姚娡一時感慨萬千。

「好妹妹，便是為了妳，我也會好好保重自己。」

她朝妹妹笑了笑，明亮的眼睛裡有一抹堅持。「後院的女人，掙的無非是男人寵愛，可我不會去掙也不會搶，安安分分的就好，人最難得是保持一顆本心。我知道我笨，活在這些人精裡，指不定什麼時候被人算計了去，可笨人也有笨人的好處，王爺常說我傻人有傻福。」

姚姒不曾料到她會有這樣的想頭，便知先前的殷殷提醒她並不放在心上。

她心裡很清楚，姊姊只怕是愛上了恒王，一個女人只有愛上一個男人，才會對他的話百般重視。想到這兒她不禁暗嘆一聲，才剛放下的心又添了重重思慮，心裡也有小小的失望。

姚姒想了想，到底沒把姚三老爺和焦氏上京的事情告訴姚娡，她往泥金小碟子裡放了塊桂花糕，便往姊姊面前遞。「姊姊既然這樣想，那旁的話我就不多說了，只是這一次見了面，下次也不知要到幾時才能再得見，萬望姊姊保重。」

姚姑是個敏感的，多少能感覺到她的一絲異樣，可姊妹倆見一面不容易，心裡清楚妹妹是為她好才推心置腹說出一番話來，當即便把這小小的不快拋開了，提壺給妹妹續了盞茶。

「妳一個人在外頭也要多多保重，往後咱們見面的日子只會少不會多，若實在想得緊了，我便去求王爺和王妃應允，接妳來王府小住些日子。」

姊妹倆在屋裡說了一會兒話，采芙便笑著掀簾子進屋。「主子，采茵從上房回來了，王妃娘娘已經從明暉堂出來，適才討了向嬤嬤的主意，主子這會兒便可以帶著二姑娘去給王妃請安。」

姚姑起身。「既是如此，咱們現在就去上房給王妃問安吧。」她提點妹妹道：「王妃最是寬厚大度，一會兒見了妳便知道。莫怕，一切有姊姊呢。」

姚姒知道姚姑這是在安她的心，可這話也不難看出，她對恒王妃的態度很親暱，甚至可以說沒有防心。怪不得趙旃先前在馬車裡說過，恒王妃心機深重，籠絡人的手段了得，在外頭一直有著寬厚賢慧的好名聲，如今看來確實不假。

心思幾轉，姚姑叫了丫鬟們進屋，姊妹倆稍事整理，便手挽手地去了上房。

恒王妃在宴息室接見了姚姒，屋裡不光她一個人，郭側妃竟然也在。姚姒依足了禮數，給恒王妃行了大禮，又向郭側妃福了福身，便有小丫頭端了錦墩來給她坐。

姚姒哪裡敢坐，她向姚娡望了眼，便微笑著擺手拒絕。「王妃寬厚，民女卻不能失禮，王妃座前豈敢放肆。」

姚娡便替她解圍。「娘娘，妾身這妹妹年紀雖小卻甚是古怪，您且隨她去吧，她小人家家的，就站在妾身身邊吧。」

恒王妃笑了笑便沒再堅持，卻叫丫鬟拿出一個小匣子賞給姚姒，海棠上前從丫鬟手上接過來，姚姒少不得又施了一禮。

一旁的郭側妃就掩嘴對恒王妃笑。「王妃瞧瞧，這孩子年紀不大，禮數卻是不缺的，只是看上去不大愛說話，倒是同劉妹妹不大一樣。」

郭側妃的話，聽在耳裡卻有那麼幾分不懷好意，這話不無影射姚娡缺了禮數，又嫌姚姒木訥。姚姒便往郭側妃看去，二十七、八的年紀，姿色並不出眾，儘管她說出來的話不討喜，可這聲音卻是悅耳的。

姚娡像是聽不懂郭側妃話裡的意思，一味地笑。「可不是，我娘從前沒少誇過姒姊兒，也有不少人讚她少年穩重，便是連我也多有不及她。」

郭側妃這一試便碰了個軟釘子，她卻不惱，撥了支頭上的金簪子笑咪咪地吩咐丫鬟交到海棠手上。「適才不知道王妃這裡有客人，不是什麼好東西，拿去戴著玩吧。」

姚姒少不得給她施了一禮，便聽到恒王妃溫和的笑聲。「瞧著她比溫和、溫宜倒是大不了幾歲，一會兒妳們就都在我這裡留飯，也把溫和、溫宜兩個接來。」

姚姒知道郭側妃所生的兩個女兒名叫溫和、溫宜，大的九歲，小的七歲，可恒王妃的話不禁叫她深思起來。

這話聽起來，確實在抬舉自己，可往深裡想，溫和、溫宜雖是庶出，卻是堂堂王爺的親女、皇帝的庶孫女。雖然恒王妃未明說是陪客，意思卻是這樣，剛才郭側妃的面色可是極快地閃過一絲不豫。恒王妃這輕輕一句話，便挑起了兩個側妃之間的矛盾，端的是好手段。

恒王妃既然留飯，且把兩位小郡主都叫來，無論是郭側妃還是姚娡都不好推辭，作為客人的姚姒自然只能客隨主便。

郭側妃吩咐身邊跟著的丫鬟，讓她去接兩位小郡主。

姚姒看了屋裡這情形，不由得向姚娡望了眼，姚娡卻對她安撫地笑了笑。

只聽恒王妃溫聲吩咐向嬤嬤。「去前邊跟王長史說一聲，就說我留姚家姑娘用飯，請王長史務必要替王爺好生招待趙五爺。」

向嬤嬤得令便出了屋子，姚姒暗中覷了眼郭側妃，就見她柔順的眉頭幾可不見地皺了一下，再望向自己的眼神便含了一絲探究。

姚姒心中頓時透亮，原來竟是因為趙旆，恒王妃才這般抬舉她。怪不得趙旆堅持要陪她來恒王府。想到他對自己的一腔愛護，心中一股暖意流過。

可恒王妃為何要當著郭側妃的面把她和趙旆之間的關係點破？郭側妃的娘家並不顯，郭父不過是個五品大理寺寺丞，這樣的郭側妃，難道也令恒王妃有所忌憚嗎？

姚姒輕吁了口氣，再看向郭側妃時，便多了幾分打量。

絳紅色錦緞圓領褙子，繫了條蔥青色繡梅枝馬面裙，打扮得中規中矩，雖是坐在圈椅上，卻只坐了小半個椅面，脊背挺得筆直，雙手交疊在膝上，禮儀規矩讓人挑不出半點錯處來，這樣的人，確實當得起謹慎二字。

可剛才她明明還出言試探姚娡，卻與她謹慎的性子不符，姚姒更加疑惑了。

許是察覺到有人打量她，郭側妃掩嘴朝姚姒一笑，卻對恒王妃說道：「王妃您瞧，這孩子雖不大愛說話，可這雙眼睛卻生得又大又圓，瞧著彷彿會說話似的，這要是再長大一些，倒是和劉妹妹一樣，又是個水靈標緻的美人兒。」

郭側妃一口一個劉妹妹，叫得那樣情真意切，誇妹妹卻把姊姊也一起誇讚了，這樣的恭維聽在姚姒耳中卻含了別的意味。歷來以美色侍人者有幾個是得了善終的？她明裡是誇讚，卻不無譏諷姚娡以美色勾恒王的意味。

姚姒和姚娡一個對眼，都從對方眼中看到些惱意。

姚娡硬是擠出兩句話來。「多謝郭姊姊謬讚，姒姊兒還小呢，都說女大十八變，我倒希望姒姊兒將來容色平凡些才好。」

就聽恒王妃笑著斥了聲。「再叫妳誇下去，這孩子的臉都不知道要往哪裡放了。依我說妳這就是醋意，誰讓妳郭家就只有妳這麼一個女兒？」

說完也不待郭側妃反應，便朝姚姒招了招手。「好孩子，我是聽妳姊姊常說起妳的，沒想到竟是這樣能幹，雖說女子以貞靜賢淑為主，可也有例外，妳們姊兒倆的生母去得那樣早，若自己不自強，旁人必定會欺負上的，妳這樣卻是很好。」

無論是誰，被人兜頭兜腦地幾重誇讚，大概都會忍不住得意幾分，若是一得意只怕會忘形，這是正常小女孩的反應。

若說剛開始姚姒還瞧不明白屋裡的情形，如今倒是看出幾分，不由得越發謹慎起來。她走到恒王妃身前一丈的距離，便不肯再往前，只亭亭立著，臉上恰到好處地帶了絲羞意。

姚姑哪裡知道妹妹起了這樣的心思，看到王妃不輕不重地說了一頓郭側妃，心裡倒覺得她是個公正憐弱的賢慧人，便朝姚姒笑著提點。「姒姊兒，還不快給王妃道謝？」

姚姒心裡重重一嘆，朝恒王妃一個福身。

屋裡這兩個，一個恒王妃是手段了得心機深沈，一個郭側妃機敏謹慎，這兩人哪一個都比姚姑厲害得多，往後姚姑的日子該怎麼過才好？

恒王妃笑了笑，很溫和地問道：「在京裡可還住得習慣？往後若是想妳姊姊了，便來王府看她，在我這裡也別拘束了。一會兒溫和、溫宜來，妳們且認識一下，往後來往便有了伴。」

雖然知道這不過是客套話，不無試探之意，姚姒還是很配合地表現了幾分感激之情。

「回王妃娘娘的話，在京裡住著一切都還習慣，多謝王妃娘娘的恩典，此番與姊姊相見，知道姊姊過得好，民女便安了心。兩位小郡主身分貴重，民女雖說癡長兩位小郡主幾歲，可民女自小長於鄉野，只怕會唐突了兩位小郡主。」

這回恒王妃的臉上便帶了幾分滿意，看向姚姞的目光更加和煦。

溫和、溫宜兩人確實很盡地主之宜，姚姒倒是有些欣賞這種不驕不矜卻自成一格的貴氣，聽說這兩個孩子並不是由恒王妃和郭側妃帶大的，而是由恒王指定的女官教養，姚姒心裡對恒王倒是有些欽佩。

一頓飯吃下來，便費了大半個時辰，姚姒跟著姚姞回到宜爽齋，姚姒心裡沈甸甸的，若說恒王妃和郭側妃如今不過才有了些言語上的試探，便能令她疲於應付，若是她們二人真起了歹意要害姚姞，她可以想像得到，她二人的手段必定隱密而又和風細雨。可她該怎樣提醒姊姊呢？

姚姞雖然看出姚姒有心事，卻以為是兩姊妹離別在即而傷感，她拉住妹妹的手進了屋，把人都打發出去，沈聲道：「妳一個人住在外頭，若是有人欺負妳，無論如何都要告訴姊姊。如今再不同從前，有我這重身分在，旁人便是想要對付妳，也得想想恒王府，王爺必定不會眼睜睜看著不管的。從前姚家對我們所做的事情，王爺都知道了，妳放心，將來自有一天，王爺必定會替妳我討個公道的。」

她沒想到姚姞私底下會同她說這個，瞧她說得信誓旦旦的，倒是令姚姒起了些疑心，她不由得愕然。「姊姊，難道妳去求王爺替我們作主了？」

那姚三老爺和焦氏上京到底是不是與恒王有關呢？

「這倒是沒有，從前我與王爺一同在江南，王爺得空便會問我許多事情，是以姚家是怎樣待妳我的，娘又是怎麼冤死的，這些事情王爺都清楚。」

她頓了頓，臉上便含了幾分嬌羞甜蜜。「是前兒個王爺對我說，往後想妳了只管跟王妃說一聲，再叫人去接妳來王府，若是外頭有人欺負了妳，叫我只管去告訴他，必定不能讓妳受委屈。」

姚姒心中猜測著，這必定是恒王看在姚姞的面子上才給的承諾，這樣看來，恒王確實對姊姊有幾分上心的。想到這裡，她鬱塞的心情倒有幾分鬆散開來。

「姊姊放心，我在外頭很好，我一個姑娘家，離了姚家那些人，在京城又不惹是生非，王爺待妳好那是姊姊的福氣，這份福氣姊姊要把握好了。」她看了看屋外，細聲叮囑道：「姊姊如今根基淺，兩邊都不得罪為好，今兒我瞧著郭側妃有些意思，姊姊如今雖說很得王妃喜愛，可也不能因此和郭側妃生了嫌隙。」

「我都聽妳的。」離別在即，兩人都有些傷感，此刻無論姚姒說什麼，姚姞都會應承下來。可姚姒心裡也清楚，姚姞心性偏軟，過後也不知道能不能做到，可該交代的她還是要叮囑。

「對承恩公劉府那邊，姊姊既然是劉家的義女，便不可太過冷淡，也不可過分熱切，人家對咱們有恩，給了姊姊這個身分，姊姊便回饋他們孝心，些許小物並不值什麼，幾句問候也是殷殷關切之情，咱們能還一些便是一些。」

說實話，姚姒是打心底對恒王妃有些忌憚的，這樣的人往往令她看不透，她對姚娡的好並沒透著刻意，該維護的時候也毫不含糊地維護，可該捨棄的時候，姚姒相信她也不會有絲毫猶豫。說穿了，姚娡如今便像是她手中的一枚棋子，她到底要如何用她，姚姒還看不出來。

姊妹兩個依依話別，姚姒便辭了姚娡，同來時一樣，趙旆依然和她坐了一輛馬車。

第七十章　下獄

看她一臉心事重重的，趙旆把她攬在懷裡。「怎麼了？出了什麼事？還是在為妳姊姊擔心？」他摸了摸她的頭，不輕不重的力道，含著十二萬分的寵溺。

姚姒自己還一頭霧水，哪裡能跟趙旆說出個所以然來。她斂了斂鬱色，往他懷中靠過去。「沒有，只是想到才見面就又要分開，心裡有些難過罷了。」

他知道她並沒有說實話，也不窮追猛問。「妳姊姊不會有事的，我瞧恒王待妳姊姊是有些不一樣，自己的女人還是知道護著的。」

姚姒叫他說得心中暖暖的，抬起眸朝他看去，他深邃的眼中全是自己的倒影，想到他為著她也不知道耽擱了多少正事，就有些愧疚，踮著眼往他臉上親去，這個吻很輕很柔。「五哥，多謝你。」

趙旆叫她這一吻勾出了些情動，把她抱到自己膝上，兩個人貼得很近，額頭抵著額頭。「這樣的多謝不嫌太單薄了？」有時候男人耍起無賴來，簡直令人難以招架。他欺上她的唇，勾著她的丁香小舌嬉戲，兩人很快就微微喘息起來。

她的唇嫣紅嫣紅的，那是被他疼愛過的痕跡，他用了萬分毅力才忍住再次吻她的衝動，把嬌軟無力的她貼在自己胸口，一聲輕輕嘆息。「姒姊兒，快快長大，五哥現在等得好辛苦。」

她往他懷裡拱，這次好像又是她主動，想到這裡，十分不好意思，好在他並沒有再繼續，只是一直摟抱著她。直到回到四喜胡同，他送她回屋，再沒耽擱，很快便離去。

姚姒小睡了一陣，等起來時，綠蕉便來回話。「小姐，前院的那位柳書生說要見小姐，我先前勸了他，沒想到這人不死心，又找了奴婢，說是讓奴婢把這個東西交給小姐，小姐便會見他一面。」說完，她把手上捧著的一個小荷包往姚姒面前遞，臉上多少有些忐忑不安。

姚姒看那荷包很尋常，接到手上打開一瞧，頓時臉色發白，口中一陣喃喃。「這……這……」

綠蕉大吃一驚。「小姐，怎麼了？」

這東西是她遞上來的，看到姚姒這副神情，下意識就朝那荷包打量一眼，不過是個普通的素色荷包，至於裡頭裝著什麼，她心裡十分好奇，究竟是什麼物事令小姐這般失色呢？

姚姒緊攥著荷包，好半天才回過神來，她掩飾似的對綠蕉笑了笑。「無事，下去忙吧，我一個人坐坐。」

綠蕉只得屈膝一福便退出屋子。

窗外一陣寒風呼嘯而過，尖利的風聲拉回姚姒的思緒，她冰冷的手顫抖著再次把那荷包打開，裡頭靜靜躺著兩枚小巧殷紅的玉石骰子。

玲瓏骰子安紅豆，入骨相思知不知。

這件東西，哪怕隔著一世，她也不會認錯。兩只骰子上頭分別刻上她和柳筍的名，前世是柳筍送給她的生辰之禮。正是因為此物，打破了他和她之間的微妙關係。可是使君有婦，而她再也不能裝糊塗，這才遁入空門。

如今這東西竟然又出現在她面前，還是柳筍所送，這是何等詭異。

她心中的不安漸漸擴大，在屋裡不停來回走動。她想到發生在她身上那些不可思議的事情，這世上，難道還有別人也有同樣的經歷？

那日昏燈下，柳筍立在長廊盡頭對自己一笑，那笑容如今想起來，分明像是和她認識多年似的那般熟稔。

重生之事，這是深埋在她心底的秘密，便是連趙旆都不能相告，而如今，卻有可能另一個人也和她有著同樣的經歷。饒是她再鎮定沈著，仍叫這個想法驚出一身冷汗。

柳筍這是要做什麼？他難道發現了她的秘密……一時間，各種猜測紛至。

過了好半天，姚姒才喚了綠蕉進屋，她臉上已看不出任何情緒。

看到綠蕉，她把荷包往她手上放，話就說得有些鄭重。「將這東西還給那書生，雖說是我的馬車撞了人，可到底他已無大礙，需知男女大防，我一個女子，怕是不好見他，再有這樣的事情，妳不必回我，該一律替我擋下才是。」

「小姐，奴婢知錯了！」綠蕉心裡懊悔不已，確實是她失了分寸，不明不白的東西，哪裡能拿到小姐面前來。

姚姒朝她擺了擺手，神情有一絲疲憊，沈沈的眼眸幾經變幻，便出聲吩咐。「去吧，妳且叫人擺晚飯，這東西隨便找個小丫頭送到外院便是。」

正是她這隨意的語氣，叫綠蕉的心安下來，她本就心思單純，聞言倒把先前的一番好奇與猜測散去，她應了聲，便退出屋子。

萬事都有一個理，以不變應萬變，不管柳筍是什麼意思，她越是平常的態度，越不會令人起疑心。

姚姒苦思了一夜，可對於柳筍，她的心情萬分複雜。

柳筍，將來是皇帝跟前的重臣，不管他是不是重生，此人絕不能得罪，可若是太過關注，只怕以他的城府，必會察覺出一絲不尋常來。

第二日她便找了張順來，如今外院的事情，全部是張順打理，她簡單地把昨日柳筍的事情說了一遍。「……於理，我是該當面道歉的，只是到底不大方便，煩勞張叔替我去瞧瞧，若此人心懷不軌，就打發些銀兩讓他就此離去；若此人是個端方之人，只怕這般求見我，許是有為難之事相求，俗話說，結一份善緣留一份福，只要不過分，張叔都可自行作主幫一幫他。」

姚姒這話多少有些誘導張順，翻過年來便是春闈，學得文武藝，賣與帝王家，多少學子寒窗苦讀多年，為的便是一朝鯉魚躍龍門。她相信自己的這席話，一定會讓張順生出些先入為主的觀念。既然不能得罪柳筍，卻也不能就此放過結交的機會，不如讓張順去試探一二。

沈默寡言的張順像從前許多回一樣，朝姚姒點了點頭，一如既往不去追問這樣做的因由。他這樣無條件的信任，姚姒的心裡慢慢升起一股暖意，從前多少回難關都挺過來了，這回也不會例外的。

可幾天過去，姚姒沒等來張順試探柳筍的消息，譚吉夫婦卻上門了。待小丫頭一上茶，姚姒把人打發出去就問：「你夫妻二人這是怎地？可是出了什麼事？」

譚娘子與譚吉對視了一眼，譚吉起身抱拳道：「小姐這幾日可有聽到朝廷的風聲？」這話卻是問得稀奇。「什麼風聲？」這幾日因著柳筍之事，她連屋子都鮮少出，難道這幾天發生了什麼而她還不知情？

譚吉神情一滯，臉上便有幾分躊躇，但很快便掩了去。「小姐，請恕我直言，姚家這回怕是要大難臨頭了。」

姚姒吃一驚。「你說什麼？」這消息太過突然，令姚姒有片刻失神，但很快便問道：「這是怎麼一回事？還請你仔細與我分說。」

譚娘子朝丈夫瞅了眼，才嘆了口氣替丈夫回道：「小姐，具體事情我們也知道得不齊全，只聽說是因著五爺受封一事引發的。五爺上次受重傷並非偶然，而是有人私底下勾結荷蘭人，將五爺在海上的布防告知荷蘭人。如今有官員上了奏摺，一舉揭發福建沿海官官相護並勾結倭寇在海上大行走私，且還是走私軍械，如今這樁大案子正由大理寺和刑部以及皇上指定的彭閣老一起會審，聽說證據直指福州洪家，彰州姚家與焦家、李家赫然在案。」

姚姒驚訝得一迭連聲直問：「這是什麼時候發生的事情？」

這件事若說沒有趙斾的影子，她都不會相信。想到趙斾不聲不響竟然設了這樣大的局，或許從他那次險些失了性命開始，便已經在布局了。

「三日前。」譚吉沈聲回道。「朝廷的旨意是三日前才發下的，如今在京城的姚五老爺、才上京的姚三老爺及所有僕役已經全數下了刑部大牢。」

「五哥呢？他有沒有事？」他說過，會為她向姚家討一個公道的。

怪不得他那樣忙，還陪著她去梅園賞梅，甚至陪她去恒王府看望姊姊，宜敏長公主那樣尊貴的身分，卻只在見過她一面便應諾在定國公夫人面前說情，這一切的一切，如今細細想來，竟都是有因由的。

譚吉苦笑一陣，對姚姒搖了搖頭。「看來小姐竟不知道五爺也下了刑部大牢。」

姚姒驚得手一抖，竟碰翻了挨在她手邊的茶盞，茶水滾燙，可這疼痛卻抵不過她對他的擔憂。「五哥怎麼會下獄？張順呢？這些消息他不會不知道的！」

譚娘子急忙上前用手帕包了她的手，揚聲喚人進來，看著姚姒紅通通的手掌，她睃了眼譚吉，只怕這件事情有些不妙。按說五爺的事情，姚姒是最上心的，可現在她分明毫不知情的樣子，兩人心裡頓時明白，這件事情必是五爺讓人瞞著的，這可壞了事了！

譚吉夫婦再說了什麼，姚姒根本就沒聽進去。她滿腦子都是趙斾下了大獄的事，一顆心又喜又悲，他一定是瞞了她許多事情，他為了替她討公道，竟然把自己陷進危機四伏的泥塘裡，他若有個三長兩短……

她越想越害怕，到了這會兒，她很清楚自己在聽到姚家下獄時，並沒有一絲一毫仇恨得報的快感，如果時間能倒流，她寧願把仇恨放下，只為換趙旆一輩子的平安喜樂。

姚姒渾渾噩噩地送走譚吉夫婦，海棠扶著她返回屋裡時，她腳下一個踉蹌險些摔倒，好在是這樣，才讓她醒神。她掙脫海棠的手，很快吩咐道：「去外院把張叔請來，要快！」她靜了靜心神，強忍著不去胡思亂想，出了這樣大的事情，她首先得明白事情的始末。

海棠沒有任何遲疑，步履如飛地出了屋子。

不過一炷香的工夫，張順便來了，姚姒看到他急匆匆進屋，一個冷臉便朝他望去。張順抿唇苦笑，不待姚姒問話，便朝她抱拳道：「小姐，不是我不說，而是五爺有交代，這件事無論如何都要瞞著小姐。」

姚姒氣不打一處來。「都這個時候了，你還不跟我說實話？」她踱步到張順面前，清瘦的臉漸漸染上幾許失望之色。「你們都說是為了我好，但你們可知道，正是你們瞞著我，才叫我心裡沒底。我如今最後悔的事情，便是從前太過執著為母親復仇，才會害得五哥現在身陷囹圄。」

「小姐……」張順欲言又止，可瞧著姚姒急瘋了的樣子，嘆了口氣，苦笑道：「五爺只交代我，若是小姐一旦得知姚家和他出事，讓我務必要勸住小姐。五爺他說，他曉得分寸，小姐若是懂他，就在家裡乖乖等著他回家。」

姚姒驀然間很想哭，心裡被各種情緒塞滿，趙旆這是在安她的心，一句若她懂他的話已經說明了一切。這世上有這麼個男人一心一意待她，她忽然覺得這輩子很值了。

張順重情重義，既是承諾了趙旆，就絕對不會再透露什麼出來，她輕輕一聲嘆，再出聲就帶了些懇求。「五哥是知道我性子的，必定有留話給你，我想見五哥一面，還請張叔幫幫我！」

張順想到趙旆先前對自己的一番交代，便有些無奈，可到底不忍心看姚姒徬徨擔憂，只得答應下來。「小姐，我盡力疏通，讓小姐能見上五爺一面。」

「那就拜託張叔了！」

張順退下後，姚姒看了看外面的天色，想了又想，便叫了焦嫂子來，一通吩咐。「讓廚房做上姊姊愛吃的幾樣點心，妳親自送到恒王府，替我看望一下姊姊。」

焦嫂子面上露出一絲不解，小姐前些日子才去恒王府探望過姚娡，現如今又去，會不會走得太勤了？姚姒卻把頭湊到她面前細聲地好一番交代，焦嫂子聽完後滿是不可置信，可到底也是經過些風浪的，隨後便鄭重點了點頭。

焦嫂子黃昏時分才趕回來，衣裳都來不及換，便到姚姒跟前回話。「小姐，奴婢提了點心過去，大小姐很高興。通州到京城這幾個地方，聽說大雪釀成重災，又有不少人乘機鬧事，恒王這幾日奉了旨意已經出了京城，到通州那一帶勘察災情去了。」

焦嫂子接著說道：「采芙幾個都不像是知情的樣子，奴婢辭出來時，特別留意了恒王府中的細微處，王府中一切井然有序，只是奴婢進去時，在門房處多耽擱了些時候，出來時又多了盤查，旁的倒是沒見異常。」

姚姒心中一沈，她隱隱料到，這件事情只怕也有恒王的影子，卻叫趙旆出這個頭，而恒王則避出京城。趙旆到底現在如何了？

可眼瞅著幾天又過去了，只得知刑部早前便已發出拘令，將一干涉案的家眷全部緝拿並押解上京，因著是大案，所牽連的又大都是福建和江南幾地的大家族，朝廷出動快船。姚姒想了想，照這樣看來，只怕年前這些涉案的家眷都會抵京，那這案子是不是有望在年前宣判？

只是想歸想，事情到底是否如她所預料的那樣，一切都還是未知數。

又過了三天，張順那邊回了消息，因趙旆事涉大案，刑部看得很嚴，並不准許探監。姚姒望著張順神情帶了幾許疲憊，曉得他是盡力了，想到不能與趙旆見面，她心中越發焦急憂心起來。

姚姒不得已，只得隔三差五地讓焦嫂子以送吃食衣料等各種藉口去恒王府看望姚姑，恒王府中一切看上去都正常，只除了盤查得越來越嚴的門禁外。

這種異常落在姚姒耳中，便讓她忍不住猜想，只怕秦王和恒王之間鬥得越發厲害了。她讓張順停止一切打深，把散在外頭的人都叫回來，並緊閉門戶。

若是無法幫到趙旆什麼，就不要再給他添是非，至少不能扯他後腿。

她如今只能選擇相信他，他說沒事，他就一定會平安歸家。

就在這個時候，柳筍再次求見姚姒，這一回遞到她面前的是一封極短的書信，信封上並未落款，姚姒打開書信，素白的紙上寥寥幾行字，正是柳筍獨樹一格的柳體。

欲見趙旆，筍有一法子，盼明日午時，靜雲庵觀音殿靜候。

第七十一章 赴約

姚姒大驚，靜雲庵，正是前世她出家的地方。

柳筍，他是有意還是無心？他又從何得知她想見趙旆的？

這詭異的事情，令姚姒心頭升起莫大的不安，還有深深的恐懼。

姚姒緊緊握了拳，彷彿這樣就能讓她多生出些勇氣來，無論如何，她都要去赴這趟約，為了能見趙旆一面，她再不能逃避柳筍。

第二天她留了綠蕉守屋，點了海棠陪她一同前去靜雲庵。從四喜胡同到靜雲庵，差不多要一個多時辰。姚姒坐在馬車上，心卻飄到老遠。

前世，她就算出家避到靜雲庵，柳筍依然每個月都會去看她。柳筍為了她，每年都捐給靜雲庵一筆頗豐的香油錢。再者以柳筍的名聲，靜雲庵並無人敢欺負她。青燈伴古佛的日子如水一般流逝，她和柳筍不是親人卻勝似親人，或許還有些別的。

可是在她生命的最後，她才從另一個女人口中得知殘酷的真相，柳筍為了她，冷落了髮妻大好的青春年華，在她最後的生命裡，這個女人露出畢生對她的怨恨。這個可憐的女人……若是有得選擇，這一世，姚姒不希望和柳筍再有任何牽扯。重來一世，她萬萬不願再去傷害她。

海棠坐在她身邊，望著姚姒從上馬車後就開始恍惚的神情，不知道如何勸。這些日子，事情竟是一樁樁接著來，姚姒就沒有一天安生日子。她總有種直覺，這個叫柳筍的，有些不大對勁。

靜雲庵是姚姒前世生活多年的地方，再次進到這處佛門靜地，姚姒心下感慨萬千。前世的一幕幕重現，只覺得這庵裡的一草一木，都異常熟悉。

海棠卻是暗地裡鼓起了勁，一雙清目精光外露，小心而謹慎地扶著姚姒一路進了觀音殿。一抬眼，觀音殿的佛像前，立著個眉目清俊的男子。

海棠明顯感覺到姚姒身子一緊，這讓海棠瞬間就對柳筍充滿敵意。

姚姒腳步一緩，那日昏燈下的柳筍，卻又與現在的他不同。

觀音殿前，這個柳筍氣勢外露，他的眼神就像飽經風霜的世故之人帶著銳利的審視，叫人無所遁形，偏他的嘴角上揚，那抹含在嘴邊的笑容飽含太多情緒，令姚姒心頭發涼。她再不敢與他對視，裝出一絲羞意，微微垂了頭。

他先抱拳朝她一揖。「妳終於來了！」

姚姒打起精神，朝他一福。「勞柳公子久候了，小女子的馬車前次撞了柳公子，這是我的不是，今次給柳公子賠個不是了。」

他一笑，卻朝海棠望了眼。「姑娘既然來了，便知我要與姑娘所說的不容他人聽，這觀音殿接下來一個時辰，再不會有人闖進來。」他見她並不動作，一哂，神情越發溫和了。

「姑娘可是想清楚了？」

姚姒沒承想他竟是這般直接，不再猶豫地把海棠遣出觀音殿。偌大的殿中，只有她和他。

殿中香煙繚繞，一時靜得可怕，姚姒一臉如臨大敵，她很想放鬆身子，奈何就是有種恐懼，卻又怕自己露出破綻，心一橫，便問道：「我不知道你是從哪裡知道我的事情，我瞧你一派光風霽月的樣子，想必不是個壞人，明人不說暗話，你要怎樣才能幫我見到趙旆？」

他朝她走近，近到兩人中間只隔了一塊蒲團的距離，她甚至能感覺得到他身上危險的氣息。

「姒兒，我知道是妳。」柳筍幽幽一聲嘆息，卻叫她驚出濤天的駭然。

他，是和她一樣重生的柳筍，他的語氣、他喚她姒兒、他話語裡的親暱和失而復得的驚喜，都叫她背脊直冒冷汗。

天啊！儘管她有過猜測，可當真如她所想的那樣，仍令她怔忡住，不知該如何回話。

柳筍的眼中閃過幾許釋然。「不要怕，這裡只有我們兩個。」

隔著蒲團，他伸出手來想碰她烏黑的青絲。

天知道，他有多麼激動驚喜，他就想撫一撫她，以證明他現在不是在作夢。這一世重來，他再不會娶妻，他和她一定會續了前世的緣。可是，前世的她和今世的她，已不再一樣，她的心裡竟有了別的男人，而他，不能容許。

姚姒的頭一偏，叫他的手落了空，他卻不惱，笑容倒越發深了。

「妳不承認也罷，我知道妳跟我一樣就行。妳說，這是不是老天見憐，前世的遺憾，便落到了這一世圓滿。姒兒，這一世我再不是使君有婦，憑我柳筍，絕對不會輸給趙旆，妳是我的。」

她被他的瘋狂偏執嚇到了，終於忍無可忍出了聲。「你瘋了不成？我不是任何人的。」可說完這句她就後悔了，這算不算不打自招呢？

柳筍，最善於攻心，她稍一不慎，便著了他的道。

他一腳踢開那礙事的蒲團，重重把她摟在懷中。

她嚇得不知如何是好，想叫海棠卻又不知道讓海棠瞧見了該怎麼解釋。

柳筍便是吃定了她這一點顧慮，把她緊緊禁錮在懷中，像抱著失而復得的珍寶。「姒兒，姒兒，我這不是在作夢吧，妳知不知道，妳就那樣離我而去，把我的心也帶走了。我把妳葬在我為自己選的墓室，生不能同衾，我要死後和妳同穴，從今以後，去他的君子之禮，我再不會放開妳了。」

姚姒費盡力氣掙開他的懷抱，可惜男子的力氣終究不是女子可比擬的。

她悶在他懷裡，身和心都慌亂無措了——此時的柳筍，帶了些瘋魔之意。

她恨聲道：「我的侍女就在外面，你若再不放開我，我便要叫人了，難道大名鼎鼎的柳重卿便是這樣欺負一個弱女子的嗎？」

柳重卿是柳筍的字，柳重卿這三個字，放眼京都，當年誰人不識君，若是自持君子，便再不會這樣冒犯她。

可是她卻想錯了，他在她耳邊低吟。「乖，不鬧，我好像等了千年，直到現在，我才真真切切感覺到這一切都不是幻覺。姒兒，玲瓏骰子安紅豆，入骨相思知不知？」

她輕輕一聲嘆息，停止了掙扎。「柳筍，這一世我的相思給了他，我的心裡再不會有別人，你還記得你的髮妻嗎？前世你虧欠她良多，這一世你要憐惜她。」

「不，妳才是我想要的女人。姒兒，妳不是想要見他嗎？我會帶妳去見他，甚至妳想要救他也行，我可以救他出來，可是妳要答應我，與他一刀兩斷，再不相往來。」他恨聲道，提到趙旆，臉上閃過一絲狠戾的神情。

「若是妳不願，還是心心念念都是他，那就怪不得我了，就看他有沒有這條命能從刑部大牢裡出來。」

姚姒心頭一顫，難道一開始她的馬車撞上他就是柳筍設計的？

那他到底是何時開始注意自己的，又是怎樣一番謀劃，才會這樣清楚她和趙旆之間的事情，他所持的底氣是從哪裡來？不，她不能被他的三言兩語給動搖，她相信趙旆。

「我相信五哥，他說過會平平安安的，就一定會沒事。」她放緩語氣，抬頭對上他幽深的雙眸。「柳大哥，你是我最敬重的人，我只是個平凡的女子，不值得柳大哥這般相待。你是個好官，前世成就了名垂千古的功名，即便重來一世，我也不該成為柳大哥建功立業的絆腳石。」

她望向殿外深處。「我和五哥這一世早已牽絆很深，若沒了他，這一世我還是會選擇青燈古佛度過餘生，若有他在，哪怕只是卑微地站在他的身畔，我也覺得幸福。」

柳筍沒有想到，她陷進愛情裡這樣深，可以卑微到塵埃裡去，可是對他卻是如此無情，令他失了神。

她乘機掙脫出他的懷裡，捂著胸口微微喘氣，一邊往殿門口退。「柳大哥，保重！」她怕再橫生枝節，旋了身便往殿外跑。

姚姒一跑出殿外，海棠便飛快迎上來，看到她失魂落魄的樣子，她朝殿內凶狠地望了一眼，卻不動聲色地扶了姚姒往廊廡走。「姑娘，咱們回吧！」

姚姒半個身子都倚在海棠身上，捂著胸口還心有餘悸，想到柳筍把她騙出來，甚至揭穿她的最大秘密，她的身子就抖得厲害。

柳筍這樣的態度，若她想透過他見趙旆一面，這個可能性變得非常渺茫，令她止不住的一陣沮喪失望。

海棠不知道她發生了什麼事，只得攙扶她上了馬車，讓車夫儘快趕回四喜胡同。

姚姒回來後就懨懨的，越發思念趙旆。柳筍的能耐她是知道的，雖然如今他還沒有那個勢力，可柳筍有的是心計和能力。趙旆身陷牢獄，若柳筍有心使壞，趙旆一定會吃些苦頭的。不行，她一定要想辦法見到趙旆。

隔天，她又打發焦嫂子去恒王府，就快過小年，聽說恒王已經回京城，姚姒生了些破釜沈舟的勇氣，實在不行，她就想盡一切辦法去求恒王。

只是還沒等焦嫂子從恒王府回來，四喜胡同便來了一名不速之客。

五太太崔氏神情憔悴，穿了件薑黃色襖子，披了件半新不舊的狐狸披風，看到姚姒進來廳裡，她立即從圈椅上站起來，笑容卻很勉強。

「姒姊兒，果真是妳，妳和姽姊兒，不，應該是側妃娘娘，是什麼時候來京城的？怎地不去找五嬸呢？」

姚姒沒想過，五太太崔氏竟然是第一個她所見到的姚家人。

對於五太太的殷勤，她不為所動，按小輩執了一禮，逕自走到上首坐到主人的位置上，極客套地寒暄。「姚五太太請坐，我和姊姊早已被除族，如今再和姚五太太攀親戚情分，有些不大恰當。」

姚姒這話著實諷刺五太太，令崔氏面上一紅，不過很快就回復幾分鎮定。

她望向姚姒的眼神有些怪異。「姒姊兒，姚家那樣待妳們姊妹，妳們心生怨忿也屬正常。我今兒來，想必妳大概猜到了，我求求妳出面幫我引見側妃娘娘，我的幾個孩兒何其無辜，若妳肯幫我，我、我會給妳們證據，證明妳們母親是被老太太毒死的。」

姚姒的手心貼著熱熱的茶盞，燙得生痛卻像沒了感覺。

五太太手上竟然會有姚蔣氏毒殺母親的證據？她的血像一下子沸騰起來。「姚五太太，口說無憑啊，我又怎知妳是不是哄騙我，想要我替妳引見姊姊？可不是只有這麼幾句空口白話的。」

崔氏彷彿料到她會這般相問。「怪不得妳姊妹二人能全身退出，不受姚家半分影響，我看都是姒姊兒的功勞，不聲不響的，倒是把姚家所有人都瞞過去了。」

她從袖袋裡取出一個小黑瓷瓶，對姚姒笑了笑。「這是老太太給妳娘下的毒藥，叫一炷香，妳娘便是死在這毒藥之下，這是老太太身邊的李婆子偷來的，我花了五百兩銀子，好不容易得了一瓶。」

她頓了頓，再下了一劑猛藥。「我手頭上有當夜去芙蓉院行凶的婆子，若是妳們姊妹能幫我保下我的孩子，這婆子我便送給妳們處置。」

姚姒在心中暗暗琢磨五太太話裡的真偽，覷了幾眼崔氏，佯裝不太動心。「就算我帶妳去見姊姊，姊姊也未必能幫得到妳，需知姚家牽連到這種大案子裡，便是恒王，也不敢說能救得下妳的幾個孩子。」

五太太卻一笑。「這個妳不必擔心，只要能見到妳姊姊，她必定會帶我去見恒王。」

姚姒有些驚訝，五太太似乎很有信心恒王不會拒絕，難道她手裡有恒王想要的東西不成？她忖了忖，不妨先答應下來。

「好，我答應妳，帶妳去見姊姊，不過這瓶毒藥妳得先留下，我還得派人去問問姊姊那邊的狀況，我再通知妳。」姚姒慢悠悠道。

「不行，我等不了，今日我就要見到恒王。不怕跟妳說，我早已被五老爺休了，若非為了四個兒女，我豈會來求妳。」五太太說得很斬釘截鐵。「這樁案子姚家一定逃不了的，只可憐我的四個孩兒。姒姊兒，我從前不是不幫妳們姊妹，而是我也怕，老太太的手段這樣狠毒，叫人不寒而慄，從前我若有得罪妳們之處，還望妳莫計較。」

一向高傲的五太太，竟然也會有低聲下氣的一天。姚姒心中並沒有一絲快慰，有的，僅是深深的悲哀。

「好吧，我儘量試試，帶妳今日去見姊姊。至於妳所謀之事，咱們可有言在先，見到我姊姊，妳就得把那婆子先給我。」

五太太點了點頭。「我把那婆子關在一個地方，只要我見到人，便會把那婆子的藏身之處告訴妳。」

稍後，姚姒帶著五太太崔氏同坐一輛馬車，去了恒王府。

恒王府的門房盤查得很仔細，可一聽說是側妃娘娘的親妹妹，便沒有過多刁難。五太太不動聲色看在眼裡，內心卻漸漸激動起來，如此看來，姚娡很得恒王寵愛，自己找上她們姊妹，希望是找對了。

姚娡聽丫頭來報說姚姒來看她，很是歡喜，若不是丫頭攔著，她就要站在廊廡下迎妹妹了。只是等姚姒帶著五太太進了屋，她才看到多了個不速之客，對於五太太崔氏，姚娡談不上喜歡。她印象中，這是個心機深沈之人，不過能在京城見到五太太，還是令她有些訝異。

五太太卻笑著給姚娡福身行禮。「妾身崔氏給側妃娘娘問安。」

姚姒上前細聲道：「姊姊，崔太太如今已不是姚家婦，今兒來，便是她央了我帶她來見姊姊。事關母親之事，還請姊姊屏退左右。」

姚娡聽妹妹這樣說，不過一個眼色，屋裡服侍的便魚貫退了出去。

這情形瞧在五太太眼裡，簡直不敢想像，從前那樣怯懦的一個人，竟然還有這種造化。姜氏的兩個女兒，果真都是出色的。她心裡泛著酸意，姜氏，這個女人即便死了，也還是這樣叫人妒忌。

姚姒挨著姚娡，細聲把崔氏的來意說了一番。

姚娡的拳頭握得死緊，臉上因生氣而泛紅，好半晌才出聲。「來人啊，去瞧瞧王爺這會兒可在府中，若是在，即刻來回。」

屋外便有侍婢應聲，想必是領差去辦了，姚姒便對五太太催促。「姊姊妳也瞧見了，是不是該把那婆子的藏身地點告訴我了？」

崔氏也是個信守承諾的，當即說了個地方，姚姒出屋對跟過來的海棠吩咐了幾句，海棠幾個轉身，便已不見人影。

過了小半個時辰，姚姑帶著姚姒和崔氏七彎八拐地進了一座寬大的明間。

姚姑很快就告退出來，恒王送她出門，看了看姚姒，柔聲笑道：「妳們姊妹見一面不容易，就快過年，不如就留妳妹妹在王府小住些時日吧。」

姚姑不意他這樣說，能把妹妹留在身邊，她歡喜無限。「謝王爺！」

姚姒哪裡想到來這一趟，竟然被恒王留下來小住，她不動聲色地瞧了眼屋裡的五太太，便扶了姚姑退出來。

第七十二章 死訊

姚姒在恒王府住了下來，只留了海棠在身邊服侍，至於五太太，姚姒再也沒有見到過她，也不敢打聽崔氏去了哪兒。

她如今住在宜爽齋的小抱廈裡，恒王留宿在宜爽齋的時候，姚姒並不出房門，她日日隨姚娡一起給恒王妃請安，竟是再沒找到一個合適的機會去求恒王。

姚姒在大年初二辭了姚娡，回到四喜胡同。因著新年是在恒王府中過的，四喜胡同這邊不免就有些冷清。姚姒一回來，便給府中所有人發了雙倍月錢，又拿錢出來讓廚下整治了好幾抬桌面一一分送到寶昌號的各個家眷處。

回到家裡，再不似在恒王府上那般拘謹，姚姒換了身家常衣裳，就迫不及待地請了張順來說話。

「我不在的這些日子，案子有什麼進展？」姚姒雖然這樣問，可心裡也清楚，過年朝廷會封印，這案子必定是因著某些原因，而延到午後再審理。

張順沈聲回道：「小姐，妳要有心理準備，這個消息也不知道於小姐而言是好還是壞。」

姚姒心中有股說不出的預感，她按了按眉心，疲憊地朝他搖手。「說吧。」

「臘月二十三那日，一干涉案人員及其家眷已全數到京，可臘月二十八那日夜裡，姚老太爺便在牢裡自盡了，這件事情是五爺留下來的人馬昨日才送來的消息。」

「怎麼會這樣？」姚姒萬分驚訝，一下子失了神，姚老太爺才進刑部大牢便自盡了？那樣一個老謀深算的海上一霸，到底是什麼原因令他要自盡？

「確定是自盡嗎？還是有他殺的可能？姚家其他人呢？」姚姒閉起眼，一時間腦中閃過無數個在彰州老宅的記憶，那個殘忍毒殺母親的人，終於得到了應有的報應嗎？可是她為什麼沒有半絲快意？有的，僅僅是無限唏噓……姚家的大梁終於倒塌了！

張順上前兩步。「其他人分了男女關在刑部大牢裡，如今那裡守衛森嚴，只怕小姐想見五爺的願望是要落空了。不過照這樣看來，一旦朝廷開印，京城中必定會有一番腥風血雨。小姐，這個時候咱們一定要沈得住氣，相信五爺一定會沒事。」

姚姒無奈地點了點頭，隨後就去了供奉姜氏的正堂。

姜氏的牌位孤伶伶地供在神桌上，姚姒點了三炷香，跪在母親靈前，她的眼淚無可抑制地流了滿面。

「母親，您在天有靈，聽到女兒的話了嗎？害您的人已經得了報應。」她抬起眼朝牌位望去，像個無助的孤兒。「可是我並不開心，母親，不知道為什麼，在聽到老太爺的死訊時，我心底竟然生了一絲不該有的悲傷，母親，難道我做錯了嗎？」

回答她的只有裊裊上升的飛煙。

「母親，您從前教我得饒人處且饒人，女兒做不到，我知道將來必定會後悔，可是那麼些年的仇恨，早已在女兒心裡生了根。我自從醒來，便再沒有見過他一面，這樣絕情無義的東西，我一定要替娘問一問，他的心到底是什麼做的？

「可是母親，我怕，怕見到他後，會忍不住心軟。母親，女兒從未告訴過您，其實在很早以前女兒便給他下了藥，這輩子，他休想再有親生兒女，這算不算對他的報應？」

她跪在蒲團上，一面哭一面喃喃自語，彷彿這些年來累積在身上所有負面的東西，都漸漸消失。

隨著姚老太爺的死訊傳來，桎梏在姚姒心底的仇恨彷彿一夕間散去，直到這一刻，她才真正放下所有執念。

大年初五一開印，姚姒分外緊張起來。為了少些胡思亂想，她開了庫房，也不顧忌什麼大年正月不動針線的說法，取了些又輕又軟的料子，挑了幾疋松江布，開始為趙旆裁春衫。

這麼一等下去，便等到正月十五，趙旆那邊還是沒有消息。

將將子夜時分，忽地從皇城那頭冒出沖天火光。姚姒半夜被海棠搖醒，披了衣裳起來朝外一看，漆黑夜裡，那片火光分外可怖。

海棠止不住驚駭。「看這方向應該是東極殿，怎地會半夜走水呢？」

東極殿住著誰，天下人皆知。

這一夜注定是個不眠之夜，上半夜是皇城走水，到了下半夜，滿城皆能聽到一陣陣士兵的腳步聲，還有雜亂無措的馬蹄聲。

這在大周幾十年來不曾發生過的動亂，徹底攪亂了京城。

張順帶著所有護衛輪番在四喜胡同的宅子裡巡夜，天色慢慢變白，再又變黑，整整一天一夜，姚姒幾乎沒有合眼。

張順眉目閃過一絲疲憊，踏著夜色到姚姒跟前回話。「小姐，秦王昨夜逼宮，火燒東極殿，如今已然被擒。」

「怎麼會這樣？那五哥呢？」姚姒大驚，這一波接一波的，直把人熬得瀕臨崩潰。

張順的黑臉在夜色中有著掩飾不住的喜悅。「小姐，秦王被擒，姜家的案子有望重審了！」

這回，姚姒的眼淚猝不及防地落下。「這是真的嗎？你是怎麼得到消息的，是不是五哥一早就知道？」她一迭連聲發問，激動得有些語無倫次。「五哥呢？他怎麼樣了？有沒有出事？」

「沒有，五爺雖說還在刑部大牢裡，可人是好好的，小姐不用擔心。說不定再過些日子，五爺便會平安歸來。」

姚姒這些天懸著的心總算是有了著落，這算不算是苦盡甘來？想到他，心中湧起如潮水般的思念，無比期待日子快些過。

秦王逼宮，貴妃被廢，恒王被立為太子，皆以猝不及防的速度發生，姚姒這回總算看清楚了，趙旆為何讓她好好在家裡等著，等他平安歸來。

開平二十二年春，姚姒足足盼了兩個多月，終於把趙旆給盼回來了。四喜胡同的宅子裡，一掃前幾個月的陰霾，院子的廊廡下高高掛上了大紅燈籠，看著喜氣洋洋的。

姚姒立在二門口，伸長脖子不時往前院廊廡的方向瞧。

夜風輕拂，滿院暗香浮動，她雙目閃著晶瑩的流光，一身薔薇色潞綢褙子，把嬌妍的身姿襯得越發纖細。

看到立在二門口的纖細身姿，趙旆臉上揚起一絲笑意，眉眼流轉著淡淡的溫柔。夜色下，他身上的披風獵獵作響，心也像被風灌滿了似的，充斥著激盪的情意，這一切都值得了！終於捱過那樣難捱的日子，面前這張如花的笑靨，便是他所有努力的源頭！

隔得老遠，她一眼便瞧見了他，她的雙腳像是有了自己的意識，不管不顧地跑著奔向他。天知道，她此刻有多麼歡喜，有多麼感謝上蒼。她渴望他的懷抱，渴望他一切的一切。

他把她用力地摟在懷中，忍不住親了親她的額角，她緊緊地摟了他的腰，手指間傳來微熱的溫度，才覺得他是真實地和她相擁在一起，她的眼淚無聲地落在胸前。

「五哥、五哥！五哥……」她泣不成聲，歡喜得只是一遍遍地叫他。

姚姒一直都是清冷性子，只有在動情時，才會不停喚他。趙旆被她的熱情激得心中微暖。

「傻丫頭！」撫了撫她柔軟的青絲，眼睛裡是濃得化不開的溫柔。

望著廊下一干丫頭，他到底克制了些，牽了她的手走向內院。海棠帶著幾個小丫頭識趣地提了燈籠遠遠走在前邊，待他二人行至屋裡後，海棠很盡責地把屋門帶上，隨後打發了所有服侍的，她自己則像個石雕一樣遠遠地立在屋簷下。

屋門一關上，便是兩人的小世界，趙旆就著燈火看她，瑩瑩似玉的臉上微微氤著嬌紅，身姿掩在薔薇色衣裳裡，已然玲瓏有形。

這是他愛的女子，帶著玉蘭的芬芳一樣美好動人。

他忍不住將她抱在懷中。「姒姊兒，妳真好看，天知道五哥有多麼想妳！」

這好像是他第一次這樣直白地說情話，姚姒忍住羞怯，含著淚意的雙眸回望他。「對不起，五哥，都是我不好，我只要一想到若是再也見不到你，我便沒了再活下去的勇氣。」她的雙手攀上他的肩，緊緊地抓著他細滑的衣衫，彷彿不這樣的話，他下一刻便會消失不見。

這樣孩子氣的她，令他心頭軟得能滴出水來，她也是愛極了他吧？積攢了幾個月的思念頓時潰堤般湧出來，把他從頭到尾徹底淹沒。

他低下頭，將她臉上的淚痕一一親掉，再柔情款款地吻上她嬌妍的唇。

任何言語此刻都變成了累贅，他的吻由淺入深，在她的唇上輾轉廝磨，令她很快便淪陷。

她愛他，姚姒這才發現，這份愛比她想像得要深要濃。她這輩子何等有福氣，能得到如此天之驕子傾心相付。想起他這些年來的付出，對她的維護與疼愛，她的心一陣陣痙攣。她把自己緊緊嵌進他懷中，像一朵含苞的花兒，努力地為他盛放所有美好。

她的這份主動愉悅了他，兩情相悅，是這世間最美好不過的事。他親她的眉眼，在她小巧敏感的耳垂流連。屋裡熏了蘭香，他抱著她挪到床上，伸手一扯，幔帳驀地垂下來，把這份旖旎困在小小的天地。

「姒姊兒，我愛妳，從我第一眼見到妳時，就對妳上了心。那時妳立在懸崖上想往下跳，那樣小小的一個人，卻是如此倔強勇敢。」他挨到她耳邊，細聲呢喃。「當時我就想，若是這個小人兒跳下去會是怎樣？那樣一個瞬間，我忽地心生不捨。」

她抬手撫上他的臉，所有激盪匯聚成一股暖流，像是要把人溺斃。

「我就是個傻瓜，總是辜負你的一番情意，從今以後再不會了，君身安處便是我心安處。」

這樣的誓言，如何教人不歡喜，卻還不夠，他想聽她說愛他，想把她的心完完全全占有。他咬住她的耳垂，沈聲問她。「妳再也不逃避我了嗎？無論任何事也不會把我們分開是嗎？」

姚姒身上軟得不可思議，手攀上他的脖子，把頭往他懷中蹭。「天涯海角，上窮碧落下黃泉，從今以後，五哥在哪裡，我便跟到哪裡。」

「妳愛我嗎？姒姊兒？」他忽地起了執念，極希望聽她說這樣一句話。真的要說嗎？該是怎樣的羞啊！她悶在他懷中，只一息便改變了主意。

「我愛你，趙旆！很早很早就愛上了你。」她說得極輕極快，他卻一字一句地都聽到了心間，兜頭兜腦的一陣暈眩襲來。

她喚他的名字，說她愛他！他的慾望和情感，在這一刻臨近頂點，感覺一股波濤洶湧的愛意充斥著身上每一處毛孔，他再難以把持，翻身覆在她的身上。

什麼叫做情難自禁，他總算知道了，明知不能再往下，他卻忍不住，手指像是有了自己的主意，身體也在叫囂，他很快就抽開她褙子上的繫帶，順勢扯開她中衣的交領。柔軟的衣料經他手指一撥，便露出了欺霜賽雪的肌膚。

她烏黑的眼睛裡面也燃著愛意，任他的唇在她裸露的鎖骨和脖頸啃咬廝磨，她的身體升起一陣悸動，在他的愛撫下，漸漸迷了心神，只覺得麻癢難耐，有股熱意無處著陸。

他靈巧的解下她的肚兜，不過幾個月不見，它好像大了些，那樣鮮嫩粉豔的顏色，俏立在他面前，他本能低下頭，一口含了它輕咬慢含。

女子的身體天生就像是個迷宮，令他深深沈醉。

她緊繃的身體開始顫抖，他的手或輕或重地撫摸她的腰際，再往下，所過之處，像是點燃了一簇火焰。她無望地抓著被褥，理智一寸寸剝離，只知道她愛他，她甘願為他做任何事情。

可他卻艱難地喘了喘氣，望著身下順從柔弱的她，覺得不能再放任慾望下去。他要明媒正娶，要和她名正言順地在洞房花燭夜纏綿，而不是現在就要了她。越是珍重越不想傷害，趙旆漸漸恢復幾分理智，大口深呼吸了幾息，急忙拉過一旁的煙色被褥，輕柔地替她蓋上。

姚姒睜開眼，不期然地和他四目相接，又尷尬地別過眼去。

幾乎在他懊惱的幾息間，她很快就繫好衣裳。她的手拉上他的，卻偏過頭細聲道：「好不容易見著，陪我躺會兒說說話，好不好？」

他不答她，卻朝她頷首，眸中還有未退卻的慾望。

可他不忍拒絕，想到即將到來的分離，於是把她抱在懷裡，兩人同蓋一張被褥，同睡一個枕頭，彼此呼吸可聞。

兩個人肩挨著肩，被子底下是緊緊交纏的手，只是這樣還不夠，她往他懷中挨得更近，十分貪戀他懷裡的溫度。

姚姒是真的怕了，唯有和他這樣身心都貼在一起，才能壓下心裡的那些徬徨與孤獨。

「從前，我一門心思想著要為我娘討個公道，是五哥讓我懂得放下執念，只是這份醒悟來得太遲了，姒姊兒就算死一百次，也不能報五哥的恩情。」

她睜著大眼睛，很認真地望著他，像一隻無依的可憐小獸，眸中的哀求之色是趙旆從未見過的。「姒姊兒如今不求別的，唯求五哥一定要平平安安的。」

若非情深，似她這般堅強的女子怎麼會露出這樣的神情？

趙旆往她額上親了親，柔聲一笑。「我還沒娶妳過門呢，怎麼會不顧自己的小命？妳放心，再不會讓妳擔心了。」

他不會告訴她，他在牢中都吃了哪些苦，身上受過刑的痕跡還歷歷在目。只是如今這些已經不重要了，只要能令她放下仇恨，替她完成心願，這些苦都值得。

他這樣戲謔的語氣，分明是在安她的心。姚姒只覺得鼻尖一酸，和他緊緊扣在一起的手往自己心口放。「嗯，我還等著做五哥的新娘子。」

她悄然放下追問他這幾個月事情始末的念頭，這些已經不重要了，這裡頭，必定充滿了爾虞我詐的凶險。她欠他的，便用一輩子的時間去愛他、償還他。

夜已深，離別總是來得太快，縱然有說不完的話，卻不得不打住。

初春的夜猶帶著料峭，他替她掖好被角，帶著萬分不捨，在她唇上親了親。「等我，好好照顧自己。」

姚姒的眼淚潸潸落下，滴在他的手上，萬般不捨又能怎樣，他終是要離去。

明兒一早他就要離京回福建，這一別，再見不知何日。

她不能問他歸期，男人除了兒女情長，還有家國責任。她心中明白，為了他們的將來，他此去一定是要建一番功勛才會歸來的。

她泣不成聲道：「這輩子姒姊兒都是你的人，有五哥一日，我在一日。」

莫怪人說兒女情長會消磨男人的鬥志，趙旆花了滿身的定力，才站起身來。

他不忍再多望她一眼，含了無限惆悵和不捨，旋即離去。

幔帳被他臨行的風掀起一陣微浪，她眼睜睜地看著他的身影消失在黑幕中，難過得心像碎成無數片。她把自己塞到被中，悶頭痛哭。

第七十三章 了結

第二天，姚姒打起精神，喚來張順細聲交代一番，並給了他一袋銀子讓他去刑部大牢一趟。

昨日趙斾已告訴她，姚家一干人等已定了罪，所有涉案重犯一律斬首，如洪家、焦家及依附秦王一派的官吏。唯有姚家，因姚老太爺臨死前供出重要罪證，可死刑雖免，活罪卻難逃，姚家五代以內皆不能再參加科舉，男丁一律流放西北苦寒之地，遇赦不赦，婦孺皆充為官奴。

姚姒心裡明白，姚家落得這樣的下場，已然算輕了，這裡頭必定有趙斾在其中周旋。越斾做這一切，無非希望她不要因為仇恨而背負那麼多人命債，他比她自己還要懂她。

她想了一夜，並非是她大度。

前塵往事都隨著姚老太爺的死一一湮滅，她如今已放下心中仇恨。

她讓張順做的，便是拿著銀子去刑部將姚家一門婦孺都贖出來。如此並非是動了惻隱之心，就當是還了姚家生養她的恩情吧，從此兩不相欠。

張順直到傍晚才回來，進了屋便同姚姒回報。「姑娘，事情都辦妥當了，人都安排在同福客棧。」

姚姒眸光沈了沈，最終還是問了出來。「她們如今可都還好？若是有人病了，就替她們請個大夫瞧瞧。」

「小姐放心，這些我都會安排好的，只是……」張順有些為難，朝姚姒看了看，不知怎樣說出口。

「說吧，她們所求什麼？」姚姒一語道破，嘴角隱含了譏諷的笑。

張順嘆了口氣。「姚老太太想要見一見小姐，其他人等都有所求。」

他沒有告訴她，姚老太太幾乎是破口大罵，狀若癲狂。

「我會見她們的，只是不是現在。」她朝張順望了一眼，又問道：「牢中可都打點好了，什麼時候方便探監？」

「都打點好了，明日巳時我帶姑娘去刑部大牢。」

張順想到自己在牢中見到那人頹廢的模樣，只餘一聲嘆息。

人在做，天在看，不是不報，是時候未到，姚家算是得到應有的報應了。

姚姒面上覆了層素紗，特地挑了身青色繭綢褙子，行事派頭儘量做到毫不起眼，才跟著張順下了馬車。

望著面前說不出陰森的刑部大牢，想到趙旆在裡頭受了幾個月的苦，心裡就抽痛。她好不容易斂了心緒，卻又生出說不出的悵然。

骨肉血親，就算她再不承認對他有惻隱之心，但當看到那人一身囚衣、雙眼無神，彷彿被抽了魂兒一樣落魄，她的心還是止不住一陣難受。

早知今日，又何必當初？為了榮華富貴，昧著良心做了不該做的事，落到如今的下場……姚姒說服自己，這樣的人不值得可憐，也不能可憐。

帶路的獄卒早就打好招呼，把他二人引到牢前便悄身避下去。

張順朝一旁的陰影裡退去，當自己是個透明人般。

姚姒感激地朝他頷首，幽幽朝牢裡的人一瞥，原本白色的囚衣早已污了顏色，蓬頭垢面的，姚姒心裡殘存的怨忿再不復存。

「父親。」這個詞在她腦中喊過了千遍，終於喊出了口。

她又輕聲喚了聲父親，姚三老爺才回神，牢中昏暗無光，他朝姚姒打量了幾眼，女子面覆輕紗，看不清相貌，他怔了幾息，問道：「妳是何人？」

話才說出口，就見女子摘了面紗，露出一張清麗無雙的臉，那張臉赫然同自己有幾分相像，他不敢相信自己的眼睛，喃喃道：「妳是……姒姊兒？」

相較於姚三老爺的激動，姚姒的臉上卻波瀾不興，望著已生華髮的這個人，看著他眼中燃起的光亮，沈聲回道：「是我。」

姚三老爺起身站到牢柱旁，朝姚姒伸出顫抖的手，哀哀懇求道：「女兒，女兒呀，救救為父吧！妳姊姊是恒王側妃，一定有能力救為父的，為父知道這些年苦了妳們，是為父的不是……」

姚姒憐憫地望了姚三老爺一眼。「我救不了你，父親，都到這個時候了，父親難道還虛偽下去嗎？我只想聽父親一句真話，為何對母親那樣殘忍？你冷落她十幾年不打緊，為什麼要奪了她的性命？」

姚三老爺不自然地往後退了一步，眼神閃爍。「沒有，我沒有害妳娘，是老太太和老太爺作主毒害了她，我、我確實不知情。」

他復望向姚姒，眼中盛滿乞求。「妳娘這樣離世，我也傷心，可是在姚家是老太爺作主，他說不能留，便是我也沒法子，妳要相信我！」

事到如今，姚姒心裡再不復任何愧疚，這樣的男人，怎麼會是自己的父親？

多年的怨忿讓她情緒失控，濃濃的失落直入心底，令她忍不住尖聲道：「你不配讓我叫你一聲父親！你告訴我，為何要出賣外祖父？難道榮華富貴對你來說，比骨肉親情、夫妻情分重要得多嗎？我和姊姊自懂事起，便再沒見你一面，你便是這樣為人夫、為人父的嗎？到現在你還狡辯，我娘她死得有多慘你知道嗎？你怎麼能心安理得做你的二品大員哪！」

姚三老爺頹然地朝後倒退了幾步，喃喃自語。「不、不是這樣的，是妳娘性子太過孤高而害了她自己。」

姚姒很後悔來見這人一面，多說無益，她收起眼中的憤然，好半晌才平復情緒。

「事已至此，我只求你看在愧對我娘的分上，寫一份放妻書。便是做鬼，我想我娘也不願再冠你姚家姓氏，更不想埋骨在你姚家的祖墳裡。我要把我娘遷葬他地。」頓了頓，復道：「若你願意寫，我就出手把姚家一門婦孺贖出來，再打點人送她們回鄉安頓，至於你，恕我無能為力。」

姚三老爺眼中有著憤恨之色。「妳這是不孝，是忤逆！妳娘她生是姚家人，死也是姚家的鬼！」

姚姒冷冷地看著姚三老爺，怒極反笑。

「我原想著你總該還殘存一些良知，看來你的良心都餵了狗。寫不寫隨你，不過是要多費我一些心思罷了。你也說姊姊是恒王側妃——如今不該叫恒王，該稱太子殿下了。即便你不同意寫放妻書，依著太子殿下對姊姊的寵愛，此等小事，想必會替姊姊完成心願的。至於姚氏一門婦孺沒入官奴，可真是報應不爽。」

言罷，再不看牢中的人一眼，覆上面紗，旋身就要離去。

「慢著……我寫。」姚三老爺頹然倒地。「我寫放妻書，妳……妳莫為難老太太。」

姚姒並未轉身，她朝張順打了個手勢，張順從陰影裡走出來，不知從哪裡弄出了筆墨紙張，遞給姚三老爺。

看著姚三老爺一氣呵成寫完放妻書，張順忙遞上印臺，姚三老爺卻是看也不看，咬破手指，和著鮮血重重地往放妻書上蓋了手印，閉上眼，流出兩行濁淚。

張順收起那張放妻書，姚姒自始至終都未回頭，像來時一樣靜悄悄地隨著那獄卒出了刑部大牢。

張順和那獄卒寒暄，姚姒自行走向馬車，明晃晃的日光照下來，冰冷的身體才有了一絲溫度，她恍惚地以為剛才是作了一場夢，而今才醒來。

張順上了車轅親自駕起馬車，姚姒的落寞他看在眼裡，也替她憤然。

姑娘恁地可憐，不過這樣也好，從今以後，姑娘的心結已了，再不會為這些人傷心難過了。

姚姒花了好幾日才平復心情，恰好收到來自青橙的報喜信。

冬月底青橙生了個大胖小子，許是因為京城這邊的動盪，未敢寫信報平安。姚姒算了算，孩子如今都滿百日了，忙吩咐人去給青橙孩子備禮，又親手趕製幾件孩子的小衣裳，讓張順派人送到福建。

姚三老爺的事情，姚姒覺得還是要和姊姊說一聲，便派人送了帖子去太子府。

過沒多久，采菱便上門，一進門便笑盈盈地道喜。「恭喜姑娘要做姨母了！」

「姊姊有喜了？」姚姒聽了一喜。

姚娡嫁入王府時日還短，卻在這個時候有了身子，可不是喜上添喜嗎？

她連忙問道：「什麼時候的事情？姊姊現在身子可還好？」

采菱欠身笑著回話。「娘娘一切安好，前兒才診出來的，也是殿下不讓說出去，說孩子還小。」

姊姊這個時候懷了身子，本該是喜事一樁，只可惜才發生秦王逼宮謀逆一案，恒王一向謹慎，便是坐上儲君的位置，只怕會愈加小心，不張揚也是保護姊姊，看來太子確實待姊姊上心。

只是她旋即想到一件事，揮退屋裡服侍的，把采菱拉到身邊擔憂道：「姚家的案子姊姊可知道？如今姊姊有了身子，是受不得刺激的。」

采菱斂了眉回道：「案子鬧得這樣大，便是殿下有心隱瞞，也還是叫娘娘知曉了。王爺都和娘娘說了，姚家只沒了老太爺，其他人還活著，這已經算得上是開恩了，娘娘倒也沒說別的，只是到底鬱鬱了些日子。如今得知有了身子，殿下愛護娘娘，只不叫娘娘胡思亂想，奴婢幾個也在邊上勸著。」

她頓了頓，神情很憂慮。「二姑娘，如今殿下的身分不同了，請恕奴婢多嘴，娘娘這胎，還請二姑娘多替娘娘費些心思了。」

采菱的話，讓姚姒聽出些弦外之音。她眼皮一跳，大戶人家妻妾相爭自古有之，何況太子府中。「妳是發現了什麼嗎？」

問完才心揪起來，心下不無感慨，姊姊這是選了一條充滿荊棘的路啊。

是太子妃還是郭側妃起了歹心思？姊姊萬萬不能有事！姚姒心裡這樣想，臉色到底沈下來。

采菱搖了搖頭，低聲嘆道：「娘娘倒是沒發覺什麼不妥，照舊親近太子妃，便是與郭側妃也有說有笑。只是奴婢多留了心眼，殿下原本是叫瞞著娘娘的，可為何娘娘一發現有孕，姚家的案子便傳到娘娘耳邊？說起來也是奴婢幾個失職，沒有保護好娘娘。」

這樣說來，已經可以肯定，太子府中的後院已有人暗中動了手。

姚姒沈默半晌，一時間也想不出萬全的法子，便對采菱吩咐道：「妳回去後便跟姊姊說，說我甚是想念姊姊，殿下從前說過，若是姊姊想我了，便可接我入府去小住一些時日。不說旁的，咱們一起齊心照護姊姊，務必不能讓姊姊出事。」

采菱此番來正是這個意思，聞言便喜上眉梢。「有二姑娘在娘娘身旁看著點，奴婢總算是放心了。」

姚姒對采菱殷殷交代了一些事情，才送她出門。

想到姚娡有孕，從此她和姊姊再不是兩人相依為命，將來會有個小人兒讓她放在心裡疼愛，這種喜悅和期待，沖散了趙旆離京而生出的鬱鬱寡歡。姚姒打起精神來，覺得要儘快和姚家的人做個了結。

事情到了如今這地步，姚姒心中再無一絲怨恨，唯剩感慨，一切的恩怨情仇，誰對誰錯，都已經不重要了。她最後能為姚家做的，也只能出些銀錢，著人好好護送她們回鄉，旁的她既無心也無力替她們做。

張順親自駕了馬車，姚姒身邊只帶了海棠一個人，很快便到了京郊的同福客棧。姚姒下了馬車，張順和店小二在前面引路，一路轉過幾道迴廊，便到了客棧最大的院落前。見姚姒神色有些恍惚，張順隨手打發了店小二一個銀錁子，便上前低聲勸道：「小姐，到了這個時候，萬萬不能心軟，小姐如今幫她們找了棲身之所，還打算送她們回鄉，已經做得夠多了……」

姚姒神情一凜。「我明白，我不過是不知道再見面能和她們說些什麼，她們會有今日，終歸和我是脫不了關係的。」

她低聲一嘆。「冤冤相報何時了，放過她們，就是放過我自己，我不能辜負五哥待我的一片心意，和她們今日也算是做個了結吧。」

海棠上前推開院門，姚姒斂了神色，閃身進裡面。

張順跟著進去，轉身把院門關上，他像她的影子一樣，緊緊地跟在她身後。這個小院裡面住的都是狼，儘管被拔了尖利的牙齒，可是狼的秉性是不會變的，他得寸步不離地護著才能安心。

儘管姚姒心裡有了準備，但在看到眾人的那一刻，不由得心生不忍。

這間小院有十多間屋子，中間是一座小小的廳室，約莫是用來待客的。

姚姒進到屋裡，一抬頭便見到姚蔣氏坐在廳堂椅子上，從前的滿頭青絲如今都變成了蒼白髮，一身白色孝衣更顯得她面容陰鷙，從前總是珠翠圍繞，如今頭上只有一支木釵固定，哪裡還有一分雍容華貴？

姚姒和她四目短暫相接，心中的起伏便平靜下來。姚蔣氏依然還是她，經得此番大變，各種憤恨不甘都從她渾濁的雙眼裡顯現。

「妳來了？」姚蔣氏沒有起身，姚姒朝她一福身，上前幾步喊了聲「老太太」，再對屋裡的大太太、二太太、三太太及四太太等人略一福身行禮，眼角餘光略一打量，五太太竟然也在這裡。再看看眾人，姚家經此大難，個個都是容色憔悴不堪，看到她來，眾人面如死灰的臉上才浮現些許生氣。

許是她來得突然，眾人短暫的不知所措後，很快就回過神來。

大太太和二太太殷勤地請她坐，又讓二奶奶快去沏茶，四太太和五太太也上前寒暄，唯有焦氏，立在姚蔣氏身後，眼中的怨毒毫不掩飾。

姚姒從善如流地坐在姚蔣氏的下首，看著眾人，她微微一笑。

抱著孩子的二奶奶把懷中的小女孩交到二太太手上，才轉身去沏茶，而四太太和五太太身後各立了個面生的媳婦，看兩人肚子微凸，姚姒心中明瞭，這約莫是四房和五房才娶進門的新媳婦。只有大奶奶，似瘋似癲的模樣，看到姚姒便笑，還有包括姚嫻在內幾個未出閣的姊兒，都是一臉驚魂未定。

屋子裡沒有丫鬟婆子，一個男丁也不曾見，姚姒看了心中五味雜陳。

她未承想大奶奶竟然成了這個模樣。

也是，誠哥兒還那樣小，也要和他父親一起發配，大奶奶一向視兒子為命根子，哪裡受得了這種打擊？

世上最痛苦的事情，莫過於妻離子散，也許相見再無期。

姚姒心頭泛起陣陣悔意，這都是她造的罪孽。

是什麼讓事情走到了這一步呢？

第七十四章 聚散

五太太嘆了口氣，她知道姚姒今日來，必定是要與姚家做個了結的。這個孩子看似堅強，實則心地軟，想到自己心中所求，也就顧不得那麼多了。

她走到姚姒面前，帶著悔意懇求道：「姒姊兒，不管從前如何，我給妳道歉了！我求求妳，妳五叔父就要流放，我捨不得他和妳兩個堂兄，讓我和妳五叔父一起去流放之地吧！我知道妳能做到的，這輩子是生是死，我都要和我的丈夫、兒子在一起！姒姊兒，妳幫我就當是為自己積福行善，好不好？」

五太太為人如何且不說，單就這份不離不棄，令姚姒很感動。

她拉起五太太嘆道：「我今日來，便是想問問妳們有何心願，若是我能幫忙的，就儘量幫。五嬸和五叔情比金堅，我沒有不幫的，回頭我讓張叔替妳去刑部大牢走一趟，等弄清楚五叔他們離京的日子，再和上頭打點一二，想必是不難的。」

五太太臉上含著感激。「姒姊兒，大恩不言謝，我心中記得妳的好，這輩子也不敢忘。」

許是有了五太太第一個拉下臉來相求，姚姒又如此輕易地答應了，眾人心中都有了打算。

「姒姊兒，好妹妹，我們怎麼說都是一個爹生的，妳帶我離開這裡好不好？我、我給妳做丫頭，只要不讓我跟她們在一起，我不想回鄉！」

姚嫻跳出來一把就拉住姚姒的衣角，又怕她不答應，急忙跪在她面前哭著哀求道：「妳不知道，她們、她們不把我當人看，妳看看我的手。」

她伸出雙手來，那雙原本十指纖纖的素手，現在又紅又腫，姚姒一看便知是因為做粗重活導致的。看來屋裡沒丫鬟，姚蔣氏及幾位太太各自傷悲，屋裡的粗重活只能是這幾個未出閣的姑娘做了。

姚嫻看姚姒一副憐憫的模樣，愈加哀懇起來。「十三妹，從前是我姨娘該死，可那都是從前的事。我姨娘也死了，妳看在母親待我如親生的一樣，救救我吧！只要讓我往後跟著妳，我絕對會乖乖聽妳的話，再不惹妳們生氣……」

姚姒拉她起來。「我幫不了妳，我如今不算是姚家人，妳跟著老太太回鄉去，姚家雖然落魄了，但總有妳一口吃的。再說妳還有錢家，錢家人不會看著妳受苦的。」

姚嫻沒承想，她會拒絕得這樣乾脆，又哪裡會死心，越發拉著她的裙角不放，聲淚俱下。「看著親姊姊受苦，妳不幫我，妳怎麼這樣狠心！妳不幫我沒關係，還有五姊，五姊如今是太子側妃，她身分尊貴，我、我只要做她身邊的二等丫鬟就好！我、我死也不要回鄉去！幫幫我啊……」

眾人神色哀戚，眼巴巴的都望著姚姒，好似只要她答應了姚嫻的請求，留她在京城，那她們也會被憐憫著留下來。

回鄉去能做什麼？從前過慣了錦衣玉食的好日子，此番回鄉不單受人指指點點，可想而知的貧苦還會如影隨形，這比死了還不如啊。

姚嫻還在哭泣，姚姒望了望眾人，眼中一片清明。

忽地姚蔣氏狠狠地一巴掌拍向一旁的桌子，蒼老而沙啞的聲音厲聲喊道：「妳給我閉嘴！」

言罷顫巍巍地站起身，一旁的焦氏忙攙住她，姚姒朝姚蔣氏看去，就見她拄了根木枴杖，在焦氏的攙扶下，幾步就到了她跟前。

姚蔣氏將枴杖狠狠朝姚嫻打去。「我還沒死呢！丟人現眼的東西，還不給我起來！」說著她顫抖地指向姚姒和五太太。「她們是誰？她們是我姚家的罪人，如此不忠不孝喪心病狂的東西，死後必受我姚家列祖列宗的唾棄！」

姚嫻被枴杖敲在身上，只覺得鑽心的痛，只是她不敢閃躲，若多閃一下，那枴杖便多幾下落在身上。

這樣的日子，從牢裡放出來後就日日上演，這老婆子是瘋了。

海棠不著痕跡地把姚姒護在身後，就怕姚蔣氏的枴杖下一息就打在姚姒身上，身後的張順也暗中運起了勁，就像一隻猛虎，只要稍一不對勁，他就會衝向膽敢傷害姚姒的人。

姚姒絲毫不被姚蔣氏的話影響，她扶起姚嫻，替她拭去臉上的淚痕。

「八姊妳起來，若老太太再無故打妳，妳就躲得遠遠的。老太太突然遭此變故，年紀大了，難免昏聵，妳身為小輩，不能讓老太太背負不慈的名聲。」

「妳、妳……妳……」姚蔣氏一連三個「妳」字出口，臉上青筋都暴起來，大口大口地喘息了幾下，竟真要拿枴杖來打姚姒。「我打死妳個攪家精！我、我要打死妳！我要打死妳……」

只是她的枴杖才抬起來，卻被海棠握住了，她稍一運力，姚蔣氏虎口一痛，那枴杖就像是她手抖了一下而拿不穩，一聲悶響就掉在地上。

姚蔣氏不敢置信，她身邊的焦氏卻脹紅了臉，一雙怨毒的眼睛像刀子似的剮在姚姒身上。

姚姒眼風朝大太太一掃，大太太和二太太便知其意，立即上前一左一右把暴怒的姚蔣氏扶到椅上，屋裡一時靜得落針可聞。

屋裡眾人哪個沒受過姚蔣氏的氣，如今看姚蔣氏怨恨發狂的樣子，心中竟十分出氣。

姚姒眼見姚蔣氏頹然坐在椅子上喘氣，眼神淡漠地望向姚蔣氏，問出她最想知道的事情。

「老太太，我如今就想聽一句實話，你們為什麼要毒死我娘？」

大太太、二太太及四太太幾人妳看我我望妳，驚得嘴巴都捂起來。

姜氏竟然不是被錢姨娘毒死，而是被老太太毒死的？

姚蔣氏聞言，隔了半晌才有動靜，渾濁的雙眼像利刃一樣掃過來，竟哈哈大笑了幾聲。

「為什麼？我告訴妳為什麼！因為我嫉妒、我不甘，憑什麼我辛辛苦苦養大的兒子，就再也不聽我的話了？這世上有哪個做媳婦的，敢用那樣輕蔑的眼神望著婆婆？我從來就不喜歡她！都是她，差點讓我們母子做了仇人，只不過可惜呀，最終還是我贏了，我的兒子還是我的，還是只會聽他娘的話！」

屋子裡一陣倒抽氣的聲音，姚姒腳下一個踉蹌。

「姑娘！」海棠一聲低呼。

姚姒向她擺手示意自己無事，只是臉上滿是痛苦的神色。「妳、妳竟是為了這微不足道的理由，就把我娘毒死了，妳……妳還是人嗎？」

答案其實她早就能猜到，可是如今聽姚蔣氏親口說出來，她竟無比憤恨。

看著姚蔣氏狀若癲狂的笑容，她掙脫海棠的手，失去理智地衝到姚蔣氏面前，雙手猛地掐住姚蔣氏的脖子，她的眼睛一片通紅，臉上燃著深深恨意。

「妳這個老怪物……妳怎麼可以這樣？妳怎麼可以……」

屋裡頓時鬧翻了天，眾人何曾想到姚姒會這樣，呆怔了一陣才慌手慌腳地上前拉人。焦氏是離她最近的人，竟也傻了似的，呆呆不動。

海棠一個箭步衝上前。「姑娘，快快放手，她不值得污了姑娘的手！」

海棠習過武，自然輕而易舉就制止了姚姒的動作，她把姚姒扶到一旁的椅子上，急急掐了一把她的人中，姚姒才慢慢平靜下來。

屋裡眾人聽了這個驚天的秘密，再看姚蔣氏的目光就複雜得多，那裡頭有恐懼也有不可置信，還有越來越多的鄙夷。

「唉呀，我就說三弟妹多好的一個人，為什麼老太太總是看她不順眼，沒想到是老太太下的毒手，可憐的姑姊兒和姒姊兒，難怪要避到琉璃寺去。」

大太太幸災樂禍拍手道：「我和三弟妹十幾年妯娌，怪不得總是被老太太幾句話就挑撥上了。如今看來，老太太是要借我的手，給三弟妹苦頭吃呢。」

說完，就朝二太太看了一眼，又走到姚姒面前一臉愧疚說道：「姒姊兒，大伯母給妳賠不是了，這麼些年我才知道我做錯了，可這都是老太太在背後挑撥離間。妳要怪，就怪老太太啊，大伯母這回真的知錯了。」

二太太抱著孫女，也走到姚姒面前懺悔。

「姒姊兒，從前若有對不住妳和妳娘的，還望妳大人不計小人過。咱們這一屋子老老小小的，往後還得指望妳呢！妳看，這是妳姪女，才剛兩歲多，這姚家的富貴還沒享受幾天，往後只怕得吃盡苦頭。姒姊兒，救救我們吧，我們不想回鄉，妳能不能在京城給我們安排住處？我們就是給人做奴婢也行。」

姚姒慢慢平復下來，再看姚蔣氏，分明看到她眼中的痛苦和死寂。

姚蔣氏這是存了死意，想用一死來逼她護得這些人的平安。

姚姒的心眼這才歸於清明，可她只覺疲憊不堪。原當自己已經能放下仇恨，可當仇人出現在眼前時，那種憤怒痛苦，能把理智徹底焚毀。

「罷了，得饒人處且饒人。從今以後，我也不恨妳們了，可我也不會幫妳們留在京城，我會安排人送妳們回彰州，彰州的老宅子是不能住了，我讓人給妳們買了十幾畝地，又起了幾間屋子，雖然不能再過回從前的錦衣玉食，但只要妳們肯吃苦，至少衣食無憂。這也是我最後能為妳們做的，從今以後，我和姚家兩不相欠，好自為之吧！」

說完，姚姒不看屋裡眾人一眼，扶著海棠的手一步一步出了屋子，再也不曾回過頭來。身後，是姚嫻痛哭的聲音，還有大太太幾人的哭喊聲，姚姒抬頭望了望頭頂的蒼穹，心中再無罣礙。

夜色降臨，天兒忽地下起小雨。春雨連綿無邊，絲絲寒氣隨風撲在馬車簾子上簌簌作響，叫姚姒片刻回神。

她緊了緊披風，簾子外是一片迷濛街景，她突然覺得惶惶，半個身子都倚在海棠的身上。

「妳說，人活著究竟是為了什麼？」

不待海棠答話，又自言自語道：「儘管我再不承認，可我身上流著姚家的血，我骨子裡有著和她們一樣的涼薄無情。這場伴隨我大半生的復仇，到此刻沒有任何贏家。」

從前世到今生，這場摧心蝕骨的復仇，終究以這樣的結局收場。然而，這些何嘗又是自己想要的？

她聲音裡的滄桑無奈，叫海棠憐惜不已。

或許人的一生總要經歷某些難過的坎，海棠無法明白，卻不妨礙安慰她。

「梅花香自苦寒來，姑娘像那樹枝上的寒梅，不經歷風霜雪雨，又哪能得如今的大徹大悟呢？若是五爺知道姑娘把仇恨放下了，不知該有多欣慰。您就算為了五爺，也不該這樣難過，從前種種如夢幻泡影，姑娘一向睿智，從今日起，何嘗不是姑娘的新生呢？」

姚姒雙目合上，直到冰涼的水漬滑過臉頰，才發現自己竟然流淚了，心為何也跟著疼痛起來？

海棠再不敢多言，道理說一千一萬遍誰都知道，可真正想通卻得耗盡多少的折磨，所幸姑娘都走過來了。

自此，護送姚蔣氏一干人等回彰州，以及安排五太太與姚家男丁會合的事情，姚姒一律交由張順安排，她再沒有過問。

姚娡那邊很快就讓婆子送了信來，五月初一來接她過府小住一些時日。

想著還有十來日，姚姒一面吩咐焦嫂子將一些日常用品整理出來，到時她好帶入太子府中，一面卻叫來貞娘和寶昌號其他成員商議事務。

寶昌號如今除了巧針坊的入股外，其他不過是做些南貨北販的生意，認真說起來，還真沒有什麼立足的本業。再者如今寶昌號幾大成員的家眷都在京城，攘外先安內，這內是安了，接下來確實到了要大展拳腳的時候。

「巧針坊已步入正軌，而且已經把鋪子開到京城來，想來今年便會開始有營利；咱們在京城已有的兩間鋪面做的都是南貨北販的生意，先前花了些力氣打點漕運和陸上通關，鋪頭現在經營穩定，宜繼續經營為妥；至於餘下銀錢，小的認為趁著福建這麼一動，焦家船廠咱們倒是可買下接手經營。」

周留一手撫鬚，一面續道：「姑娘想想，海上貿易已成氣候，朝廷已在議設船舶司，可那是官家，若將來四海晏清，海上生意由朝廷調度接管，勢必會衍生出民間的商隊。朝廷一家難獨大，此次民間船廠人人自危，這個時候，十萬銀足以買下焦家的船廠了。」

姚姒微微一笑，看來這幾個月，他們已經想好接下來的方向。

她也不是沒考慮過，焦家的船廠只是個小型船廠，既不打眼又構不成對朝廷的威脅。最重要的，若是能一力在小型戰船上鑽研，哪怕只能幫助趙旆一點點的忙，這一切都是值得的。

楊大盛也拍手附和。「姑娘，不怪咱們幾個私底下商討過，五爺臨走時便交代，讓咱們幾個一定要替姑娘分憂。五爺知道姑娘非那等尋常閨閣中人，寶昌號的生意也必會在您手上做大，買下焦家的船廠，五爺也是贊同的。」

見陳守業與劉大成也點頭，姚姒便望向貞娘，貞娘笑著回道：「回姑娘，奴婢也覺得可行，京城水渾，各家勢力糾纏複雜，姑娘的身分又與從前不同。最重要的是，買下船廠沒有個三、五年難成氣候，這三、五年間，咱們穩紮穩打，既不在京城打眼，又能有一份立足的本業，是以奴婢也贊成買下焦家的船廠。」

方方面面，貞娘幾人都已考慮到，姚姒心裡很欣慰。

寶昌號的人心是齊的，上下一心，才能做成事。她不由得擊掌而笑，神色既有幾分激動又有些寬慰。

事情便這樣定下來，姚姒聽了聽他們接下來的一些事務安排，看著他們一條條都仔細商討後，她悄聲吩咐海棠，讓她去給焦嫂子傳話，晚上整治一桌席面出來招待他們。

晚上鬧得有些晚，姚姒在席間也用了些酒，回屋後倒是沒有多大醉意。

寶昌號的事務既然安排好了，茂德行那邊譚娘子夫婦與張順還有陳大、焦嫂子這些人，也不能白跟了她一場。這些人一心為了她，而今姚家事了，姜家也要沈冤得雪，她是該放這些人自由了。

第七十五章 謹言

過了幾日，姚姒便把譚娘子夫婦、張順夫婦以及陳大夫婦這幾人聚集到一起，稍微寒暄後，便說出她的決定。

「今日把大家叫來，姒姊兒是有幾句推心置腹的話要和你們說。姒姊兒親人不多，在心裡早就把你們當作親人看待了。」

她望了陳大和焦嫂子一眼，隨後笑道：「我已經叫人去衙門把你和焦嫂子的奴籍銷了，從今日起，你們便是良民，再不是賤籍。」

陳大和焦嫂子滿臉不可置信，雙雙還在愣神，姚姒又看向譚吉夫妻。

「譚先生有大才，當初是我的私心，用我娘和先生的情義強留了你幫我，我知道譚家當年在福建是何等威望，先生身上背負著振興家業的大任，姒姊兒不能再自私了。」

屋裡靜得落針可聞，姚姒又望向張順夫妻。「我生平沒敬佩過任何人，可張叔至情至性，為人俠義直率，只為當初外祖父的搭救之恩，這些年不論姜家如何勢微，也從來都沒動搖過為姜家洗刷冤情的念頭，對姒姊兒也是全力相助和信任。張叔，姒姊兒多謝你了！」說完，竟起身朝張順彎腰一福。

都擺出這樣的陣仗了，幾人心裡也漸漸明白了些什麼。

姚姒接著道：「茂德行雖說以我之名開立的，但真正打理的人卻是你們，當初姒姊兒各送你們一成半的股，確也有自己的私心，如今我把茂德行的股本作了些調整，譚先生夫妻出力最多，往後便是茂德行最大的股額，占五成；至於張叔夫婦，占三成半，陳大你們夫妻占一成半。」

姚姒的話音未落，三對夫妻都霍然起立，直道不可，婉拒之意很堅決。尤其是譚吉和張順，若他們接受姚姒的饋贈，還算是個人嗎？

「小姐萬萬不可，若是這樣，倒是在逼我等離開茂德行了。」譚吉眼中有著決然，斷不肯接受這番安排。

姚姒心中十分感慨，正色道：「你們幫我的，何止是區區銀錢能比擬的？如今我這樣做，其實也有私心在，你們也知道我還有寶昌號要打理，還有姊姊那邊要照顧，我實在有心無力了。茂德行在京中幾年，已有了一定的人脈，譚先生有經商之大才，又身負振興家業的重擔，勞先生不棄，我就把張叔夫妻和陳大他們幾個託付給先生了。」

屋子裡的人都呆怔住了，看得出來，她的話是真心實意的。

譚吉痛苦地合上雙眼，良久不出聲；張順更是默然，眼中有傷痛和不捨；陳大和焦嫂子一時喜一時憂，眾人的心緒都亂了。

沒想到姚姒卻拿出字據契約，親手印了自己的小印和手掌印，示意海棠把三份契約都拿到各人面前，她對眾人一環顧。

「我主意已定，你們若是不要，便是傷我的心。從今以後，我和你們便當作親人走動，若我和姊姊有難，你們可不能推託……」說著說著，自己卻哽咽不成聲。

有句老話說，天下無不散的筵席。屋裡充滿了傷感沈重的氣氛，譚吉等人心裡都清楚，姚姒所作的任何一個決定，都是深思熟慮過。

事後，姚姒喚了紅櫻來，私底下給了她二千兩銀子，又給了位於城西一座兩進宅院的房契。姚姒打算讓張順夫妻就在京城自立門戶，張順江湖出身，紅櫻跟了自己這麼些年，他們的將來，她一定要替他們鋪好路。

紅櫻雙眼哭得通紅，哪裡捨得離開她，姚姒費了一番唇舌才讓她收下。

等送紅櫻出門，又把焦嫂子喚來，只是焦嫂子無論如何也不肯離開她。

「奴婢多謝小姐除了我和陳大的奴籍，可在我們夫妻心中，小姐一輩子都是我們的主子，奴婢知道小姐是為我們好，將來幾個孩子也有了良民的身分可以讀書，可奴婢不想離開小姐身邊，您就讓我替您守宅子也行，當不當什麼管事嬤嬤奴婢不在乎的。」

姚姒柔聲道：「妳快起來。」

見焦嫂子不肯起身，姚姒只得笑道：「我哪裡是要妳走，既然妳還願意在我身邊，那就繼續替我做管事嬤嬤。再說，這屋裡現在離了妳還真不行，妳還得替我張羅綠蕉的婆家，又得替我調教新買的丫頭。」

又對她道：「過些日子我請的夫子就會進府，妳回去後與陳大商量看看，若是願意，到時就把孩子們送到府裡來，同楊大盛他們的孩子一起讀書。」

忙忙碌碌的，總算把心頭的大事都安排妥當。

天兒漸熱起來，到了五月初一那日，姚姑果然遣了采菱來接人。

姚姒留了焦嫂子和綠蕉守宅子，只帶了海棠和一個伶俐的小丫頭妙香跟在身邊。采菱笑吟吟地扶她上了馬車，姚姒問了些姚姑的狀況，得知姊姊一切安好，她知道馬車裡也不能詳說，只得打住。

馬車從太子府的角門進入，在裡門換了小轎，不過一炷香的工夫，姚姒便到了宜爽齋。

姚姑立在廊下迎上來，姚姒上前幾步拉了她的手，姊妹倆相視一笑。

姚姑眼角微有水光閃過，看著妹妹彷彿又長高了些，不知不覺竟已有了幾分嬌花照水之姿，她拭了拭眼角。「可是把妳盼來了。」

姚姒喚了聲「姊姊」，臉上也有幾分激動，扶著姚姑慢慢上臺階進了屋，姊妹倆才坐在一處說話。

春嬤嬤帶著丫頭上了茶水點心，欠著身給姚姒見禮，姚姒對她笑了笑，春嬤嬤便帶了人下去，只留了采菱和采芙在外屋服侍。

姚姒挨到姚姑身邊，仔仔細細地把姚姑打量了一遍，見她氣色尚好，神色很是柔和，桃紅色妝花褙子下，倒看不出有了身孕。她輕柔地朝姚姑的肚子摸去。「姊姊，我要做小姨了！」

姚姑輕輕頷首，伸手撫了撫妹妹的頭，眼睛又有淚光閃過。「是的，姒姊兒就要做小姨了。」頓了頓，聲音有些哽咽。「若是娘還在該多好。」

自己做了娘才知道這裡頭的歡喜期待，彷彿整個生命因肚子裡的小寶寶而完整了，姚姑想到當年對姜氏的種種，心裡不無後悔。

姚姒聽她提到姜氏，知道這是有感而發，掏出帕子替她拭了眼角淚。「若是娘知道自己做了外祖母，一定會很高興的。」

又勸解道：「姊姊如今可不能哭，一定要高高興興的，肚子裡的小寶寶才會高興。我這回搬到姊姊這邊來小住，定會陪著姊姊一直到生產。姊姊別怕，有我在，姊姊一定會平平安安生下麟兒。」

姊妹倆說著話，姚姒一邊打量屋中擺設，倒是和上次來沒甚變動，屋裡窗戶大開，落地罩下方的花瓶裡插著時令的花兒，桌上擺放著紅豔豔的櫻桃和甜瓜等生果。風徐徐吹來，滿室只有花木果香，很是清爽宜人。

她在心裡暗暗讚了聲，不禁對春嬤嬤有了些好感。

「姊姊的產期在幾月？府中可有了安排？」她一邊問，一邊揀了幾顆櫻桃到姚姑的果碟裡。「左右我無事，這些日子便給姊姊的孩子做些小衣裳小鞋襪。」

「約莫就在年底，現在月分還小，太子妃說得再過些時日挑人進來。」

她接過妹妹遞來的果碟放在桌上，卻並不吃。「按說這櫻桃酸甜可口，可就是沒甚胃口吃。倒是奇怪，就想吃些從前不愛吃的東西，油腥味重一點點都聞不得，看來這孩子嬌怪著呢。」

姚姞說起腹中孩子，是一臉幸福模樣。「太子爺說，這孩子來得巧，是個有福的。」

姚姒聽了心中一驚，臉上卻不露半分。「太子爺必定很高興，開枝散葉是大事。太子爺說這話的時候，只有姊姊在場嗎？」

姚姞不疑有他，憨直笑道：「閨房中的私話，我哪裡敢往外亂說？今兒妳來，我是心裡高興，忍不住想告訴妳。」

她摸了摸肚子，看著妹妹道：「府中孩子不多，看太子爺的樣子，分明是喜愛孩子的，只盼著這一胎平平安安的，不管是男是女，太子爺和我都喜愛。」

姚姒的心中卻存了事，不管太子的話是否含有深意，但這話還是別傳出去的好，她湊近提醒道：「姊姊這話，從今以後萬萬不能再說出口。」

她看了看屋外廊下，只有兩個小丫頭遠遠立著，於是低聲道：「姊姊純善，不願把人心想得險惡，但如今隨著太子爺的身分不同，姊姊凡事都要多留心眼才好。有時候明明不是這個意思，可話傳出口卻又是不同的意思，姊姊萬萬要記住我的話。」

姚姞也不傻，經妹妹這一點撥，才驚出一身冷汗來。「好妹妹，幸虧妳提醒姊姊。」她有些自慚。

姚姒忙安慰道：「但願是我多心了，可凡事謹慎些不會有錯。」

她拉住姊姊的手，心生感慨。「妹妹但願姊姊這胎能生個玉雪可愛的小郡主，將來有姊姊護著弟弟，湊成個好字。」

姚姒的住所拾掇好，姚娡便帶著她去太子妃劉氏的上房走了一趟。

劉氏依舊言笑晏晏，待姚姒頗為親切，直讓她安心在府中住下來。「若缺什麼，只管跟妳姊姊說，在這裡就跟在家一樣不必拘束了。」

姚姒適當地露出感激的笑容。「多謝太子妃娘娘關懷，府上安排很是妥貼，小女子心中十分感激。」

劉氏見她知進退、應對從容，態度恬淡柔和，倒是高看了一些，便讓身邊的侍女拿了幾疋綃紗出來賞她。「這是江南新貢的料子，前兒內務府送了些過來，妳們年輕女兒家最適合不過。」

姚姒望了望姚娡，見她朝自己點頭，便給劉氏福身道謝。「多謝太子妃娘娘。」

海棠便上前把料子接過來。

姚娡也笑著道謝。「這怎麼好意思，又從姊姊這裡得了好東西。」

劉氏笑著直說姚娡客氣了。

屋裡幾人說了會兒話，直到劉氏端茶，姚娡才帶著姚姒辭出來。

回到宜爽齋，姚姒便讓海棠打開那幾疋綃紗，確實都是輕紅薄綠的顏色，料子極上等，薄如蟬翼。只是她眉尖微蹙，這東西有些貴重了。

姚姞彷彿看出妹妹的不安，卻不以為意。「不過是幾疋料子，太子妃娘娘那裡什麼好東西沒有，賞了妳這些東西，也是給我抬臉面，妳也別不安，左右近日無事，我正好替太子妃娘娘做些襪子。」

姚姒不知為何忽然難過起來。「姊姊平常都為太子妃娘娘做這些物什？」思及正室的貼身衣物，一般都由身邊丫鬟或是妾室動手做，姊姊自然也不能免俗。她斂下神色，溫言道：「姊姊有了身子，不宜再動針線，若不嫌妹妹的活計糙，不如就由妹妹來替姊姊做吧。」

「那倒不必，不過是幾雙襪子的事。」姚姞看了看妹妹。「倒是這個月十六是承恩公夫人的壽辰，到時我必定會隨太子妃娘娘賀壽，現在還不知道送些什麼好，恰好妳來了，也幫我想想。」

兩姊妹一個下午便商量該送什麼壽禮，最後決定兩人合力親自繡一個小炕屏，再做一套衣裳和抹額。事情定下來，倒了結姚姞心頭一樁大事。晚飯兩人一起吃，有人陪著，姚姞竟然多用了小半碗，許是心情很好，這一日倒是很少吐。姊妹倆用完飯便在院子裡消食，姚姒扶著姊姊，兩人有說有笑，就像回到姚姞未出嫁的時光。

太子不知什麼時候到了，竟也沒人通傳，等姚姞覺得有些累乏，一回頭便看見太子立在廊下，只靜靜地看著她們，倒叫姚姞有些慌張。

「您什麼時候到的，竟也沒人通傳一聲。」姚姑快步迎上太子，卻被太子伸手一攙，這樣貼心的舉動，令姚姑的笑意越發濃了。

姚似忙上前給太子見禮，黃昏時分，太子的臉被夕陽鍍了層淡金色，讓她看得不甚清楚，可太子的威儀卻是天成的，叫人也不敢小覷，只一瞬，她便垂下頭，神色恭敬地立在太子面前。

太子的聲音不怒自威。「不必多禮，既然來了，就不必拘束。妳姊姊身邊有個伴，這樣很好。」

姚似便恭謹回道：「多謝太子爺，太子爺憐惜姊姊，這是姊姊的福氣。」幾句話回答得中規中矩。

太子望了她一眼，艾綠色褙子配了牙白色湘裙，亭亭如出水淨芙，加上相貌較之前長開許多，望之有些叫人挪不開眼，頓時有些瞭然，趙旆這小子倒有些眼光。

太子攙了姚姑的手，兩人一起慢慢向屋裡踱步，太子邊走邊溫聲問她今兒身子如何？又用了哪些吃食？姚姑軟語回答，這樣的場景溫馨而美好。姚似並未跟上去，看著兩人進屋，她的嘴角不自覺帶了些笑意。

如今看來，太子對姚姑確實有些情意的，只願歲月靜好，姊姊一直幸福下去。

姚似在小抱廈住下來，每日都要隨姚姑去給太子妃請安，有時劉氏會留她們說話，卻再不像從前那樣會留飯。

姚姒暗中留意許久，劉氏的態度讓人揣摩不透，這樣避嫌，倒有些小心過了頭。其間，郭側妃也來宜爽齋串了回門子，不過是說些育兒經，話語間顯得很隨意平和，再看不出不妥來。

姚姞過了幾日，果真給太子妃做了六雙襪子，白綾布的襪子上面用金銀線繡著雲紋，姚姞在給劉氏請安的時候，親手奉給了向嬤嬤。

劉氏有些驚訝，可笑意很和善。「妳才有身子，這些東西哪裡就這樣急了，這要真有個萬一，可不是鬧著玩的。」

說著話，卻讓丫頭快給姚姞搬椅子，一面從向嬤嬤手中拿了襪子瞧，六雙襪子的針腳同以前做給自己的活計一樣細密勻稱，確實是姚姞親手所做，於是看姚姞的眼神就透了幾分親暱。

姚姞到底不敢托大，只坐了半張椅子。

「哪裡就這樣矜貴了，從前聽我娘說過，農家婦人即使有了身子，也還是照樣下地做活計，生的時候無比順溜。前兒太醫也說要多動一動，有利於生養，這才給姊姊做幾雙襪子，是真不礙事的。」

劉氏就拍了拍姚姞的手，笑道：「十六那日是我母親壽辰，雖不是整壽，但也請了幾家相熟的人家熱鬧熱鬧，到那日妳同我一起去。」

說完看了看姚姒。「那日姒姊兒也一起去，天天在家裡也悶得慌，我知妳才上京沒多久，正好可以結交一些手帕交。」

姚姒沒承想劉氏會提出這樣的邀請，姚娡連忙起身道謝，又拉妹妹上前。「還不多謝太子妃娘娘，這可真是再好不過了。」

見姚姒福身行禮，姚娡便笑道：「姒姊兒性子一向沈靜，又不愛出門，這不正愁呢，還是娘娘想得周到。」

劉氏朝她一點。「妳呀，好好替咱們府裡添個小郡王或是小郡主，我就高興了。」

屋裡笑聲不斷，姚娡本就是個直性子，說話做事一向也不拐彎，自然小意奉承劉氏起來，也叫人聽得舒服。等到姚娡辭出來時，劉氏竟然賞了一套南海珍珠頭面給她。

姚姒卻有些納悶，也猜不透劉氏讓自己跟著一起去承恩公府的意圖。

但她心中十分清楚，即便劉氏容不下姊姊肚裡的孩子，也絕不可能在承恩公府動手。但反過來一想，或許劉氏這樣做，只是一時起意，並非有什麼意圖也不一定呢？

第七十六章 不解

承恩公夫人雖然不是整壽，但一早就有皇后娘娘賞下的壽禮放在堂前，又有太子妃親臨賀壽，雖然承恩公府一向行事低調不張揚，可也滿府花團錦簇，熱鬧非凡。

承恩公府雖然是太子妃的母家，但君臣禮儀不可廢，承恩公夫人領著一干女眷給太子妃行了大禮，姚姒便扶著姚姽側身立在不遠處，等太子妃和眾女眷見完禮，姚姽才上前福身給承恩公夫人行禮。「姽兒給夫人請安。」

這行的是家禮，才起身，她又向立著的幾位一等命婦微微一福身。

太子妃臉上笑意很和煦，見姚姽行事得體，似乎很滿意。她笑了笑，越過這一干命婦，親自扶了自己的母親往上房走。

姚姒一邊扶著姚姽，一邊手心卻都出了汗。

就在剛才姚姽給人見禮的時候，她分明感覺到有一道眼光凌厲地掃向自己，她暗中留意，不期然就看到定國公世子夫人立在一位四十開外的命婦身後，那婦人中等個子，一身真紫色大袖裳，頭上珠翠圍繞，通身氣度很是雍容華貴。

姚姒心中一跳，海棠小聲向她提示。「世子夫人邊上那位便是定國公夫人，剛才定國公夫人朝這邊看了好幾眼。」

姚姒幾不可見地一頷首，心中莫名緊張，聽太子妃和承恩公夫人親暱寒暄。

太子妃攜了皇太孫坐在上首，姚娡接過丫頭手上的茶盞，親自給太子妃奉了茶，太子妃才笑道：「妳有身子的人了，且不必在意這些虛禮，都有丫頭們做。」

說完話，就吩咐身邊的丫頭去拿幾個軟枕給姚娡設座。

姚娡直推辭，用了嬌憨的口氣向太子妃討饒。「娘娘萬萬使不得，娘娘若體恤妾，就賜妾一個錦凳吧。」

姚姒便看到太子妃以恰到好處的笑容，親暱地點了點姚娡。「偏是妳多禮！」嘴上這樣說，卻也示意丫頭們去搬錦凳，一邊對下面的女眷笑了笑。「今兒只敘家禮，各位夫人且別拘著。」

丫頭們放了錦凳在太子妃腳邊，姚姒扶姚娡坐下，姚娡卻拍了拍她的手，低聲道：「屋裡都是些命婦夫人，一會兒妳且跟著姑娘們一道玩耍去，莫擔心我，我會照顧好自己的。」

姊妹倆心意相通，姚姒哪裡不清楚姚娡的用意，只怕是以她側室的身分，擔心妹妹被人輕瞧了去。姚姒對姊姊搖了搖頭，姚娡知道妹妹一旦下了決定，不會輕易被勸服，心中一嘆，也就不再作聲。

姚姒就那樣立在姚娡身邊，也算是立在太子妃腳邊，屋裡有心的女眷就有些好奇，趁著皇太孫給承恩公夫人拜壽之際，紛紛覷了幾眼過來。

姚姒在這些目光的打量下，藏在袖中的手指微微蜷縮著，用眼角餘光朝這些望過來的眼神看過去，裡頭有定國公世子夫人善意的微笑，卻也有幾家夫人凌厲的探究之色，而挨著定國公夫人坐的貴婦身旁，卻立了個妙齡女子，穿了身石榴紅妝花褙子，長得明麗端芳。姚姒恰一抬眼，便與她四目相接，只是那女子的眼中竟帶著幾分不屑與嘲諷。

姚姒有些莫名，微一愣神，再望過去，就見定國公夫人極親暱地和這女子說話，她微垂了頭問海棠。「坐在定國公夫人旁邊的那位夫人是誰？」

「那是武義侯夫人，立在她身邊的是其嫡幼女，閨名鄭芳華，武義侯夫人也是出身宗室，與定國公夫人算是堂姊妹，兩府向來交好。」

姚姒忍不住多看了鄭芳華幾眼，確實是個難得的美人。在此之前她們素未謀面，如今這鄭芳華一見到她，便露出敵意，她卻是有些猜不透。

屋裡熱鬧卻不喧譁，太子妃吩咐人跟著皇太孫去前院，承恩公夫人也對跟去的人千叮嚀萬囑咐的，看得出來，承恩公夫人是把這尊貴的外孫疼在心裡了。

太子妃如今只得一個嫡子，另有一個通房生的次子小皇太孫三歲，只是生母早逝，那孩子便自小養在太子妃身邊。

太子府中便只有這兩位皇孫以及溫和、溫宜兩位郡主。如今太子初立，太子府中在這個時候不管哪個側妃或是姨娘有孕，只怕都要被人多加關注。

姚姒這樣一想便釋然了，心裡還猜著這鄭芳華莫非是衝著姚娡來的？

等皇太孫一走，太子妃便和下面幾位夫人敘話。

「……好久沒見各位夫人，這才覺得日子過得快，這一向各位夫人可都安好？」太子妃的聲音溫柔平和，有一種安定人心的和煦。

「勞娘娘掛懷，也是託娘娘的福，妾身等人都安好。」

坐在定國公夫人前頭的一位老夫人笑著回道，對面又有一位夫人也笑著接了話，屋裡一時是真正熱鬧起來。

海棠低聲提醒姚姒。「剛才說話的那位是安國公夫人，她對面坐的是崔閣老的夫人。」海棠索性一一暗中指點。「崔夫人後面依次是兵部左侍郎夏家的夫人，再是監察御史馬家的夫人、孔翰林的夫人……」

海棠稍一點撥，姚姒再看向屋裡眾人。這屋子裡在座的婦人，哪個身後不代表一種勢力，她頓時便明白幾分。

因著查海禁再到秦王謀反這些事情，京城人心惶惶，只怕到如今還心有餘悸，而此時正好承恩公夫人壽辰，太子妃今日這樣高調回門，又幾番軟語慰問，可著實撫慰了這些驚惶的人心。

怪不得太子妃素有賢名在外，今日這一齣，可算是為太子收買人心，她才明白當日趙旆和她說起劉氏時略帶複雜的神情。

沒多久，太子妃招了屋裡幾個女孩上前，海棠輕輕推了她一把，姚姒便聽到太子妃招手喚她。「姒姊兒來。」

姚姒不知太子妃此舉何意，姚姞卻對她一笑，她趕忙斂神，走向太子妃。

太子妃極親熱地執了她的手，並向她指著左邊那個穿梅花紋褙子的姑娘。

「這是安國公家的孫女，小名叫珊姊兒。」姚姒微微朝那叫珊姊兒的一笑，太子妃便指向珊姊兒旁邊的姑娘道：「這是武義侯府的小姐華姊兒。」

並把另外兩名姑娘向她介紹。「穿粉色的那位是兵部左待郎家的嫡長女芳姊兒，再是孔翰林的嫡長女慈姊兒。」

姚姒未料到太子妃如此鄭重其事地向她介紹這四位出身顯貴的小姐，她滿心以為當時不過是太子妃的客氣話，這樣一來，姚姒只得打起精神來，她微微向幾位小姐一福身，看她們的年紀，只怕除了慈姊兒，另外三位都要比她大些，她便口中稱她們姊姊。

太子妃笑道：「這是姒姊兒，她才上京沒多久，今兒我便把她交給妳們了。」

姚姒心下一驚，婦人有婦人的圈子，自然小姐們也有小姐們的玩樂處，太子妃這麼明顯把她支開，卻是何意？可這困惑才起，她便覺得是自己多心了。

太子妃若心存惡意，一來不會做得這樣明顯，二來在娘家行事，事後不管怎樣太子妃也免不了要受太子猜忌，這麼多不利因素，太子妃這樣聰明的人，怎麼會犯如此的錯誤。

華姊兒看著是這四位裡年紀最大的，她抿了嘴朝太子妃嬌嗔。

「娘娘您就放心吧，把人交到我們手上，絕不會讓人欺負了去。」

這樣親熱的口氣，顯然她和太子妃很親近。

坐在下首的武義侯夫人卻撫了下額，朝太子妃歉笑道：「還請娘娘見諒！」

她朝女兒使了個警告的眼色。「這丫頭被妾身寵壞了，真是什麼話也敢說，還請娘娘放心，有珊姊兒三個看著，料著這丫頭也不會胡來的。」

看得出來，武義侯夫人很疼愛這個嫡幼女，太子妃朝武義侯夫人笑了笑。「夫人不必如此，華姊兒直率大方又不失溫婉和順，她們小姊妹在一起玩，那是再好不過了。」

武義侯夫人笑了笑，心裡卻訝異太子妃對這個叫姒姊兒的姑娘太好了些，不過是太子側妃的親妹妹，傳言這位側妃性子溫和很得太子妃喜歡，以此便看得出來了。

只是武義侯夫人出身宗室又嫁的是侯府，心中自是明白，所謂妻妾和睦那是給外人看的，後院中所有的女人，是絕不可能做到親如姊妹的。武義侯夫人頭腦轉得快，她對姚姒招了招手。「妳叫姒姊兒吧，今年多大了？」

看她走到自己跟前福身行禮，武義侯夫人連忙從手上捋了個金鑲玉手鐲做見面禮，見姚姒口齒清晰回話，又不卑不亢地收下見面禮，武義侯夫人便對太子妃笑道：「這孩子是個知禮的，生得這樣可人，倒叫人心生喜歡。」

又轉頭對姚姒溫言道：「好孩子，得閒了就來我府中玩耍。」

姚姒知她不過是客氣話，但得了她的東西，不免感激道：「夫人抬愛，小女感激不盡。」

屋裡都是人精，看到武義侯夫人如此作態迎合太子妃，不過是捨一份見面禮和幾句好話的事，眾位夫人心中便有了計較。

姚姒哪裡料到情形會變成這樣，她朝太子妃不解地望過去，卻見太子妃對她笑了笑，並示意她安心地去給各夫人見禮，姚姑也朝她打眼色。

事到如今，姚姒也只得硬著頭皮上。

安國公夫人有了些年紀，見到這等年輕漂亮的小姑娘，自然多了分憐愛，當下也給了個玉牌。

定國公夫人坐在中間，再要裝作不聞不問就要失了禮數。她揚起一絲僵硬的笑，看到姚姒給自己行禮，那身湖綠色妝花褙子，簡直襯得她削肩細腰，看她立在自己面前，亭亭玉立如一株清水芙蓉，尤其那雙眼睛像寶石般熠熠生輝，見之讓人忘俗。

定國公夫人在心裡冷哼，生得這樣好顏色，怪不得兒子口口聲聲要娶她。可再是不情願，定國公夫人還是從頭上拔了支白玉簪放到她手上。「今兒也沒準備什麼，這支羊脂玉簪且送給妳戴著玩。」

姚姒也見過些好東西，那羊脂玉簪玉潤出油，一看便知是上等好玉。可定國公夫人的眼神太過凌厲，甚至帶著些厭惡，彷彿能從她身上看出個洞來。姚姒心知她和趙旆的事，定國公夫人必定是知曉的，而今擺出這等姿態，很明顯是不喜歡她。

這念頭就像生了根一樣在腦中盤旋，姚姒的心情直落谷底。

她忍不住猜想，趙旆離京的時候說要她等他，只怕為了讓定國公府接受她，他將付出的代價也許是立下大功，也許是為定國公府謀得更大的利益，可是刀裡來火裡去，軍功又如何是好立的？他將要面臨多少危險，趙旆究竟一個人承受了多少壓力？他還有多少事情是瞞著她的？

這一個又一個的不安，簡直快要壓垮她的意志，下意識她就拒絕定國公夫人這份貴重的見面禮。「給夫人請安是應該的，哪裡敢要夫人如此貴重的東西。」

定國公夫人笑得令人發寒，扣住她的手別有用意道：「比起其他，這樣的東西一點都不貴重。需知長者賜不敢辭，看姑娘的樣子必定是個聰慧的，我瞧著也是知書達禮的人家出身，有些道理想必應該明白。」

定國公夫人拿玉比人，意喻趙旆出身貴重，非她這等出身之人能妄想的，話裡譏諷她枉自讀書識禮，卻不明婚姻大事乃父母之命媒妁之言，明知於禮不合，卻與趙旆私相授受。這話裡的弦外之音，簡直就像在她臉上搧了幾巴掌一樣難堪，縱然她一向鎮定，身子還是微不可見地顫抖了一下，臉色忽地煞白。

可這是趙旆的親娘，若是設身處地想一想，定國公夫人是有理由生氣的，畢竟是她和趙旆有錯在先。天底下哪有母親不疼兒子的？她望著定國公夫人，臉上就露出濃濃歉意。「多謝夫人教誨，夫人的話小女子記下來了。」

定國公夫人看著這雙黑白分明的眼睛，裡頭盛滿了歉意和乞求，卻獨獨沒有自己希望看到的難堪，她不禁微微訝異。

如今看來，這姑娘倒有些道行，不可小瞧了去。

一旁的鄭芳華離姚姒不遠，趙旆與姚姒之間的牽絆，定國公夫人不久前已經暗示過，剛才定國公夫人的那席話，自然一字不落地聽到她耳裡，她掩起帕子佯裝拭額，卻是一聲冷哼，臉上極快地劃過一絲猙獰。

見完了禮，珊姊兒便打頭帶著幾人出了花廳。

姚姒雖然心裡存了事，可還是給海棠使了個眼色，讓她留在姚姞身邊。她這裡便只帶了妙香一個，在鄭芳華和珊姊兒的勸說下，無奈地進了待嬌客的西花廳。

幾人剛進門，便有個穿杏子紅衣裙的女孩迎上來，眉眼笑得彎彎的，上前拉住珊姊兒和慈姊兒的手，用十分熱絡的口氣笑道：「妳們可算是來了。」說著，姊姊妹妹的一通打招呼。

姚姒跟在她們身後，曉得這迎客的女孩是承恩公府的孫小姐，名叫劉宛惠，小名叫惠姊兒。上次姚姞出閣，姚姒遠遠地曾見過她一面。

劉宛惠親熱地和鄭芳華等人寒暄幾句，彷彿才看到姚姒，她微微一笑，眼中的不甘願一閃而過，活潑愛笑的她轉眼便甜糯地道：「姒姑姑也來了。」

姚姒平白無故地長了一輩，心中便明白過來，必定是太子妃有交代下來。

可越是如此越是令姚姒疑惑不已，眼下承恩公府及太子妃對她和姊姊的態度，令人費疑猜，從前承恩公府待她可沒眼下這般客氣，劉宛惠剛才眼中的不情不願她並沒錯看。

姚姒只得忍下心中疑竇，微笑道：「妳是惠姊兒吧，這聲姑姑實在不敢當，咱們年歲相當，不若妳叫我姒姊兒吧。」

劉宛惠看她這般拒絕，剛才那一聲本就沒多少誠意，自然是順著臺階下。「姑姑吩咐了，那惠姊兒便不推讓了，我就叫妳姒姊兒吧。」

能進得承恩公府的門來作客，可都是京城中的名門貴胄。

姚姒認得的人寥寥無幾，劉宛惠拉著珊姊兒及鄭芳華等人很快便與屋裡的小姊妹們說成一片。姚姒並不往上湊，看到一旁零落地坐了兩個女孩在說話，她笑著和人點了點頭，便帶了妙香坐過去。

丫鬟上了茶水點心，姚姒才疲乏地吁了口氣。

茶是上好的六安瓜片，點心也很別致，看上去像是十二套花模壓出來的形狀，再看屋裡擺的十六扇雲母屏，一色花梨木桌椅，往來的丫鬟穿紅著綠的。

姚姒不免暗嘆，承恩公府不愧是百年望族，衣食住行無一不藏著深厚的名門底蘊，可這樣有底蘊的家族，為何還需要向她和姊姊示好？

姚姒越發想念起趙旆來，如果有他在，必定萬事都難不倒他。

她這才明白，她竟依賴他至深，那種信任就像融入骨血裡，他就是她生命中的一部分。她的心微微痙攣起來，原來不知不覺間，她已愛他入骨。

第七十七章 做局

閨閣中的女兒家，能玩樂的不多，可到底沒了長輩在身邊拘束，不知是誰提議玩擊鼓傳花，鼓聲停，誰手上拿到花，便要作應景的詩一句，作不出來便罰酒一杯。

劉宛惠既然身為主家，自然要殷勤周到，這樣的閨閣嬉戲尋常她也愛玩，雖說免不了要飲酒，可承恩公府有專門為小姐們準備的果子酒，不多喝自然不會醉人。這樣一想，劉宛惠便吩咐丫鬟婆子開始佈置起來。

鄭芳華親自來挽姚姒的手。「今兒難得人齊，不過是閨閣中的嬉戲，妹妹萬萬不能推辭了。」

姚姒被她挽住手，只得隨她起身，擊鼓傳花的遊戲從前姚家姊妹們無聊時也會玩耍，只是和這些名門閨秀一起，到底有幾分不自在，想要推卻，卻叫鄭芳華的話給堵了。「聽說妹妹也是書香府第出身，妹妹若是不肯賞臉，便是看不起我們這些姊妹了。」

姚姒哪裡還能推辭，只得隨她坐上了桌。

姚姒這一坐下，便下不了桌，也不知道是不是故意的，十回總有三、四回是姚姒，她本不擅詩詞，加之有意藏拙，自然就罰得多，一杯接一杯的來，便慢慢有些醺醺然了。

又過了兩輪，姚姒便露了幾分醉態。「不行了，這花兒彷彿和我作對似的，妹妹不勝酒力，這就不陪姊姊們耍了。」說完，便作勢要下桌。

鄭芳華連忙上前攔住她。「這可不行，咱們才剛來興致，妳可得陪我們再耍幾輪，不然我可不放妳下去。」一旁自然有人替她幫腔。「是呀，再說這裡也沒外人，妳便是酒意上頭，咱們也不會笑話妳的……」

她們妳一言我一語的，沒有人替她說話，姚姒只得撫臉笑道：「那說好了，就再陪姊姊們耍幾輪，不怕姊姊們笑話，若真是吃醉了，我姊姊必定會責罰，姊姊們可再不能讓我出醜的。」

聽話聽音，都不是笨人，姚姒話裡多少存了些警示，鄭芳華便掩嘴笑。「好好好，不過是圖個好玩，再玩幾輪，咱們也盡興了。」

接下來，倒沒再捉弄姚姒了，只不過最後一輪時，姚姒還是接到了花，她想著這是最後一輪了，再喝一杯也不打緊，哪知道這杯中卻不是果子酒，而是真正的梨花白。

姚姒看了看眾人，只見鄭芳華笑得森然。「妹妹快喝，這最後一輪了，咱們詩也作得盡興了，妹妹這酒也得喝盡興吧。」

有人幫腔。「怎地，妹妹想賴了不喝？這可不成，看來妹妹果真是深藏不露的，詩文也作得，這酒也能喝，姊姊很佩服。」

姚姒看著面前這一張張如花似玉的笑臉，酒杯一傾，滿滿一杯梨花白便一滴不剩地入了喉嚨。

梨花白入口綿醇，可後勁卻是很足，姚姒原本就不勝酒力，飲完酒便讓妙香扶了她去外邊醒醒酒。

妙香人小，又是頭一次來承恩公府，才扶著姚姒到廊下吹了一陣風，便有個圓臉的丫鬟笑吟吟地上來說道：「看姑娘這樣子，約莫是酒勁上了頭，前頭有座涼亭，那邊有處更衣室，不若奴婢帶姑娘去那邊醒醒酒？」

姚姒半瞇著眼，見面前的丫鬟打扮確實是承恩公府的裝扮，便點了點頭。

那丫鬟便上來與妙香一人一邊扶她出了西花廳的院子，又走了約一炷香的時間，假山亭臺便多了起來。

姚姒的頭愈加暈乎，簡直半倚在妙香身上。

那丫鬟便扶了姚姒往一旁的石凳坐下，接著對妙香道：「這樣可不行，姊姊還是拿件披風給姑娘披上，省得姑娘著了涼。」

妙香經她一提點，才發覺這處風大，姑娘醉著很容易風邪入體，這樣一想便點頭同意。「那就拜託姊姊先替我照顧一下我家姑娘，我去去就來。」

那丫鬟自然點頭，見妙香拔腿就跑得不見影子，她半抱半扶起姚姒，便往那假山裡去。

姚姒雖然神志暈昏，心裡卻時時警醒著，見這丫鬟形跡可疑，她倚著那丫鬟走到一座假山處，就扶著山壁再不肯往裡走了。「就到這裡歇會兒吧，我頭暈得很，走得遠了待會兒我的丫頭只怕找不到人。」

那丫鬟回頭四處望了望，才對姚姒笑道：「奴婢就聽姑娘的，不過這裡風大，再往裡走幾步就正好背風，我扶姑娘過去吧。」說著不管不顧，拉了姚姒就往假山裡頭走。

姚姒心中警鈴大作，頓時厲聲一喝。「妳存心把我帶到這裡，究竟存了什麼目的？妳若不說，我這就大聲叫喊，我姊姊雖然只是承恩公府義女，可若我此刻出了醜，也是妳承恩公府沒臉，妳可想清楚了！」

那丫鬟臉色一白，想也沒想轉身就逃也似的跑開去，姚姒倚在假山壁上，強作鎮定，奈何酒勁上來，看什麼都模糊不清了。

睏意一陣陣襲來，隱約能聽到男子的說話聲。

姚姒這才後悔起來，一時大意竟然著了鄭芳華等人的道。可無緣無故的，她和鄭芳華也算是第一次見面，又哪來的敵意？

現在也不是追根究柢的時候，頭暈沈沈的，姚姒想要站起來，奈何身子乏力得很，更讓她驚惶的是，好像有人朝這邊走了過來。

姚姒的冷汗浸濕了幾重衣，幸好殘存了幾分清醒，知道此刻不能再待在原處，她強忍著不適，扶著假山跌跌撞撞地就往明亮的地方跑，卻一個踉蹌重重摔倒在地上，梨花白的酒勁越發上頭了。

姚姒對著手臂狠狠咬下去，春衣單薄，很快衣袖上便染了一絲血跡，人卻疼得清醒了些。

她抬眼四顧，就見不遠處的涼亭裡，三三兩兩地立了幾名男子，或寫或吟，竟是在鬥詩。姚姒想也未想，實在站不起來，索性便爬回那處假山裡。

承恩公府的景致是仿江南園林而造，因此這假山並不高且底下有洞，姚姒手腳並用才爬進山洞裡，耳邊就聽到清晰的男子說話聲音。

「重卿兄，雖然你我殿前比試，你被點了狀元郎，可比起這受女人的青眼，看來倒是我略勝一籌啊。」

這人說完，似乎還得意地笑了聲。「來來來，反正小弟這風流性子是改不了啦，看見你同那些呆子在一起悶得慌，這不，來看看美人豈不賞心悅目？」

姚姒的心頓時卡在嗓子眼裡，這名男子叫另一名男子「重卿」，這「重卿」分明是柳筍的字，難道說另一人是柳筍？

山洞窄暗，姚姒小心地探出半顆頭，卻不承想，恰恰與那雙深邃的眼眸對上，一時驚出一身冷汗，立即往山洞裡面縮。

過沒多久，就聽到柳筍支開了那名男子，喚她的名字，姚姒下意識就往裡頭縮了縮。

「你莫過來！」聲音帶了一絲不易察覺的驚惶。

柳筍何等精明，離得近了就聞到一股梨花白的酒香，聽她說話的聲音不對，倒是沒再逼上前，重逢的喜悅慢慢地被他壓在心下。「妳怎麼會在這裡？身邊的丫鬟呢？」

姚姒從沒想到有一天會在柳筍面前出這等醜，只是身子越來越困乏，頭腦已經混沌起來。「我吃多了酒，到這裡……吹吹風好醒酒。」

閨閣女子輕易不多飲酒，何況又是出門作客。

柳筍只要稍稍一想，便猜得八九不離十，想她必定是被人做了局，一股怒意和憐愛流露臉上。

他掏出火摺子一吹，這一看面前的人已經倚在山石上閉起眼，似乎睡了過去，臉頰晶瑩粉紅，再不似前世那般歷經滄桑後的悽苦。

他再也忍不住，半跪在地上把她往懷中攬，那實實在在的溫熱觸感，令冷寂多年的心彷彿得到了圓滿。「姒兒，姒兒……」聲音既悲且喜，這一刻他豁然頓悟，天可憐見，他重生的意義便只為她一人，這一世，他再不放手。

柳筍摟得她太緊，令姚姒極不舒服，口中無意識地喚了聲「五哥」。

柳筍如被人悶頭打了一棒，好幾息才讓自己平靜下來。

他轉頭朝外看了看，那些人給她設了局，絕對是以毀了她名聲為要。

他不能就這樣任她醉在這裡，得想辦法在神不知鬼不覺下把她送回她姊姊身邊去……

姚姑跟著太子妃又見了些人，她畢竟懷了身子，精神有些不濟，太子妃很體恤她，承恩公夫人早就為她準備好一間雅室讓她休憩。

她小睡了一會兒，才剛起身，采芙和海棠就一起進來，見兩人臉上都有些焦急，姚姑心頭隱約不安。「出了什麼事？」
采芙在她耳邊低語一陣，姚姞聽完後臉色大變，疾聲吩咐海棠。「快去看看，務必要護姒姊兒周全。」
海棠的一顆心懸得老高，姚姞話音才落，她已出了屋子。
太子妃正和承恩公夫人母女倆在內室說話，向嬤嬤走過來在她耳邊一陣低語，太子妃的臉色就有些難看起來。「母親，惠姊兒也太胡鬧了。」
承恩公夫人不解，向嬤嬤在太子妃的示意下又把話重說了一遍。
承恩公夫人聽完額上的青筋都起來了，緩了幾息才道：「這事還有誰知道？」一邊喚自己的丫鬟進屋。「去把惠姊兒找來，要悄悄的。」
向嬤嬤便道：「珊姊兒出的面，倒是沒別人知道。姒姑娘身邊那個叫海棠的丫鬟很是了得，倒像是個練家子，抱著姒姑娘幾下子就不見人影，再後來姒姑娘便在劉側妃的屋裡安歇了。」
太子妃看母親動了氣，示意向嬤嬤下去。「這鄭芳華自小被寵壞了，在外頭也還端淑溫婉，卻沒想到在咱們府裡做出這樣的事來。若是姒姊兒真出了什麼事，別說太子爺那邊，光是趙五爺那處就交代不過去。」
「我的兒，我省得，妳這樣大力拉攏她們，還不都是為了皇太孫，太子眼下是不得不用咱們……」承恩公夫人話說一半再沒說下去，和太子妃相視一眼，彼此都明白心中的憂慮。

太子非皇后親生，這就是致命傷，這也是承恩公府已然這樣顯貴，卻不得不低調的因由。

下午唱堂會，眼尖的人便發現太子側妃沒有出席。

太子妃倒顯得很有興致，親自點了幾齣戲，府裡熱熱鬧鬧地鬧了一天。

待宴席結束，承恩公夫人親自送完客，倒是把安國公夫人和珊姊兒多留了會兒，才送客離府。

姚姒醉到近黃昏才醒，海棠守在床邊一臉懊悔，見她醒來忙餵了盅溫水給她喝。姚姒只記得擊鼓傳花時她喝了很多果子酒，最後還喝了一杯梨花白，後面的事卻是一時想不起來。

海棠眼眶紅通通的，在她身後放了幾個軟枕後就跪在腳踏上。「姑娘，您責罰奴婢吧，奴婢沒有守護好姑娘，有負五爺所託。」

姚姒忙彎腰拉她起來，她卻堅持不肯起身。「奴婢竟然在眼皮子底下讓人給姑娘換了酒，又往酒裡下了迷藥，奴婢該死！」

怪不得到後來她腦子一片暈眩，身子也乏力得很。

一杯梨花白還不至於讓她醉那樣久，原來是在酒中下了迷藥，這樣神不知鬼不覺，叫人以為她只是醉了酒而已。姚姒看著海棠自責不已的神情，嘆了一口氣。「這事不怪妳，也怪我自己大意了，後來又是怎麼一回事？」

海棠就把後來珊姊兒無意中發現姚姒醉臥在石凳上的事一一道來。

「珊姊兒是從更衣室裡出來，走過花徑時覺得有些不對勁，一上前才發現是姑娘醉躺在石凳上。好在珊姊兒機靈，她扶起姑娘挨在她肩膀上，若有人看到只會以為姑娘在和珊姊兒說話，她的丫鬟悄悄地找了采芙，後來奴婢便把姑娘抱回來了。」

不對，還有什麼事情是她忘記了的。

姚姒捶了捶自己的頭，慢慢回憶醉後的一切，卻很是混亂，她讓海棠起身。「往後妳我多警醒些便好，這件事不要告訴五哥。」

想到趙旆去了快一個月才送了一封信給自己，又想起先前自己的猜測，一時竟無比思念起他來，又萬般替他懸心。

海棠悶悶地起身，似乎想起什麼，她從袖中拿出個荷包雙手奉到姚姒跟前。「這是我抱姑娘回來時，戴在姑娘身上的，奴婢打開瞧了瞧，只是兩顆殷紅的玉石骰子，奴婢見這不是姑娘身上的東西，就摘了下來。」

姚姒把那荷包打開一瞧，兜兜轉轉這玲瓏骰子竟又回到自己身邊來了。她閉上眼，慢慢地假山洞裡看到柳筍時的情境一一記起，她長長一聲嘆息。

姚姒這一醒過來，就有人稟報姚娡，她扶著腰疾步到妹妹床前，驚惶未定的臉色總算緩了幾分。「好些沒？頭痛不痛？」轉身向采芙招手，示意她把醒酒湯端上來。

姚姒心頭愧疚，連連搖頭。「倒還好，只是還有些乏力。」

終歸是自己大意犯了險，又累得身邊的人都跟著擔心。若非柳筍，她此刻只怕已經出了醜。

姚姑摸了摸她的額頭。「事情的始末是怎樣，妳且和我說說，妳一向是個小心謹慎的，怎地這回上了這樣的當？」

姚姒不知該怎樣說，這回確實是她大意了。「姊姊，對不起！」

她先把定國公夫人的那席話提了一遍，又把鄭芳華等人如何在擊鼓傳花上灌酒，最後又把果子酒換成梨花白，並在酒中下藥的事一一說給她聽，倒是把柳筍那段隱去了，只說她醉得迷糊，自己也不知怎麼醉臥在花園石凳上的。

姚姑越聽越是皺眉，一股無名火直往心裡燒。

這鄭芳華真是欺人太甚，一出手便是要置人於死地，心思也太歹毒了些。

可她為什麼要針對妹妹呢？她是左思右想也想不通，便安慰妹妹。「也許定國公夫人並非那個意思，妳也別多想。」

她轉而說起趙旆的好話。「既然趙五爺臨走時提過你們的親事，想必他一定有辦法說服定國公夫人的；再者，我也曾經跟太子爺說起過妳的事，太子爺已經答應我會把這事放在心上的。實在不濟，等過幾年……」她緩了緩，朝外一看，極小聲地在妹妹耳邊道：「我一定會求太子爺給你們擬個合婚的旨意。」

「姊姊！」姚姒驚呼一聲，她沒想到姚姑竟存了這樣的意思，難道在姊姊心中，也不認為定國公夫人會接受自己？那趙旆呢？他該是有多難……？

她拉起姊姊的手，平靜地搖頭。

「不，姊姊，若定國公夫人不是真心接受我，即便我嫁過去，也只會令五哥為難。既然定國公夫人不喜歡我，我就做到讓定國公夫人喜歡為止，心誠為上，滴水穿石，我不能讓五哥一個人扛下所有壓力。」

話雖是這樣說，可事情當真做起來又會有多難？若定國公夫人有心為難，只怕妹妹到時有得苦頭吃，姚姑不禁長嘆，把妹妹攏在懷中。

「苦了妳了。」一想到事情是在承恩公府裡出的，她一時心緒複雜莫名。

姚姒見她這個樣子，還真怕她胡來，勸道：「姊姊，妳聽我說，今兒在承恩公府發生的事情，姊姊且先不要與太子爺說，姊姊現在懷了身子，正是要小心謹慎的時候，若這個時候與承恩公府生了嫌隙，實在不智。今日太子妃這般示好，肯定也有其思量，一動不如一靜，且先看看太子妃那邊如何。」

姚姑一向聽她的話。「我省得，都聽妳的。太子爺今兒要是問起為何這麼早回來，我就以身子不適為由先應付著。」

姊妹倆說了一會兒話便散了，姚姒送走姚姑，便吩咐海棠。「一會兒妳且回四喜胡同去，跟張叔留下來的人交代，去查查武義侯府與安國公府，特別是武義侯府，要儘量詳細些，把鄭芳華都給我打聽清楚了。」

海棠忙應聲，想了想不由得建言。「姑娘，世子夫人曾氏那邊，姑娘何不私下遞個帖子見見面，既然姑娘決定要討定國公夫人的喜歡，世子夫人那邊就不得不交好。」

姚姒笑了笑。「不著急，等咱們查清楚一些事情再說，世子夫人那邊既然對我釋放了一些善意，有來有往，投其所好才是求人的姿態，妳且去吧。」

海棠再不復言，轉身就去和春嬤嬤報備出門的事。

姚姒心裡卻想得更多，柳筍那邊一聲不吭地就幫了她，這份人情還不知道要怎麼還。想到那次在靜雲庵見面的事，柳筍當時的態度委實癲狂，他對她的執著更令她害怕，即便現在想起來，還心有餘悸。

可想而知，這次柳筍幫她的事情，必定不會這麼輕易過去。

這可真是一波未平一波又起……

第七十八章　生辰禮

太子妃從承恩公府回來後，已近掌燈時分，向嬤嬤很快把宜爽齋姚姒姊妹的動靜打聽到了。

「姒姑娘並無大礙，還一個勁兒地向老奴賠罪，說是太過貪玩了，叫娘娘不必介懷，劉側妃還把奴婢送出門，說是今兒天晚了，明兒再來給太子妃請安。」

太子妃半倚在貴妃榻上，聞言以手支額，顯得有些疲憊。「事情妳都清楚，妳瞧著這事該如何向她們姊妹交代？」

向嬤嬤不敢托大，回道：「娘娘心中想必已有明斷，以奴婢愚見，正好以此事試試側妃對娘娘的忠心，若是側妃將此事告知太子爺，娘娘該如何？若是她不將此事告知太子爺，娘娘又該如何？還有……」她朝屋裡四周睃了眼，貼在太子妃耳邊細聲道：「娘娘當前的憂患是，她腹中那塊肉該當如何？」

太子妃揉了揉鬢角，良久才吩咐向嬤嬤。「明兒向宮裡遞牌子，又有幾天沒去給母后請安了。」

向嬤嬤忙應是。「老奴明兒一早就辦。」

第二日姚婕帶著姚姒給太子妃請安後，太子妃把郭側妃打發了，便請她們姊妹二人去宴息室裡說話。

太子妃執起姚姒的手溫和笑道：「這件事委屈妳了，好孩子，身子可有不適？要不要請個太醫來瞧瞧？」

姚姒有些受寵若驚，忙婉拒道：「回娘娘，小女子並無不適，勞娘娘關懷，這件事情說來還是小女子自己貪玩惹禍，實在怪不得別人。」

太子妃拍了拍她的手。「是個識大體的孩子，這件事我一定會給妳一個交代。」

姚姒瞧她的態度，並不指名道姓說出是誰害自己，心中頓時就明白了，只怕太子妃的意思多少有些息事寧人的味道。

她和姚婕互望了一眼，姚婕就笑道：「看娘娘說的，並不是多大的事，左右姒姊兒並無損傷，這事過去就過去了，無謂節外生枝。我也交代姒姊兒了，往後再不許沾一滴酒。」

太子妃臉上就露出幾分欣慰來，留她們說了會兒話，又賞了些衣料珠花首飾就散了。

姚姒扶著姊姊，眼見遠遠地出了上房，左右又無人，她挨著姚婕道：「姊姊，這件事就到此為止吧，姊姊要做到心中真正地放下，不要覺得委屈了我，妳現在好好安胎，比什麼都重要。」

姚婕頗為無奈地點了點頭，望著遠處連綿的樓臺殿宇，突然說了句。「姒姊兒，以後姊姊會替妳把所有委屈都補回來的，相信姊姊。」

姚姒滿心以為她只是安慰自己，並未過多在意，嗯了聲。

太子妃第二天進了宮，給皇后娘娘請安。回來後過沒幾日，就聽說皇后娘娘把武義侯夫人叫進宮，卻叫她在殿外整整曬了一個多時辰，武義侯夫人回去後就告了病；便是劉宛惠，也被承恩公夫人罰抄了一百遍《女誡》。

這些消息陸陸續續傳到了宜爽齋裡，姚姒和姚娡不過相視一笑。

既然皇后娘娘親自罰了人，這件事情就像個不起眼的水泡還沒冒起來就滅了，自始至終姚娡都沒有把這件事與太子爺提過。

太子妃待姚娡和姚姒越發親熱，等姚娡的胎坐穩了，皇后娘娘竟然下旨召見了一次。出宮時姚娡得了許多皇后的賞，一時間，倒叫太子府其他侍妾看酸了眼。

又到六月初六姚姒的生辰，從前因為守姜氏的孝，她生辰那日也就吃碗長壽麵就算是過了。可是今年卻不同了，姚娡有心想替妹妹樂一樂，在她請示過太子妃並得到太子妃的首肯後，決意在太子府裡替妹妹慶賀生辰。

姚姒並不想姊姊如此高調破費，奈何姚娡鐵了心，且太子爺也贊成，姚姒看這情形，心中略一思量，也就同意了。

太子妃隨後便賞下生辰禮物——一串翡翠十八子手串，那手串由十八顆翠珠穿成，中有碧璽結珠兩顆，下結珠與碧璽佛頭相連，穿以珍珠、金鈴杵、結牌等裝飾物，這樣精緻而貴重的手串，姚姒雖然一見便心生歡喜，始終收得有些惴惴不安。

「多謝太子妃娘娘的賞。」她連忙給向嬤嬤道謝，神情依然恭敬，卻較之以往多了分小心翼翼。

姚姑也直誇這件禮物太過貴重了，並親自提壺給向嬤嬤續了杯茶。

向嬤嬤看著很是滿意。「姒姑娘客氣了，來時太子妃娘娘曾交代奴婢傳話給姑娘，太子妃已經給承恩公府、安國公府及孔翰林家等幾家的小姐們下了帖子，左右這些小姐們姒姑娘都是認識的，讓姒姑娘明日只管高高興興地玩樂，其他一概都不用管。」

姚姑便和向嬤嬤說些多謝太子妃娘娘想得周到之類的話，向嬤嬤不過坐了片刻，隨後笑容滿面地離去。

姚姒眼中蓄滿疑惑，姚姑如何看不出，笑著把她拉到榻上。「我不過是起了個頭而已，太子妃便借了妳的生辰邀各家小姐們來為妳慶生，妳這樣聰明，相信已經猜到是何原因了，妳可怪我？」

姚姒看姊姊一臉洞燭機先，才真真切切感受到她的變化。

不過才短短不到一年的時間，姚姑從不諳世事到如今能小心翼翼揣度太子妃及太子府的局面，不得不深深感嘆。

她望著姚姑，心情莫名有些複雜，漆黑明亮的雙眸裡倒映著姊姊依然明豔的臉龐，很快便搖了搖頭。「不，我不怪姊姊，時也勢也，人都會隨著身分地位環境而改變，姊姊變了，我雖然也為姊姊高興，可心裡卻無緣由的有一分難過。」

姚姞摸了摸妹妹的頭。「姒姊兒，是人都會變的，可我的本心不會變，我不會為惡，我要好好守護妳，好好守護太子爺待我的情分，守護我腹中的孩兒，再不能像從前那樣懶怠不想事。」

姚姒一時間無話可說，她攬了攬姊姊的腰，看著她已然隆起的肚子，有些悵然。

隔日是姚姒十三歲生辰，姚姞一早起來親自給她做了碗長壽麵，令姚姒感動不已。她把一碗麵吃得乾乾淨淨的，又給宜爽齋服侍的都打了賞，整個宜爽齋熱熱鬧鬧的像過新年一樣。

太子爺隨後也差人送了生辰禮過來，是一架烏木做的古琴，郭側妃也遣人送來禮物，一匣子新製的宮花，每朵小花巴掌大小，看著卻恍如真花般嬌妍，姚姒重重地賞了來送禮的丫鬟。

太子妃命人開了建在水上的臨芳閣，夏日涼風習習，不大的湖面上一片碧綠，中間隨風搖曳著或粉紅或嬌黃的花影。臨芳閣紗幔飄飛，屋裡飄著淡淡花香，夏日的燥熱在這裡便去了七分。

陸陸續續的，太子妃所下帖子的人家使一一來齊，最後一個來的竟然是鄭芳華。姚姒委實沒想到太子妃竟然還給武義侯府下了帖子，不過沒有多想，笑盈盈地迎了鄭芳華進屋。

屋裡設的席是仿宮裡的制式，一人面前一個小几自成一席，溫和與溫宜兩個坐在姚姒一左一右，姚姒放眼看去，來的這些嬌客，幾乎都在承恩公府裡見過一面。姚姒心中頓時生出一個模糊的概念，這些人家無疑都是擁護太子的。

溫和、溫宜熱絡地和她們說著話，偶爾她們也問姚姒一、兩句，便是連鄭芳華也笑盈盈的，竟似沒發生那日的事情般。姚姒不禁對她有些刮目相看，卻也熱絡周到地和這些人寒暄，倒不至於冷場。

其間，姚姒找了個時機和珊姊兒說了些話，珊姊兒倒也是個爽朗大方之人，把那日的事一字不差地透給姚姒知道。姚姒得知柳筍請珊姊兒打掩護時，好一陣沒回過神來。兩人聊著聊著，倒有些志趣相投起來，等回到宴席上，兩人再沒了之前的生疏。

鄭芳華掩在桌下的手都快要把帕子扯爛了，尤其看到珊姊兒和姚姒手挽著手親親熱熱地從外面進屋來，她二人又去了這麼長的時間。雖然她和珊姊兒不是最好的朋友，可自己的東西被所厭惡之人染指的那種憤恨，竟然快要把理智湮滅，她的臉色也有些不好看起來。

姚姒眼角餘光瞟了幾眼鄭芳華，不禁覺得好笑，看了幾眼便不再理會她。

宴會很完美地落幕，姚姒一一送走客人，又和海棠清點收到的禮物，綠蕉則把這些東西登冊，忙了一會兒，姚姒實在累得慌，便小睡片刻。

不過才睡了半個時辰，姚姒就被海棠輕聲叫醒。「姑娘醒醒，焦嫂子過府來了，說是來替姑娘送生辰禮的。」

姚姒睡眼惺忪，卻看到海棠笑得一朵花兒似的便覺有異，等梳洗完，焦嫂子笑容滿面地進了屋，對姚姒磕了頭賀她生辰，姚姒見她行如此大禮，倒有些過意不去——焦嫂子分明還當自己是奴僕。

「姑娘，五爺給姑娘送了生辰賀禮，譚娘子和張順他們也順帶讓奴婢捎了姑娘的禮物，奴婢原本早該送過來的，奈何要安置一些事情，便耽擱了些時候。」說完便親手自身後的丫頭手上接過一個頗大的首飾匣子奉給姚姒。

姚姒剛才聽到焦嫂子說起趙旆，才明白心中隱隱有些期盼是為哪樁，此刻看到那個大匣子，心中的驚喜擴散到四肢百骸，竟是無不熨貼。

她急忙接過匣子打開銅釦，就見一陣寶光從眼前閃過，裡頭躺著十三件女子佩戴的首飾，從簪環、鬢花再到步搖分心，樣樣都是用了金剛鑽鑲紅綠寶石製成，這樣華貴富麗的首飾，差點晃花了姚姒的眼，她不禁倒抽一口氣，而海棠等人則是笑得見牙不見眼。

焦嫂子等她回過神來，又忙從丫頭手上接過第二件禮物。

姚姒接到手上一看，倒是個再正常不過的木匣子，她知道這是譚娘子和張順等人湊分子送給她的禮物。她打開一瞧，裡頭卻不是珠寶首飾，而是一份摺疊好的契書，她再打開契書一瞧，這下是驚得「啊」了聲。

這張契書，竟然是一家叫東山票號（注）的股書！

姚姒仔細地看了看，上面寫著東山票號一成的股額，持有人寫著姚姒的名字，這真是太

注：票號，古代的金融機構，類似近代的銀行，又稱票莊或匯兌莊，即匯兌銀票的地方。

讓她吃驚了。

她連忙問焦嫂子。「譚娘子他們呢？怎地會送了這個東西過來？」因為太過吃驚，竟忘了焦嫂子只是來送賀禮的。等問完話才發現自己失態了，卻也曉得現在不是追根究柢的時候。

「辛苦妳了。」姚姒賞了焦嫂子十兩銀子。

焦嫂子磕頭道謝，等起身時，又笑吟吟道：「五爺還有一件禮物，卻要姑娘回四喜胡同才能見到，若是姑娘眼下得空，不如隨奴婢回四喜胡同一瞧。」

姚姒竟摸不著頭緒了，趙旆的禮物接二連三的，先是送這麼名貴的珠寶首飾，再又是一件非得回四喜胡同才能看到的禮物，心上的歡喜簡直快要溢出來。

「好好好，我這就跟姊姊說，今晚回四喜胡同住一個晚上，明兒再回來。」說完便起身親自去找姚娡。

令姚姒萬萬想不到的是，趙旆送她的第二件禮物，竟是滿屋子婦人——

焦嫂子扶著她進了屋，屋裡有個頭髮半白的乾瘦婦人一看到她便站起來，神情激動不已，竟是未語淚先流，哽咽著喚了聲「姒姊兒」。

這婦人一站起來，屋裡其他人也都跟著立起身來。

姚姒愣怔了會兒，望著似曾相識的婦人，忽地腦中一炸，眼淚緊接著奪眶而出。「您是……大舅母？」

婦人朝她點頭，上前幾步就拉著她的手哭出聲，一邊拭淚一邊笑。「姒姊兒，妳長大許多，大舅母已經認不出妳來了。」

焦嫂子連忙上前來扶姜大太太，並一邊對姚姒笑。

「這是大舅太太，今兒晌午大舅爺及二舅爺兩家人才到，奴婢也是人到了才知道，是五爺著人護送舅爺兩家人上京的。」

姚姒心中的歡喜從來沒有這麼強烈過，她激動得語無倫次，連喚了幾聲「大舅母」。姜大太太就摟著她哭，一旁幾位年輕些的婦人也都默默拭淚。

重逢後的歡喜太過突然，屋裡眾人哭了好一會兒。

焦嫂子連忙叫小丫頭打水來給眾人擦臉，又軟語勸慰了好些話，姜大太太、姜二太太及幾位奶奶才止住哭聲。

姚姒在姜大太太的指點下，一一和屋裡其他人見禮。

她的記憶還停在那次金寧港口驛站與姜家人見面，而如今姜老夫人已逝，姜大太太較之以前更是老了許多，至於姜二太太則是半癡半傻的，幾位少奶奶俱是滿面風霜的悽苦模樣。

姑娘裡頭，她還記得大舅母嫡出的姜櫓，初見面時儘管面色憔悴，可少女的明豔顧盼還在；可如今姜櫓臉色蠟黃、身姿瘦弱，彷彿風一吹便要倒下的病弱樣子，令她難以想像，這些她僅剩的親人在瓊州島到底經歷了哪些苦難？

她按捺下滿心的酸苦憐惜，知道兩位舅舅及幾位表兄們為避男女之防而未在此廝見，於是就吩咐焦嫂子去請人。

姜儀領著兒孫們甫一進屋，姚姒便上前斂衽行禮。

姜儀雖一貫神色內斂，此時見到她也不禁潸然淚下，顫抖著手扶她起來。「好孩子，沒承想還會有見面的一天，可惜妳二舅父和妳娘福薄。」

姚姒這才注意到姜二太太這一房人俱是素衣素服，頓時心中一痛，不知該怎麼安慰他們。

姜大太太知道今日是姚姒的生辰，連忙忍住悲傷扶了丈夫坐在堂上，又把兩房的男丁指給她認識。

焦嫂子見屋裡悲悲泣泣的，她拭了幾把眼淚，看情形屋裡還得有會子敘舊，她悄聲退到廊下喚了個小丫頭來，低聲吩咐她讓廚下半個時辰後在正堂擺席。

飯後，姚姒見眾人面色疲倦不已，雖有許多話要問，到底是忍住了。

她親自送姜大太太等人到廂房歇息，眾人中午才到，趕了快兩個月的路，著實疲憊不堪，也就沒有再推辭。

姚姒回到自己屋裡，心中不勝感嘆，焦嫂子和海棠隨侍在身邊，姚姒便叫她們都坐下。

「今兒辛苦妳了，妳安排得很妥貼。」

姚姒見焦嫂子不肯坐，就朝她抬了抬手，示意她不必拘著。「這幾天怕是還要辛苦妳一些，明兒得叫裁縫鋪子送些衣裳料子來給舅母他們量體裁衣，我瞧著他們身子也不大好，想是這些年吃了太多苦。明兒且叫回春堂的大夫上門請請脈，該開的補藥不要怕費銀子，把身子養好才行。至於姊姊那邊，且先不要讓她知道，明兒待我問過大舅母一些事情後，再帶她去見姊姊也不遲。」

焦嫂子連忙應是，姚姒就看向海棠，海棠忙回道：「姑娘放心，那幾位都是五爺挑出來的人，一路上很是盡責，不過因為這趟出來已兩月餘，明兒他們歇一日，後日就得趕回五爺那邊去。」

姚姒微微頷首，想到趙斾送了她這樣大的生辰禮，真真是送到她心坎上去了，心中一時鼓脹脹的。

趙斾待她的好，竟是無以為報，姚姒好半晌才對焦嫂子吩咐道：「他們既是後日就啟程，還要陳大殷勤些照料，以報我多謝他們這一路的辛勞護送，他們走時的儀程一定要厚，再有，我這裡也有些東西要他們帶給五哥。」

姚姒又交代了一些瑣事，眼見夜已深，這才打住。

第二天一大早，姚姒便給姜大太太請安，並陪著一起用了早飯，隨後便聚到一起說話。

姜大太太把這幾年流放瓊州島的事說了一遍，末了就問她姜氏是怎麼沒的，以及她們姊妹這些年是怎麼過來的，言詞間頗為唏噓感嘆，說到姜氏時，忍不住又哭了一場。

姚姒挑了這幾年的事情略說了說，姜大太太直摟著她哽咽道：「我的兒，可苦了妳們！」

一旁幾位表嫂也陪著拭淚，唯獨立在姜大太太身後的姜梣眉目平和地勸姜大太太。「娘，再不能哭了，那些事情都已經過去，咱們都撐過來了，將來也一定會把日子好好地過起來。」

說完又望向姚姒，眉間帶著些許歉意。「姒姊兒，都是我娘，叫妳又傷心了，往後只怕少不得要妹妹多幫著開解我娘。」

姚姒見她十五、六歲的年紀，可說話舉止都透著剛強不屈，令她暗暗讚嘆，也越發憐惜。她拉起姜梣的手直點頭。

「梣姊姊，誠如妳所說，以後咱們的日子必定會越過越好的。」

第七十九章　赦免

姚姒事後單獨和舅舅說了會兒話，這才釐清為何她明明人在京城，並時時刻刻都留意著朝廷對於姜家冤案調查的進度，卻沒有聽到明旨下發，而今姜家突然就受到朝廷赦免，並且冷不防地就到了京城。經舅舅略一點撥，她就想通了。

正因為姜家當年的冤案牽連太廣，若要整個調查，只怕朝廷會有一大半官員受牽連，朝廷已經處置了一個秦王和其餘黨，加上王閣老只求骸骨歸田園，這對太子爺來說，目的已經達到了。

更關鍵的一點是，當年皇帝未必就不清楚是冤了姜閣老，可秦王是他的兒子，朝廷也需要安穩，皇帝只能選擇捨棄姜閣老以維護自己想要維護的人。如今太子才初立，打皇帝臉的事是決計不能做的。是以下到姜家手裡的聖旨並未當庭明發，而是以秘旨的方式送到瓊州島。

想通了這些，姚姒並不感傷。只要姜家人還在，有一天一定可以重建家聲。而她當初的願望都已經實現，對她來說，多年的心願已了，只覺得空前地鬆快。

等裁縫送來料子並為各人量好尺寸，回春堂的大夫便來了，那大夫是姚姒慣常請的，他先給姜大太太號了脈，又給姜二太太瞧了瞧，就直搖頭。等到那大夫把所有人都診了脈，開好方子，姚姒又哭紅了眼。

姜二太太是受了刺激才癡癡傻傻的，這種病並不好治；而姜大太太的身子則是元氣耗損嚴重，過於憂思，還得好好將養；至於姜梣，大夫只說是過於勞累所致，身子虧虛得厲害，其他人也多多少少有些病痛。

姚姒讓焦嫂子送那大夫出門，焦嫂子把人送到門口，親自捧了個匣子送給那大夫，裡頭整整齊齊擺著一百兩銀子。「這些銀子您老先收著，只要是於調養身子有利的，您老只管開藥，若是不夠，只管讓人送帳單過來。」

那大夫倒是個實誠人，所謂補藥，最是耗銀錢去了，是以也沒推辭，拎著藥箱帶著童兒就出了門。

姚姒下午便帶著姜大太太和姜梣去了太子府見姚姞，乍然相見，自然幾個人又抱著哭了一場，不過姚姞畢竟是有身子的人，姜大太太很快就收了眼淚。

幾人一番敘話，姚姞留了她們晚飯，便交代妹妹這幾日先暫時回四喜胡同照應舅舅兩家人。走時，姚姞送了好些簪環給姜梣，又讓春嬤嬤從庫房裡稱了一斤人參和一些滋補藥材給姜大太太，私底下則是遞了二千兩的銀票給妹妹，姚姒也沒推辭，收下來放好，便帶著姜大太太離去。

姜家先頭的宅子是姜家祖宅，如今朝廷自然將這宅子一併歸還給姜家，只是當初抄家的東西自然是沒有了，至於田產鋪子之類的，也一併歸還姜家，於是姜大太太在休憩了幾天便說要搬回祖宅。

姚姒哪裡肯同意，她叫人先去祖宅清掃整理，又拿出銀子交給陳大和焦嫂子去添置屋內的傢俬器具，這樣忙碌了十幾日，總算將姜家祖宅收拾妥當了，才送姜家眾人歸祖宅。

姜家眾人安頓好後，姜大太太便來和姚姒商量，要去廟裡給姜老太太、姜佼和姜氏作法事，姚姒便乘機和姜大太太商量，因為姜氏已不算姚家婦，她希望把姜氏遷葬到姜家祖墳裡。

姜大太太心裡可憐小姑子的一番遭遇，和丈夫商量後自然是同意的，而且姜氏如今孤伶伶的，姜大太太便和丈夫建議，從姜家兩房裡挑一個男孩過繼到姜氏名下，這樣姜氏也算是有人承繼香火。

姚姒不承想姜大太太這樣為母親考量，是以姜大太太來和她說這件事的時候，姚姒很是感激。

在徵得姚姑的同意後，姚姒最終選了二房的庶子姜杓過繼給姜氏，姜杓如今才十五歲，性子很溫和，對於過繼給姑母做嗣子，他也是願意的。

事情就這樣定下來，隔了幾日，姚姒便隨姜大太太等人去弘法寺給已故的姜老夫人等三人作法事。

弘法寺從前姚姒曾經和譚娘子來過，還記得那次焦氏和五太太也在寺裡求籤被貞娘瞧見，而今不過短短幾個月時間，姚家已沒落，姜家卻苦盡甘來。

姜大太太一早就派人來弘法寺打點，法事要一連作七天，姜大太太只帶了兩房女眷及未婚男丁來，寺裡的知客僧便安排一間院子供她們歇息用。

六月的天兒，山中雖說也算清涼，但每日都要跪經幾個時辰，時間長了眾人都有些吃不消。姚姒便私底下掏了些銀子出來，讓焦嫂子去打點廚房，這樣一來，日日雖是沾不得油葷，可點心瓜果綠豆甜湯之類的供應還算周到。

看她說話行事處處周到細緻又體貼，姜大太太暗中直點頭。

姜家是由趙旆的人護送著回來的，光是趙旆待姚姒的這一片心，姜大太太就感慨不已。在得知定國公夫人不甚中意姚姒時，姜大太太也跟著發愁，這樣好的孩子，怎麼就在婚事上不順呢？

法事進行到第五天，弘法寺來了一位不速之客，定國公世子夫人曾氏來寺中還願。曾氏與姜大太太同姓，說起來兩人雖不是同宗，但從前姜家還未獲罪前，也曾是京中貴婦圈中的常客，曾氏她自然是識得的。

曾氏乍然見到姜大太太，並不驚訝，她微微朝姚姒一笑，便上前和姜大太太見禮。「多年不見夫人了，不想竟然在此遇見，夫人可都安好？」又和姚姒打招呼。「方才彷彿看見海棠這丫頭，料想著約莫妳也在，姜家回京，原本該是要上門拜訪的。」

姚姒忙給曾氏福身行禮，但姜大太太這個長輩未說話，她也只得一笑並不出聲。

曾氏笑盈盈的，姜大太太又見她言語親切，對姚姒也多和善，心中有了數，兩人坐下一陣敘舊，話說開來，曾氏倒是透了些意思出來，姜大太太便把屋裡閒雜人等都打發了，只留了姚姒和她自己陪曾氏。

「世子夫人這份心意，我十分感激。好在姒姊兒是個能幹的，樣樣都已經幫著打點好了，我們回京能這麼快就安置好，真多虧了她。我是感嘆，我們姑奶奶教了個好女兒，便是我像姒姊兒這年紀的時候，也做不到像她這樣體貼周到的。」

曾氏便笑。「確實是個好孩子。」

見姚姒越發羞紅了臉，便拍了拍她的手。「說起來，妳也當得一聲誇，那日承恩公府壽宴，太子妃娘娘私下是直誇妳針線功夫了得。」

她頓了頓，卻對姜大太太別有深意道：「下個月是我家郡主壽辰，不如姒姊兒幫我做一套衣裳鞋吧。五弟長年不在京，這替五弟盡孝的事呀，說不定還得落在姒姊兒身上了。」說完便望向姜大太太。「不知夫人能否答應？到了郡主壽辰那日，還請夫人賞個臉，帶著姒姊兒來府中喝杯水酒。」

曾氏這話隱隱有幾分把姚姒當成趙旆的人看，這無異於給了口頭承諾。

姜大太太先前還在愁，哪曉得這會兒事情卻急轉直下，心裡自然是樂意的，她慈愛地對姚姒笑道：「好孩子，還不快多謝世子夫人的好意。」

說完又看向曾氏。「不瞞世子夫人，這孩子的事情叫我也懸著心，她這麼個出身，我只當是無望了，可趙五爺的一片心意在那裡，如今看來，一切還有賴世子夫人在中間周旋了，我這裡且先多謝世子夫人！」

曾氏忙起身避了開去，口中直說使不得。「若往後兩家做了親家，夫人便是長輩了，真要說起來，也是五弟的不是，讓姒姊兒受委屈了。」

又對姜大太太鄭重道：「夫人放心，既然說開了，我便和夫人把話說實了，這門婚事我們國公爺和老夫人都是同意的，只是郡主這邊……也怪先前五弟和郡主鬧了一陣，還沒想透。依我看，姒姊兒這般的人品模樣，和五弟著實相配，我和世子爺的意思是，會儘快勸說母親同意，到時請了官媒來，還要多麻煩夫人替我們姒姊兒操持了。」

姚姒看到曾氏和姜大太太都沒避開她說起她的婚事，這回是真的羞紅了臉，坐在那裡聽也不是不聽也不是，這模樣叫曾氏和姜大太太會心一笑。

曾氏便溫聲指點道：「郡主喜歡喜慶些的顏色，最愛牡丹花樣，衣裳和鞋子的大小尺寸我都帶來了。不過妳也不必太緊張，妳的女紅我是見過的，一切平常心就好。」言罷就示意丫鬟把鞋樣子及尺寸都交給海棠。

送走曾氏，姜大太太摟著姚姒直笑。

「趙五爺這孩子是個好的，舅母回來後還沒告訴過妳，妳幾個表兄多虧他暗中打點，才沒在瓊州受多大的難，這都是他看在妳的面子上做的，這樣的男子值得託付終身。」

頓了頓又道：「他們定國公府我多少是知道些的，定國公夫人因著出身宗室，在太后娘娘身邊長大，皇家的女兒，性子自然說不上溫婉柔順，當年在京中算得上驕橫霸道的。而定國公長年駐守西北，夫妻聚少離多，這夫妻情分自然也就不多。只不過如今兒子們都大了，多少收斂了些，可以舅母的識人，覺得定國公夫人雖然脾性如此，但為人也不失正直爽快，且她待幾個兒媳婦甚好，直當女兒在看，足見定國公夫人並非那等不為兒女著想的母親。趙五爺為了妳、為了咱們姜家付出良多，我的兒，我知妳是個內心驕傲剛強的女子，可為了將來的幸福，也為了報答趙五爺，這該低下頭的還得矮下身來行事，往後進了門，真心實意侍奉婆母，我相信妳一定做得到的。」

姜大太太這席話無疑一頓當頭棒喝，姚姒兩世為人，何嘗有人這樣諄諄教誨過？想一想姜大太太確實說得沒錯，她和趙旆的這場愛情，現在看來趙旆付出的只會比自己多，而自己除了心安理得地得到他的庇護和愛以外，從沒有想過為了他去求過人，那麼就讓她為了趙旆，努力討得定國公夫人的喜歡。

姜大太太見她一臉若有所思，輕撫了她的頭。這個孩子，她一定替姑奶奶好好愛護。

從弘法寺回來後，姚姒就去了太子府陪姚姮，姚姮因為身孕而不能跟妹妹一起去作法事，很是歉疚，索性抄寫了幾本經書，叫妹妹幫忙供在姜氏靈前，也算略盡心意。

姚姒一邊陪著姊姊，一邊給定國公夫人裁製新衣和鞋子。

定國公夫人既然喜歡喜慶的顏色，考慮到她也上了年紀，自然不能挑那豔麗的料子，於是反覆比較，最終挑了疋松花綠織金妝花纏枝紋緞料，再想到定國公夫人宗室女的身分，衣裳自然有一定的制式，便選了襖裙樣式，衣領做成豎領對襟，衣上盤扣用牡丹花樣，再以小指甲大小的紅寶石做成扣子，衣上飾以雲肩，胸前身後以各色絲線繡了四季的纏枝花。下身襴裙更是精細，用了赭色刻絲料子，上襴繡玉女獻壽，又以梅鹿猴子花卉壓山福海和雲紋相間，而下襴則用五彩絲線繡著八寶紋及壽山福海壓邊。

這樣精細的繡活，若一個人來做，只怕要花上許多工夫，姚姑瞧妹妹夜夜挑燈，白日裡也不停歇，且不讓人插手幫忙，不禁深深嘆氣。

過了幾日，姜大太太果然接到定國公府發來的帖子，她思前想後，決定去太子府見姚姑姊妹商量。

姚姒在屋裡正埋頭給定國公夫人做衣裳，聽說姜大太太來了，略收拾了便往姚姑屋裡來。

姜大太太生了兩男三女，於養兒育女上很有經驗，又憐惜姚姑沒個親娘和她說這些女人家的體己話，每回來總要授些育兒經給姚姑。屋裡言笑晏晏，看到姚姒進屋，兩人很有默契地停了話頭。

姚姒不禁哂笑，上前給姜大太太見禮。「好些日子沒見舅母了，這一向家裡可都好？」

姜大太太微笑著拉了她坐在身邊說都好。「妳舅父這些日子又重拾起書本，整日就教孩子們讀書。妳梣表姊身子有些起色了，還得多謝妳們姊妹送過去的人參藥材呢。」

幾人敘話後，姜大太太便把定國公府的拜帖拿出來。

侍姚姑揮退屋裡服侍的，姜大太太便開門見山道：「舅母今兒過來，也是想討討妳們的主意。妳們也知道，從前妳們外祖父在時，姜家可說是門生故舊無數，在京城中也是人人高看幾分的，而今雖遭了難又蒙聖恩得以回京，只是不免心中有些惴惴，就怕一時不慎不小心得罪人，舅母只得拉下臉來請教妳們了。」

姚姒不免驚訝姜大太太的謹慎，轉頭一想也就明白了。

今時不同往日，姚姑雖說是劉家義女，卻也是姜家的外孫女，一旦姜家重返京城交際應酬時，這裡頭如何拿捏，京城人事幾番變化，這些確實都得先摸清楚。

姜大太太眼角微濕，擦著眼角看了看姚姑。「不怕妳們知道，妳舅舅自從歷經大難早已心灰意冷，並無意再起復，這些日子不過是在家中教孩子們讀書，舅母看在眼中，也不知道這樣好是不好？想我姜家書香門第，家中子弟自然都是走文道求舉業的。舅母只是一介婦人，道理懂得不多，如今姜家該怎樣立世，妳們姊妹也都不是外人，舅母也想聽聽妳們的意思。」

從前姚姒便聽姜氏說過姜大太太，言詞間都是讚嘆居多。

如今看來，姜大太太謹慎又頗有胸襟，怪不得母親說她是姜家的半個支柱。自然，姜大太太剛才一席話，她聽得出來，裡頭絕不是什麼客套虛意，而是頗為推心置腹，真心誠意。

姚姒看了看姚姑，見她不知如何開口，便笑著道：「姊姊，舅母也不是外人，再說舅母的這些顧慮也很對，姊姊不若和舅母說說這京城裡的人事，也好讓舅母心中有個數。」

姚婔多少猜到些姜大太太的顧慮，有一剎那只覺得對不住母親和姜家人。

若非她當初為了能進恒王府，而做了承恩公府的義女，現在舅母也不至於這般小心謹慎，因此很快就拿了主意，上前拉住姜大太太的手。

「我知道舅母都是為我著想，若非當初……」她一時硬咽起來。「也罷，前事莫說，今兒即便舅母不說起這頭，我也早就想過了。舅母儘管放心，回去後且叫幾位表兄安心讀書，有太子爺在，將來姜家一定能重振昔日門風。」

姜大太太把她按在椅子上坐了，眸中盡是暖色。「妳這孩子，要舅母說什麼好，咱們都是一家人，這是改變不了的事實。舅母能回來，我知道都是妳們姊妹出了大力氣，莫怪舅母這樣拿話探妳，著實是舅母心中沒底，離京幾年，人事幾經變化，舅母如今很是後怕，這安穩日子實在得來不易。」

姚姒眼角也有水光閃過，上前勸姜大太太。「舅母別這樣說，姜家的難處我和姊姊都知道，舅母只管安心過日子。誠如姊姊所說，讓家中子弟閉門讀書，將來總會有出頭的日子。」

話這麼一說開，後頭的話便容易了。姚婔進太子府時日雖不久，但多少清楚京中這些人家裡頭的彎彎繞繞，便說給姜大太太聽。

姜大太太大概心中有了數，便與姚姒約好，到了定國公府宴客的那日和她一同前去，又殷殷叮囑姚姞懷身子要注意的吃食等，才起身告辭。

隔幾日，姚姒給定國公夫人做好衣裳，到底心中沒底，想著姜大太太於人情世故上很有心得，便拿了衣裳請姜大太太指點，順便也掌掌眼。

姜大太太很欣慰，連忙接了衣裳細瞧各處的接縫處，末了又把鞋子拿在手上細看，見姚姒眼神灼灼地望向自己，神色間帶了嬌羞，大概也猜得出她的心思，便寬慰道：「不是我偏向自己的外甥女，哪家做婆婆的看到兒媳婦孝敬上來這麼鮮亮的活計，不心生歡喜的？」

她放下鞋子，執起姚姒的手慈愛道：「妳放心，滴水穿石，鐵杵磨成針，咱們姒姊兒這樣有孝心又善良，人品還這般出眾，定國公夫人就算不能立時對妳改觀，但我相信假以時日，她一定會看見妳的好，改變成見的。」

姚姒到底有幾分不自在，可被舅母這樣一說，也信心倍增。

姜大太太便問起姚姞近日可還好，看了看天色尚早，欲留她下來吃晚飯。

姚姒想了想倒沒推辭，想著索性趁得空，去陪正在養身的姜櫸說會兒話也好，姜大太太便讓小丫頭帶她去姜櫸屋裡。

第八十章　執著

姜家的宅子不大，如今住著兩房人只能算是勉強，姜梣因是未出閣的女兒家，住在靠西邊角的一處院落。姚姒隨那引路的小丫頭穿過幾道迴廊，不想在轉彎處迎面碰上了大房的姜樞和已經過繼給姜氏的姜杓，而他們身邊，那個身長玉立穿了身月白色直裰的，竟然是柳筍。

姚姒這下吃驚不小，情急之下朝姜樞、姜杓福身行禮，將臉上的異色掩去。

「姒表妹今兒來了？」姜樞也沒想到會在迴廊轉角碰上她，因著有外人在，此時避開已經不可能，於是介紹道：「這位是柳兄，也是我回京後新結交的知己，柳兄文采斐然，實在令我景仰。」

許是覺得姚姒並非一般閨中女子，他連聲稱讚柳筍，儼然已視他為生平所敬仰之人。

姚姒微微朝姜樞一笑，便福身向柳筍道：「見過柳公子。」

她分明是裝著不認識他，柳筍溫和一笑。「姑娘客氣了。」

一旁的姜杓見姚姒反應太過平淡，便道：「妹妹不知道吧，這柳兄便是今歲的新科狀元郎，因仰慕祖父清名，對我和幾位兄長頗為關照。」

姚姒極快地睃了眼柳筍，而他依然是一臉溫和寬厚的微笑，不禁叫姚姒氣結。

幾位表兄初回京城，可想而知重振家聲便是壓在肩上的重責，而以柳筍的手段想要結交他們不是難事，他這是想要做什麼？

她斂下心緒，對姜杓的話只是禮貌地點了點頭，雙目略帶警告之色地望了柳筍一眼，便不欲和他們再多糾纏，作勢就要避身過去。

柳筍卻彷彿沒看見她的眼色似的，忽地出了聲。「幾月不見，姑娘卻是認不出某來了？只是可惜，每至陰雨天氣，當初被姑娘馬車所撞的傷處便有些隱隱作痛。」

這話一出，姜樞和姜杓是一臉訝異，倒叫姚姒走也不是，不承認也不是。

他這是何意？非要和她攀上關係作舊識才甘休？不不，沒那樣簡單，她其實自承恩公府回來後，便隱隱不安，柳筍無聲無息救了她，而後卻一點動靜也沒有，原來是應在這裡。就好像頭上懸著把刀，可那刀子卻遲遲不落下，讓人坐立難安，而今這把刀終於落下來了，倒叫她無端鬆快。

她轉了身，裝模作樣地望了柳筍幾眼，才一拍額失笑。「原來竟是你，若非柳公子提醒，倒叫我想不起來了。這也難怪，只當日我的馬車撞上柳公子時曾見過一面，那時天黑路滑的，我的車夫實在是不小心。後來柳公子在我府上養傷好些時日，下頭人只說柳公子傷勢痊癒了，卻沒想到還有了後遺症，倒叫我難以安心。」

姜樞和姜杓兩人你看我、我望你，倒沒想到姚姒和柳筍之間還有這等淵源。

若照她的話看來，竟是她的不是居多，姜樞臉上頓時生了些許歉意，朝柳筍彎腰一揖。

「實在沒想到表妹和柳兄之間有這等淵源，不管怎麼說，表妹當時是無心之失，我在這裡給柳兄賠個不是了。」

柳筍也朝他一揖。「哪裡哪裡，這也難怪令表妹，當初我也是病得糊塗了，才不小心撞上令表妹的馬車，說來也都是誤會一場，這雨後隱痛，只要多加調養便能痊癒。」

聽他這話中的意思，倒叫姜樞和姜杓更加心中難安。

姚姒看他這番作態，很是瞭然於心，想必往後柳筍再往來姜府，只怕姜樞幾兄弟都會懷著一分歉意。再甚者，若他對她有何逾矩之處，就好比柳筍要求和自己單獨相處說話，只怕姜家兄弟也毫無疑義。

姜杓這時適時上前打圓場。「先前妹妹和柳兄都是誤會，正所謂不是一家人不進一家門，雖說這話勉強了些，但總歸是緣分，今兒柳兄與妹妹正好碰上了，家下正好設席招待柳兄，杯酒釋前嫌，也算是妹妹給柳兄賠不是了。」

看柳筍目光灼灼地望向自己，姚姒有苦難言，只得對姜樞、姜杓欠身道：「那就有勞表兄和哥哥了。」說完，也不再看柳筍，帶著小丫頭匆匆離去。

柳筍癡癡地呆望那遠去的身影，不過很快就回過神來，和姜樞、姜杓攀談起先前未聊完的學問話題，以此掩飾自己的失態。

很快姜大太太便得知姚姒和柳筍先前的淵源，不過也未多想，她吩咐廚房整好兩桌席面，就擺在花廳裡，一邊是男丁們一桌，中間用屏風隔開來，另一邊坐著女眷，兩邊吃酒說話聲彼此都能聽得到。

這樣款待柳筍，姚姒看得出來，姜家是把柳筍當成座上賓了。她沒有露出絲毫異樣，也沒有再和柳筍有任何交集。趁著天色尚早，姚姒告別姜大太太等人，回了姚娡的宜爽齋。

才進到院子，便發現跟隨太子身邊的侍從立在廊下，姚姒原本想去給姊姊問安的，這會兒只得避開。

姚娡的屋裡，太子確實在，天氣熱得很，太子卻不准她用冰。姚娡在屋裡便只穿了件素絹薄衫，更顯得身姿窈窕，唯有小腹凸出一些，她正給太子剝荔枝，青蔥似的手指纖毫未染，鮮豔的荔枝越發襯得那雙手瑩白似玉。

太子一把捉住她的手。「這些活計自有丫頭做，妳有了身子，不必這樣勞累。」說完，輕輕攬了她在懷裡，兩人依偎著坐在榻上，太子輕撫她的肚腹，神色溫柔又憐愛。「這小東西，也不知道像誰？」

太子的手一碰上她的肚子，裡頭似乎感應到了什麼，立即輕輕動了一下，太子很是稀奇，又碰了碰，肚子裡的小傢伙也動了動。

「瞧瞧，怎地這樣調皮！」太子的聲音裡有掩飾不住的激動，輕憐地在姚娡額頭上親了親。「辛苦妳了！」

姚姑沈浸在他的溫柔裡不可自拔，輕輕環手攬住太子的腰。「為您生兒育女是姑兒最幸福的事，一點也不辛苦。」

她的頭抵在太子頷下，太子又親了親她的頭頂，柔聲道：「好好將養身子，不論是男是女，我都歡喜。」

「騙人！」姚姑揪了他胸前的衣衫一嗔。「那您賞下來的東西為什麼是男孩居多？可我就想要一個女兒，女兒多好，是娘的貼心小棉襖。」

太子眼睛裡閃過一絲不明的異色，摸了摸她的頭。「非是我偏心，生在我們這樣的人家，還是男兒好。」

姚姑聽出他話裡的異樣，卻很聰明地沒有答話，好半晌似是想起什麼來，忙道：「過幾天是定國公夫人生辰，姒姊兒給定國公夫人親手做了衣裳和鞋子。可我這心裡沒底，定國公夫人只怕是對妹妹不大喜歡，可瞧著姒姊兒那樣子，我都替她心疼，這趙旆什麼都好，就是在這事上，真是委屈姒姊兒了。」

太子輕哂。「誰讓他敢算計人，現在也讓他嘗嘗苦頭。」

姚姑輕推了太子一把，負氣道：「妹妹的終身可由不得你們置氣，我也就這一個妹妹，我不管，您怎麼著也得幫襯一些。」

太子被她孩子氣的舉動逗笑了。「好好好，我幫。」

他輕輕捏了下她微腴的臉頰。「就算我不幫，趙旆這小子也有法子。妳且瞧著，到那日定國公夫人一定不會為難姒姊兒的，妳就安心養胎吧。」

姚姞歡喜地親了親太子的臉，卻不想叫太子一把摟進懷裡，兩人倒好一陣胡鬧。

姚姒回了屋，海棠迎上來便笑。「姑娘，五爺來信了。」

「快拿給我看。」原本因柳筍而鬱悶的心緒，隨即就飄散得無蹤跡，姚姒急不可耐地打開信，只瞧了幾眼，笑意便不經意染上眉頭。

太好了，五哥要回京了！

為了給定國公夫人賀壽，福建那邊正好有批物資要運回京裡，趙旆在得了韓將軍的首肯後，便假公濟私地領了這趟差事。信很短，略交代幾句便沒了下文，想是在匆忙間寫下的。

海棠見屋裡的小丫頭都下去了，又看姚姒一臉歡喜，便猜出了幾分。「怎樣，五爺在信中說了什麼，叫姑娘這樣高興？」

姚姒也不怕她笑話，直說趙旆要回來了。

「五哥領了趟差事，正好回京給定國公夫人祝壽。」言罷又擔心。「這樣的天氣趕路，可不是要熱壞人？也不知道青橙姊姊有沒有開些防暑氣的藥，還有冰片粉這些小東西，只怕為了趕早回京，又是沒日沒夜地趕路……」

「唉呀我的姑娘，這信咱們才收到，指不定五爺都已經到京城了呢！」

說完一臉促狹地看她。「這回五爺回京，指不定會有什麼喜事，說不定姑娘的好事要近了！」

姚姒叫她這沒遮攔的笑話羞紅了臉，啐了一聲再不理會她，又把手中的信看了一遍，只覺得這日子怎地過得這般慢。

到了七月初九那日，姚姒打扮妥當了，便帶了海棠和綠蕉兩人，坐車去了姜府。

姜大太太看到她打扮得莊重卻不豔麗，臉上勻了脂粉，淡掃蛾眉，雙唇搽了點淡色胭脂，充滿少女明媚青春的氣息，倒令姜大太太看得移不開眼。

「女兒家就該這樣打扮，從前妳總打扮得素淡了些，今兒這樣恰恰好。」

一旁的姜櫻就挽起她的手笑。「看看，母親眼裡就沒我這個女兒，虧我還一大早起來打扮。」

她這嬌俏的樣子，倒讓姜大太太好笑，姚姒見姜櫻一身粉色輕羅紗衫褙子，裡頭襯了碧色衣裙，倒是中規中矩的裝扮。姚姒看了姜大太太一眼，很佩服大舅母的心志。

姜大太太見她姊妹倆手挽手相互打趣，直是好笑，忙催促她們。「時間不早了，咱們這就上車吧，去人家家裡作客，去晚就鬧笑話了。」

隨後一行人來到定國公府，世子夫人曾氏在垂花門前迎客，看到姜大太太和姚姒幾人來，忙將她們迎向花廳，一邊笑著同姜大太太寒暄，一邊拉起姚姒的手很有深意地笑了幾眼。

姜大太太雖然多年未曾踏入這樣的熱鬧之中，但一身風骨猶在，如何應對自然心中有數。她溫和地與曾氏說著客氣話，心中卻是感嘆，曾氏待姚姒這份親熱並不像是故意裝出來的，這樣一來，她也替姚姒高興。

姚姒哪裡禁得住曾氏這樣的打趣，微微垂了臉，仍是有幾分不自在。

曾氏把人領到屋裡，便和姜大太太歉意一笑。「適才宜敏長公主來了，婆母一向和長公主交情好，裡頭正在說話，這會兒夫人且坐下歇歇。」

又喚了丫頭來，交代要好生招呼她們一行人。

姜大太太望了眼花廳的情形，看樣子坐在這裡的婦人大都是無品級的太太奶奶，曾氏這樣安排倒很適宜。

若曾氏此刻貿然將她和那些高品階的命婦湊作堆，這才是在為難她。

「世子夫人的好意，我豈會不明白。」她的臉上就帶了幾分真摯的感激。「我瞧著今日賓客眾多，世子夫人且放心吧，此處甚好，我帶著姒姊兒和㮄姊兒兩人且坐這裡歇歇。」

曾氏今日確實十分忙，眼見姜大太太光風霽月的姿態，總算放下心來。

姚姒心裡有些忐忑，卻又帶著殷殷期盼，倒不是為了定國公夫人喜不喜歡她的禮物，而是想到趙旆可能已經回京，這心就不自覺跳快了幾分。

那種想和他見面的殷切盼望，竟是從來沒有這樣強烈過。

一旁姜㮄和她一樣立在姜大太太身邊，大約看出幾分她的異樣，卻滿心以為她是為了定國公夫人而緊張不安，因此趁著姜大太太和人寒暄之際，小聲安慰道：「妹妹別怕，咱們今兒就是來作客的，不管有什麼，都有我娘在呢。」

姚姒輕吁了口氣，曉得她是誤會了，斂了斂神，向表姊偷偷眨了下眼睛，示意自己無事。

姜櫻抿了抿嘴，覺得姚姒這會兒才像個正常的姑娘家。

屋裡賓客越來越多，花團錦簇十分熱鬧，只是屋裡大多是婦人居多，即使有未出閣的姑娘家，也多沒在花廳裡，而是隨丫鬟去了偏廳和姑娘們玩作堆。

有貼心的丫鬟上前詢問姜大太太，是否可以帶姚姒和姜櫻去閨閣女兒家的偏廳。姜櫻有些意動，卻叫姜大太太一口婉拒了。

姚姒知道姜大太太是怕她落了單，又發生上次鄭芳華的事，這才不允的，便笑道：「有海棠跟在身邊，她原是定國公府出來的，再說我們不走遠，只在外頭看看便成，舅母您就答應了吧。」

姜大太太略一思量只得同意了，又交代她們要多加注意，這才放她們走。

姚姒挽著姜櫻的手，辭過姜大太太，便出了花廳。

定國公府是上百年的世家，一草一木皆自成景色。

那引路的丫鬟帶著她們轉過月洞門又過了幾處迴廊，姚姒卻覺得離花廳越來越遠了。她自從吃過上次的虧後，便心有餘悸。海棠一直在她邊上跟著，看她一臉躊躇，連忙在她耳邊細聲道：「姑娘莫怕，這是定國公府，看樣子是往晚露臺而去的，那裡涼快許多，倒是個好去處。」

姚姒見她這樣說，也就安了心，和姜櫻有一搭沒一搭地說著話，半刻鐘後到了海棠所說的晚露臺，便聞到一陣陣香味。

原來這晚露臺植了些早桂在廊簷下，寬闊的涼亭裡設了錦幔，裡頭早已擺好瓜果點心和茶水，甚至設了琴案和畫桌。這樣熱的天氣，看到這晚露臺，就叫人心頭的燥熱去了一大半。

姜櫻若有所思了一會兒，朝姚姒擠眉弄眼地笑。「看來，今兒是沾了妳的光了，看這處處貼心周到的，到底是有心人。」話音一落，人便進了裡頭。

姚姒看她打趣自己的促狹模樣，心頭像吃了蜜般的甜，只是一時猜不出這到底是曾氏吩咐人備下的，還是趙旆吩咐的。

身為姜閣老的孫女，姜櫻自然也是滿腹才情的，琴棋畫書不說樣樣精通，但她獨愛彈琴作畫，乍一看來，這裡的雅設倒像全是為她準備一般。

原本想再打趣幾句表妹的話，全都化作驚奇，那案上竟然鋪著一幅前朝的畫作「孤山煙雨圖」，她嘖嘖幾聲，轉頭朝姚姒望去。「這手筆也太大了吧，姒姊兒，這、這定國公府都是這樣待客的嗎？」

姚姒叫她這樣一說，才發覺幾分異樣，那丫鬟似乎看出她們的不安，連忙上前躬身道：

「主子交代過了，兩位姑娘不必客氣，只管在此處彈琴賞畫，這會兒時辰還早，賓客也還未到全。府裡給夫人祝壽的時辰是巳時，時辰快到時，自會有人來領兩位姑娘過去正堂。」

姚姒見這丫鬟進退有度，待她二人也甚恭敬，便道：「今兒府中賓客眾多，貴府這樣客氣周到，倒叫我們心生不安。不若請姊姊相告，是府中哪位夫人的安排，也好事後讓我姊妹去答謝一番。」

那丫鬟仍是恭敬回道：「還望姑娘見諒，奴婢也是聽吩咐行事，兩位姑娘且歇著，奴婢還得回屋當差。」

姚姒曉得再問她，她也不會說，只得作罷，便對姜梣笑了笑。「主人家這樣周到，若不領受倒有些辜負好意了。梣姊姊，咱們別管是誰了，反正一會兒看見世子夫人，咱們再道謝吧。」

雖是這樣寬慰姜梣，只是她心裡到底起了幾分不安，又怕叫人瞧見這裡而覺得自己輕狂，心裡又愈加想念趙旆，一時便有些心不在焉。

姜梣倒是個實在人，聽她這麼一說，也就放開疑慮，倒真品起那畫來，也不管姚姒那一番柔腸百結的女兒心思。

過了一會兒，姚姒想去更衣室，小丫頭便引了她去。海棠自告奮勇扶了她，姚姒便讓綠蕉留下。

晚露臺並不大，勝在開闊，轉過一道迴廊，便離了晚露臺。

姚姒從更衣室出來，那小丫頭又領著她往回走，只不過到了晚露臺卻不進去，而是引著她向左邊的迴廊走。姚姒略停腳步正疑心，海棠笑嘻嘻地小聲道：「姑娘，五爺回來了，這會兒就在前面的彩鳳樓裡等姑娘過去呢。」

姚姒早就猜到是這麼回事，心裡的歡喜一時兜頭兜腦而來，也顧不得羞怯，連忙問道：「真的嗎？五哥什麼時候回來的？」

又想著這會兒他不在外頭待客，怎又有空來見自己？只是她這樣去見趙旆，卻把姜梣一個人丟在晚露臺，不由面露為難。

海棠朝她眨了下眼睛。「姑娘且放心，梣姑娘只怕早就瞧出來啦，那裡的畫和琴就是為梣姑娘準備的，這會兒只怕梣姑娘是沈浸在畫作裡頭出不來了，是沒心思來想姑娘的。」

敢情這都是趙旆早就準備好的，怪不得海棠一路瞭若指掌。

這壞心眼的丫頭！姚姒嗔了她一眼，到底急著想見趙旆，提了裙角一步一步上樓，腳才剛剛踏上二樓，就落入了熟悉的懷抱。

第八十一章　知足

姚姒輕呼一聲，著實嚇得不輕，可滿滿都是趙斾乾淨清爽的氣息，令她不禁緊緊揪住他的衣袖，喃喃喊了聲「五哥」。她的聲音裡有種纏綿繾綣的味道，很是愉悅了他。

「傻姑娘。」趙斾把她抱滿懷，分別三月有餘，這會兒雖有千言萬語想要和她說，卻捨不得放開這軟玉溫香。

他的下頷抵在她的頭頂上，呢喃道：「妳想我沒？我便是作夢都在想著妳，明明才分開不過百日，卻像分別了一世那麼長。」

幸好此時看不到他的臉，她被他的情話激得一陣心悸，面紅耳赤的，直往他懷中蹭，笨拙地回抱他。「我也想你，五哥，如果可以，我希望我們一輩子都不要分開。」

上次離別時，她的誓言言猶在耳，此時她真情流露，叫趙斾胸口好一陣發燙，他把她抵在門邊，兩手捧起她的臉，吻上她的唇。

她彷彿像在夢裡，這樣炙熱濃烈的情感，叫她一陣陣發暈，很自然地，她摟抱住他的脖頸，青澀地回應。

趙斾全身的熱浪都湧上頭，很是動情，縱然知道此處窗戶都大開著，他還是不管不顧的，狠狠吻她，在她唇上肆意妄為。

這個他從她還很小的時候便開始守護的女孩，而今她的心已完完全全屬於他，這中間只有他知道自己經歷了哪些。他不敢去想，若鄭芳華再狠一些，若她真有個不測，這些不確定的因素並非只是讓他後怕，而是讓人想都不敢去想。

似乎是懲罰，他霸道地在她唇齒間遊走，在吻她的間隙裡責問。「為什麼對人那樣不防備？若那日妳出了什麼事，妳我可還有活路？」

她唔了聲，想要辯白，他卻不給她說話的機會，要把她嵌入骨子裡似的緊緊摟住她，咬住她柔軟的唇。

她吃痛，他卻一笑，又咬上她的耳垂。「這是罰妳不寫信告訴我這件事，再有下次，不、不，一定不可以有下次。」

他的氣息撲在她的頸項，叫她瑟縮了一下，便軟在他的懷裡。

許是這份愛太過濃烈，彼此都知道走到現在有多麼不容易，她再不吭聲，一味軟綿綿窩在他懷裡輕喘。

「說來都是我的不是，不過再也不會了，這次回來，咱們就訂親。」趙旆把她輕輕打橫一抱，就往樓廳中的矮榻走去。

「什麼？」

姚姒驚呼一聲，他依然把她抱在懷中，只不過他坐在矮榻上，卻把她圈在臂彎中，這樣曖昧的姿勢，叫她徹底紅了臉，直往他懷中鑽，不去看他。

趙旆好一陣笑，愛極了她羞羞怯怯的模樣。「姒姊兒，我等不及妳及笄了，這回咱們先訂親，等年底便成親，好不好？」

姚姒的腦中還停留在定國公夫人不同意他倆的事情上，怎麼就到了要成親的地步了？她一時有些反應不過來。「怎、怎麼這麼快？我，我還沒準備好呢。」她下意識就脫口而出。

如果是定國公夫人心甘情願接納她，他和她能在一起該有多好？可如果定國公夫人只是迫於種種壓力而不得不同意的話，將來會不會讓趙旆為難？

趙旆撫了撫她的臉與她直視，她的猶疑他都看在眼裡。

「我不想再把妳一個人丟在京城，只要一想到妳會遇到危險，我的心都要揪起來。妳放心，我已經讓父親出面說和母親，想來她不會再反對了，妳這樣好的姑娘，嫁進門後一定會討得她歡心的，我們年底就成親好不好？」

他臉上的執著與堅毅的神情彷彿不容她拒絕，只盼她說一聲好。

她何德何能，此生能遇著他，歡喜的情緒總能輕易讓她落淚。「好，我都聽你的，我要嫁給五哥。」

她倚在他的臂彎裡，靜靜聽他跳得飛快的心跳聲。「不管以後遇到什麼，我都要和五哥一起解決，我一定不會像我娘那樣。」

他何嘗不知道她心底的隱憂，也清楚她非一般女子，說到做到，他的心這才落到實處，似乎是獎勵她這樣乖順聽話，他往她額上親了親。「傻姑娘，不用怕，一切有我呢。」

一切有我呢，他總是跟她說這句話，她心中清楚這句話所含的分量，只覺得此生無以為報。

她主動摟住他的脖頸，親上他的唇，也學他剛才那樣吻他。

難得她主動，又軟在他懷中任他予取予求。趙旆神魂顛倒，緊緊把她揉在懷裡，用了極大的克制力才忍住不把她壓在榻上。他重重喘息了幾下，輕輕地吻掉她的眼淚。「我們將來一定是這世上最恩愛的夫妻。」

海棠守在樓下望風，遠遠地就見一個小丫鬟往這邊而來，她幾步踏上樓來，卻不往裡面傳話，只輕輕在門上叩了幾聲，裡頭的趙旆便知她的意思了。

他極不捨地放開姚姒，又替她整理衣衫和頭髮，末了輕聲道：「今兒府裡太忙亂，我昨兒下午才到京，只怕還有兩日要和兵部點交。過幾日我再去瞧妳，不許亂跑，要乖乖在家裡等我。」

看這話說的，真把她當成孩子似的，只是為何心中那樣甜蜜？姚姒嗯了聲，眼中有著不捨，也替他撫了撫衣角。

「一會兒妳還去晚露臺那邊，等祝壽的時辰到了，再和妳表姊一同去，萬萬不可以落單。」他又絮絮交代，像吩咐不聽話的孩子一樣，不准她做這做那的，一面和她道別。「我在這裡看著妳走。」又示意海棠上來扶她。

姚姒怕人瞧見，忍著不捨下了樓，扶著海棠的手沒一會兒便沿著剛才的路往晚露臺走，等到了晚露臺，便瞧見姜梣還在研究那幅畫，似乎她才消失一會兒，並不以為意。

綠蕉心中有數，連忙上前扶姚姒坐下，對她小聲道：「奴婢瞧這梣姑娘倒像是入了魔，自從姑娘走後，一直把這畫拿在手上細看，還不停喃喃自語。」

姚姒掩嘴一笑，想到趙斾為了和她見一面，這樣煞費苦心地把姜梣的喜好摸得透澈，便對她生了愧疚。

她竟沒想到姜梣愛畫成癡，思忖著回去後，就從姜氏留下來的書畫裡挑兩幅前朝真跡送給她。

此時，定國公夫人正和宜敏長公主說起姚姒來。

屋裡靜悄悄的，只聽宜敏長公主溫聲勸道：「這孩子我也見過，模樣品性都不差，雖說出身是不夠看，只是我不免勸妳幾句，咱們這樣的人家，已是富貴至極，挑媳婦也不盡是看人家的門第，還得看小五中不中意。」

定國公夫人自小就把宜敏長公主當親姊姊一樣尊敬，兩人又同在太后膝下長大，情分非是一般。

這話誰來勸都不大好，還真的只有宜敏長公主的話，她才能聽一些。

話已經說到這分兒上來了，定國公夫人便嘆了口氣。「我原是指望著芳姊兒能爭氣些，她是我自小看著長大的，可到底知人知面難知其性情，我不過略在她跟前透了些意思，這丫頭便欲將人置於死地，終歸是我看走了眼。」

宜敏長公主笑了笑。「妳自己說說，是兒子重要還是媳婦重要？這日子是小五自己過的，妳又何苦去當那個惡人呢？非是我要罵妳幾句，若妳肯服個軟，國公爺也不會一去西北多年不歸，妳心中有怨也是正當，只不過為了和他置氣，有的沒的都扯到小五身上來。說句不好聽的，若那姑娘真被芳姊兒給害了，依小五的脾氣，還不得把京城捅破了天去？到時你們母子二人可還有轉圜的地步？」

定國公夫人被這毫不留情面的真話說得啞口無言，宜敏長公主也見好就收。

「今兒是妳生辰，國公爺遠從西北千里迢迢送了禮物回來，妳這氣也該消了。再說，小五也特地從福建趕回來，孩子一年到頭在前線奮勇拚殺、保家衛國，妳不心疼孩子，我還替妳心疼呢。一會兒呀，就當給我個臉面，好歹私底下見見那孩子，兩家人坐在一起好說話，這婚事只怕也就能成了。」

定國公夫人心頭一陣掙扎，半晌才苦笑了聲。「罷了，兒孫自有兒孫福，我再為他著想，兒子也不領情。我如今也看開了，由得他去吧。」

宜敏長公主噗哧一聲笑。「瞧瞧妳這出息，得了，反正媳婦是妳的，這媒人麼，我瞧就叫我府上的小兒媳婦來討個喜氣，妳瞧成不成？」

姚姒和姜梣回到花廳時，姜大太太正在找她們，見她二人平平安安的，忙一手拉一個地隨了人群往正堂走。「幸好妳們回來得及時，祝壽的時辰到了，咱們也該盡盡禮數，去給定國公夫人見見禮。」

有了趙旆先前的話，姚姒反而鎮定下來。

等到了正堂，黑壓壓地站了滿屋的人。定國公世子趙旌領著幾位弟弟，世子夫人領著幾位弟媳正在給定國公夫人拜壽。

滿堂熱鬧，姚姒眼中卻只看得到趙旆。剛才只顧著和他鬧，竟沒好好看他幾眼，此時看去，他一身暗紅色錦袍，實在是公子如玉，壓得這滿堂眾人失色。

她癡癡地望他，不肯錯開眼。這樣丰神俊朗的人，她的五哥，她今生的良人，無論到哪裡都像星星一般閃耀，這一世，她知足了。

定國公夫人最終還是聽了宜敏長公主的勸，決定先見見姜大太太。

她想到姚姒給自己做的衣裳和鞋子，那樣精湛的手工，可不是一朝一夕能有這功夫的，必定是慣常做。從前覺得她身世上不了檯面，也曾叫人暗中打聽姚家的狀況，她才發現，這姑娘能在那樣的境況裡活下來，想必不是個軟弱無能的。

她思忖著，兒子遲早有一日會分家出去單過，府中主持中饋的當家夫人，必定要是個能主事撐得起的人，這樣一想，心頭就又軟和了幾分。

也許人就是這樣，一旦想通了某些事情，或是有了某種退讓，事情便會離當初的想法漸行漸遠。定國公夫人拿定主意，便吩咐人請了兒媳婦曾氏來。

稍後曾氏沒多久便出了上房，一迭連聲吩咐身邊的丫鬟。「妳快去告訴世子爺一聲，就說母親要見姜大太太，這會兒五弟必然和世子爺在一起，也讓五弟安心。」

那丫鬟旋即領命而去，曾氏臉上的笑意才舒展開來，像了結一件了不得的大事，她長吁了口氣，便去了待客的花廳。

姜大太太最終與定國公夫人在上房說了好一會兒話，難得的是還特意招姚姒到自己跟前問了些話。

回來後姜大太太止不住喜笑顏開，把姚姒羞得不知該怎麼辦才好。

其實姜大太太也沒承想事情竟出乎意料的順利。

「定國公夫人雖沒有明說，但我瞧著她是同意你們的婚事。原本我還直擔心，今兒她會不會讓妳難堪，倒真是沒有想到，事情就這樣順利下來。依我看，妳是個福氣深厚的孩子，遇到像趙五爺這樣有心的，舅母是真的放了心。往後過了門，可一定要孝順長輩，尊重嫂嫂。」

姚姒也有些動容，想到定國公夫人不是個能輕易改變想法的，這中間也不知趙旆到底花了多少心思，才令她改觀。

她對姜大太太鄭重道：「多謝舅母為我費了這些心思，將來姒姊兒一定誠心侍奉長輩，便是對世子夫人幾位嫂嫂，也一定當作親姊姊來待。」

姜大太太攬住她的肩直點頭。

「好孩子，妳有個好歸宿，妳娘在天之靈也能安息了！」她很感慨地道。「天底下沒有一個做娘的，不是為了兒女好。妳的性子我放心，舅母是過來人，這些做人的道理我慢慢和妳說，正所謂求什麼就要付出什麼，這人哪，只有誠心待人，先把自己的心交付給對方，才能期望對方回報真心。」

姚姒明白姜大太太的意思，這番話既是在勸她心中不可存了疙瘩，將來也一定要誠心侍奉婆婆。

這樣殷殷細語，大概只有做母親的才會如此提點孩子，姜大太太是真的把她當女兒來疼。她依偎在姜大太太的懷裡，很是感動。

「舅母，姒姊兒不會說話，但舅母待我的心意我都知道。若是母親還在生，也必定會如此叮囑。舅母放心，幾位表兄和梣姊姊，我和姊姊一定會當他們是親兄弟姊妹來待，姜家的門楣一定會重振起來的。」

姜大太太很欣慰，又交代她。「給定國公夫人的經書要誠心抄寫，若我沒猜錯，妳經書抄完了，接下來定國公府必會遣人上門提親。這幾日妳便在四喜胡同裡住著，莫要再到太子府。若妳實在不放心，我隔三差五便去瞧瞧姑姊兒，我瞧著太子爺待她很好，一定會好好護著她的。」

姚姒自然是沒意見的，眼見天色也不早了，便向姜大太太辭行，回了四喜胡同。

要替定國公夫人抄經這件事，姚姒第二天便打發海棠去太子府說與姚姑聽，自然也將定國公夫人與姜大太太見面的事都告知了。姚姑聽了很歡喜，賞了海棠十兩銀子，並讓海棠帶了幾塊松煙墨回去給姚姒抄經用。

為了以示誠心，姚姒開始茹素，抄經書前先沐浴焚香去除雜念。

焦嫂子和海棠、綠蕉幾個近身服侍的都輕手輕腳，以免打擾她抄經。

四喜胡同一片靜悄悄的，等趙旆與兵部做完點交，來到四喜胡同時，倒覺得有些稀奇。

海棠見到他來，連忙上前迎他。「五爺來了，奴婢這就去告訴姑娘。」

趙旆就搖頭。「不用，妳們姑娘在哪兒？怎地屋裡靜悄悄的？」

「姑娘在書房抄經呢。」

海棠哂笑，天兒熱，便是不動也一身汗，何況趙旆在外頭忙活一天，這會兒指不定怎樣不舒服，就想引他去姚姒的屋裡，叫丫頭打水給他淨面。

趙旆卻攔住她。「我先去看妳家姑娘，妳下去和廚下交代聲，晚上我陪妳家姑娘用飯。」

海棠自然樂意他多陪著姚姒，轉頭就去找焦嫂子安排。

趙旆自顧自地進了姚姒的書房，他親自挑了簾子，抬眼就望見南窗邊，她正伏案懸手，屋裡靜得只能聽到筆墨在紙上書寫的沙沙聲，夕陽灑在她臉上，有種靜水深流的美。他行到她身後，趁她擱筆揉腕時，從背後忽然抱住她。

她一愣，隨即意識到能進到這屋裡的，除了趙旆不作別人想，便柔順地靠在他懷裡。他在她頭頂上親了親，兩人都沒說話，這靜好的時光，竟是從來沒有過的舒心。

只是這時光很快就被打破，兩人抱在一起，很快就汗涔涔的，姚姒突然想到趙旆是個愛乾淨的，她連忙從他懷中站起來，歉意道：「五哥，這裡太熱了，去屋裡坐，我叫丫頭們打水來，一會兒換件衣裳才舒服。」

趙旆讓她這樣一說，立時長嘆一聲。「我還以為妳眼中只有經書，沒有五哥了。」

姚姒叫他打趣得臉紅，拉了他便往自己屋裡走。「好好好，都是我怠慢了五哥，一會兒讓廚下做些清爽的吃食補償五哥好不好？」

兩人說著話，已經進了屋，趙旆旋即把她一抱。「不好，我現在就要補償。」話音才落，就吻上她的唇。

「唔……」她輕輕推他，被他親得暈乎乎的，好半天才回過神，嗔了句「臭死了」，卻換得他哈哈大笑，在她耳邊低語。「不然，這世上怎麼會有臭男人這一說呢？」

見他說著胡話，她羞得滿面通紅，便揚聲喚海棠打水進來，又趑身去開箱子，從裡頭拿出給趙旆做的新衫出來。

她親自擰了巾帕服侍他淨面，到底是不敢替他脫外面的官服，紅著臉就把他推到簾子後，讓他自己去換上乾淨的衣裳。

趁著這當下，交代海棠去和焦嫂子說，讓廚下多做些趙旆喜愛的吃食，待轉身回屋裡，就見趙旆已換好衣裳，一副清爽模樣，叫她不禁微微失神。

鋒利的眉眼、越發俊朗的五官，頭髮微濕，垂下的幾絡顯得很不羈，僅是隨意地站立，便讓她感到目眩神搖。

趙旆欺身上前，溫沈的嗓音落在她耳邊。

「怎麼了？」他關切地問，微笑的面容，更加讓人心跳加快。

她似是掩飾般喃喃說沒事，避開他的目光，踅身把他換下來的官服放在衣架上，心仍是怦怦怦地亂跳。

第八十二章 滿意

天暗了下來，帶走最後一絲餘光，適才還亮敞的房間陡然陷入暗沈。

趙旆又從後面抱住她，灼熱的氣息吹在她頸邊上，忽地叫人一陣心悸。「告訴我，剛才在想什麼？」

他的嗓音低沈，彷彿帶著魔力，令姚姒鬼使神差地脫口而出。「五哥有對別的女子笑過嗎？」

這算不算是吃醋？趙旆一陣神搖魂動，他愛的女孩終於長大了，開始有了小心思，這比吃了蜜還要甜。他忍不住起了逗弄她的心思，在她耳垂上輕咬。「我又不是賣笑的，做甚要對人笑？」

他的話叫她呆怔住，他把她轉過身，就見她一臉傻愣。

趙旆止不住一陣長笑，笑聲震得她心腔一陣痲癢。姚姒才發覺被他欺負了，一陣羞一陣惱，又十分不好意思，為自己剛才怎麼就問出那樣的話而後悔，一股腦兒就推開他。

他哪能容她把自己推開，緊緊地把她鎖在胸前。「傻丫頭，我很歡喜。」

他湊在她耳邊呢喃道：「這說明妳在乎我，從前我總怨怪妳不解風情，不知道我愛戀妳的心，如今看來，這滋味真好，我非常喜歡。」

黑暗的空間，總會讓人陡生勇敢大膽，她踮起腳尖就往他面上一親，羞道：「我發現自己善妒，看到女子圍著你轉會心裡不舒服，不許你對人那樣笑，也不許你對別的姑娘好。」

黑暗裡，她的眼睛像星辰一樣閃亮，彼此近得呼吸可聞，她身上女子的香味往他鼻息裡衝，令他心潮澎湃，狠狠地把她揉在懷裡，欺上她柔軟的唇，手也不停，沿著寬大的袖口往她衣裳裡探。

細滑的肌膚，她微顫地依著他，任他在自己的胸乳上肆無忌憚，她自己也動了情，手往他髮間探去，兩具火熱的身體糾纏在一起，分不清是誰的喘息聲……

好半晌兩人才平息下來，這樣一通混鬧，姚姒的衣衫弄亂了，髮髻微散，雙唇被他親得嫣紅，若是這樣走出去，只怕所有人都知道他們在屋裡做了什麼。

趙旆一臉饜足，替她整了衣裳，又伸手替她理了理鬢角，溫柔地點了點她的鼻尖，很體貼地笑道：「不如叫人抬了冰放在屋角，晚飯也擺在屋裡，好不好？」

她這模樣是沒法見人了，自然在屋裡用飯好，姚姒軟綿綿地嗯了聲，他把她扶坐在榻上，揚聲喚海棠進來掌燈。

滿滿一桌子都是他愛吃的，心心念念深愛的姑娘又在眼前，趙旆心裡越發感嘆要快些把她娶回家，當下也不要她布菜，伸手拉她坐在自己身邊。「不必這樣麻煩，坐下來咱們好好吃飯。」

她說好，在他身旁坐下來，就給他盛了碗用冬瓜和肉骨煲的清湯。「天兒熱，汗出得多，先用碗湯再用飯吧。」

兩人間親暱自然，你來我往的，她挑著素菜吃，一餐飯也吃得甜甜蜜蜜的。

飯後，姚姒又吩咐焦嫂子在院子裡擺上桌椅，取了在井裡湃著的西瓜和葡萄出來。天上一彎下弦月高高掛著，花瓣隨輕風一送，就飄了幾朵在兩人身上，院子裡不知什麼時候只餘他和她。

「姒姊兒，母親請了宜敏長公主家的四奶奶做媒人，等再過幾天，七月過完了，就會來說親。」

她嗯了聲，看著趙旆柔和俊美的面龐，移不開眼睛。「五哥，辛苦你了，你為我做的一切，姒姊兒將來一定好好報答你。」

看她說得那麼生分，他有些不悅。「傻姑娘，五哥只想快點抱得美人歸，將來妳的就是我的，我的也是妳的，還跟我這般客氣做甚？」

她被這句話說得心裡甜滋滋的，兩人依偎在一起說著情話，月影西移，到底不早了，他卻似是想起什麼來，忙道：「焦家的船廠順利買下來了，我來時楊大盛幾個已經在衙門辦文書，只怕過不了多久，他們就會有信送來。」

這可真是驚喜連連，姚姒曉得這裡頭只怕趙旆也出了不少力氣，打定主意要好生經營船廠，於是說道：「託五哥的福，咱們寶昌號總算是洗白了身家。」

又想到張順和譚吉，於是就把她生辰時收到的那份東山票號一成股的事說給他聽。「我心裡是不願收下的，要不五哥替我出面和譚先生說，這一成股還請他們收回去，可好？」

他卻哂笑，摸了摸她的頭。「不用，說起來，我還沒告訴妳，這東山票號裡頭也有我的一些份額，他們感念妳的好，願意給妳一成股，這是他們的心意。妳就收下來吧，若實在覺得不好，就當是我私底下給妳置辦的嫁妝。」

原來東山票號竟然還有他的分額在，怪不得短時間內譚吉和張順就把東山票號成立起來，只怕是趙旆的主意居多。

姚姒忍不住好奇。「除了五哥、譚先生和張叔，可還有誰參股在裡頭？」

趙旆望著她閃著狡黠的眸光，哈哈一笑。「真是鬼靈精，什麼都瞞不過妳。

「東山票號並不是偶然成立的，王閣老一派把持朝政多年，票號生意多數為他那派的人握在手中。譚吉有經商之才，張順也有道上的門路，何況這兩人都是從前妳身邊的人，我便拉了人入夥，聯合大家的力量開了東山票號。將來妳我成了親，總會有分家出去單過的時候，現在五哥總得要攢些銀子來養老婆孩子吧。」

聽他糊弄她，就知這裡頭決計不會簡單，但趙旆不願說，她也就不再過問，她相信他的一切，也從不疑心他，這樣就夠了。

定國公夫人望著面前兩卷散著墨香的經書有些恍神，但看裡頭的字跡清婉秀潤，雖略顯筆力不足，但嫻雅平和，都說觀字如觀人，定國公夫人一輩子閱人無數，這一點她是深感認同的。

這經書是曾氏送到婆婆面前來的，看見婆母若有所思，她也不敢胡亂猜想，只在一旁靜候婆母出聲。

果然，曾氏沒有等太久，就聽婆母道：「妳也是書香世家出身的姑娘，替我瞧瞧這字如何？」一邊說一邊指了指經書。

曾氏從善如流地拿起一本翻開，很仔細地品評了一會兒，卻對婆母噗哧一笑。「母親何必為難兒媳婦，這樣的字若還入不了您的眼，那媳婦豈不是再也不敢在母親面前獻醜了？」

這一席話說得定國公夫人也笑起來，直指曾氏道：「看妳這精乖的，還敢糊弄我！」

曾氏便挨到婆母身邊，親自奉了一盞茶給婆母，笑道：「五弟的性情您也是知道的，這滿京城的姑娘，他有哪個看得上眼的？這說明五弟眼光高，瞧中的姑娘自然也不會差到哪裡去；再說不是還有婆婆您嗎？咱們這樣的人家，妻以夫為榮，有哪個不長眼的敢瞧不起咱們家？等姒姊兒將來進了門，您手把手地帶著她教上幾年，保准不會比高門大戶出來的姑娘差，您說是不是這個理？」

曾氏奉承婆婆的話，叫定國公夫人聽得很舒心，她想一想，也確實是這個道理。姑娘家好不好，現在一時半會兒只能看個皮毛，真正的還要娶進門來教，只要不是個榆木疙瘩，她就有信心讓媳婦變成一名合格的當家太太，無論當家還是出門交際應酬做丈夫的賢內助，決計叫旁人挑不出一絲錯來。而且，以定國公府的門第，又有哪個敢當面瞧不起自家兒媳婦？

曾氏見這情形，心中哪還不明白，這婚事該是十拿九穩了，索性就再架一把柴添一把火，笑道：「母親瞧著，要不要把過定（注）的東西先準備出來？府裡好些年沒辦過大事了，便是媳婦都有些生疏，等單子擬好還得請您先幫媳婦掌掌眼，就怕出了岔子，叫長公主府的四奶奶瞧著鬧笑話就不好了。」

定國公夫人自是明白兒媳婦的意思，打鐵要趁熱，既然已經到了這地步，無謂再做惡人，就順著兒媳婦的話道：「妳說得在理，除了東西要先準備出來，還得備一份大禮，一會兒去給長公主府裡遞帖子，既是要請人家作媒，少不了我還得去長公主府盡下禮數。」

曾氏脆聲應了是，婆媳倆就下定的禮品再到請媒人的大禮細細商量起來。

姜大太太身為女方家的人，自然是第一時間得到了曾氏的回音。

曾氏遣了身邊最得力的嬤嬤來傳話，姜大太太便知這婚事算是口頭有了約定，她客客氣氣地送走那嬤嬤，喜不自勝的，就連走路都帶著風。

姜大太太這麼個歡喜精神的樣子，姜家幾位爺自然很快便知道事情的始末，也都為姚姒高興。

可事情就這樣湊巧，柳筍這陣子和姜家幾位爺走得近，他是有心人，本來接近姜家就是為了打探姚姒的消息，自然很快便得知這個令他心慌意亂的噩耗，如一記悶雷當頭劈下，令他再也坐不住。

在他心裡，姚姒和他共有上一世的情分，這一世他相信只要他不再負她，她的心始終是會向著他的。

只是他千算萬算，卻算不到趙斾如此神速就把婚事定下來。

姚姒就是他重生的執念，前世那樣權傾一朝顯赫富貴，最終到頭來心中念念不捨的是那份不得相守的遺憾。這一世無論如何也要得到，哪怕用盡手段！

姜大太太先去太子府告知姚娡此事，雖說姜大太太身為長輩，可姚娡畢竟是嫡親的姊姊，這婚事還得和姚娡商量才好。

姚娡聽了，高興得喜不自禁，心裡的一塊大石頭總算放下了。

她也明白姜大太太的來意，為免姜大太太在姚姒的婚事上束手束腳，只一味懇求她多替妹妹費心婚事上的一應禮儀瑣事。「還勞舅母多費心了，姒姊兒的婚事就請舅母全權幫忙拿主意，我這裡是再放心不過的。」

說完，便叫采菱開了銀票匣子，親自拿了二萬兩銀票給姜大太太，這些銀子原本是妹妹給她的壓箱底，但從她入太子府後，這些銀子自然是再不缺的，何況唯一的妹妹出嫁，她也只能拿這些東西盡盡心意。

「這些銀子您先拿過去，舅母看著替姒姊兒置辦嫁妝，不論是田產還是鋪子或是旁的什

注：過定，即文定，納幣定婚。

麼，還請舅母幫著置辦，一百二十抬的嫁妝是要的，若是銀錢不夠，只管派人來跟我說。至於頭面首飾的，我這裡另有準備一些，晚些日子我再叫人拿單子給舅母瞧。」

姜大太太心裡曉得她這會兒是不大方便出面替姚姒操持婚事的，也就不再推辭，接了銀票後就貼身收著，知她們姊妹情深，便寬慰道：「舅母省得，絕對會讓姒姊兒風風光光出嫁。放心，一應事情都交給舅母操辦，若有拿不定主意的，舅母屆時再來和妳說，妳且安心養胎。」

姚姑自是知道姜大太太的能耐，就妹妹的婚事又說了半日的話，姜大太太辭出來時，便直接去了姚姒的四喜胡同。

「舅母來了。」姚姒親自迎了姜大太太在屋裡坐，見姜大太太頂著這樣大的太陽出門，忙讓人上冰鎮過的綠豆甜湯和瓜果招待舅母。

姜大太太確實上了年紀，用過綠豆湯，暑氣去了大半，才對她說明來意。「適才定國公世子夫人遣了嬤嬤上門，說是定國公夫人很滿意妳抄的經書。」

姚姒微微羞赧，見舅母一臉打趣，便把瓜果朝舅母手邊推了過去。

姜大太太就慈愛地朝她笑。「好孩子，妳也不用羞，如今妳娘不在了，妳一個女孩家，這婚事上定國公府自然也不好去找姑姊兒說，自然就找到舅母那裡。我聽世子夫人話裡的意思是，過不了幾天，便會遣媒人上門提親，舅母便腆著臉把妳的事接下了，妳瞧著可好？」

儘管早就從趙旆那裡得知不日定國公府便會請媒人上門的事情，但從姜大太太口中聽到又是另一回事，姚姒心中說不上是什麼感覺，心心念念的事情一旦成真，竟有些不敢相信。

姜大太太拉了她的手拍了拍，以為她這是害羞，不禁笑起來。「男大當婚，女大當嫁，妳有了好歸宿，舅母也為妳高興。放心，舅母剛才去太子府走了一趟，妳姊姊也知道這事。」言罷，便將姚姑給的二萬兩銀票說給她聽。「妳姊姊心疼妹妹，特地囑託我要好生替妳置辦嫁妝。」

姚姒一聽便知道這是姊姊把上回自己給她壓箱底的銀子一分不少都拿了出來，卻又哪裡會要，連忙說道：「舅母聽我說，這銀子還請舅母幫著還給姊姊，我這裡置辦嫁妝的銀子自是有的。不怕舅母知道，我娘留下來的東西，在姊姊出嫁前，我和姊姊都分好了，這二萬兩是當初我給姊姊壓箱底的錢，我是萬萬不能要的。」

說完又怕姜大太太不信自己真有銀子，連忙叫海棠去開匣子。

如今她手頭上的現銀雖不多，但萬把兩銀子卻還有的，便拿了一萬兩銀票交給姜大太太。「這些舅母先拿著，其實陪嫁的東西，我這裡有母親留下來的書畫若干，頭面首飾的這幾年也攢了一些，只要拿去銀樓再熔了打新式樣便成。舅母若是有心，替我置辦些田產便是。」

姜大太太著實驚訝，沒承想她們姊妹竟能把小姑子的陪嫁護了下來，又見她姊妹二人友愛互讓，很是欣慰，略在心裡衡量一番，也深覺不能要姚姑壓箱底的銀子，自然就把姚姒的銀票接下來，感慨道：「看見妳們姊妹這樣為對方著想，舅母實在欣慰。也罷，姑姊兒那邊到底身分不同，這銀子我且聽妳的，找機會還給她。」

心裡卻打定主意，回去後再看看手頭上有什麼東西，好給她添妝。

因為定國公府只是口頭上有個說法，到底幾時會遣媒人上門，姜大太太也不知，但相信以定國公世子夫人處世周全的做法，必定會提前遣人來說的，便和姚姒商量，到了媒人上門那天，姜大太太會提前來四喜胡同幫著招待。

由於婚事的一應禮儀太過繁瑣，便是姜大太太也不敢保證不會有遺漏疏忽之處，便和姚姒先把裡頭的一應物事、要走的禮以及忌諱之處等等，都拿出來和姚姒交代。

姚姒自然明白姜大太太的用意，不外乎是借她的婚事讓她多學些東西，又留姜大太太用晚飯。

姜大太太臨走前，姚姒讓她帶了兩樣東西給姜梣。姜大太太以為不過是小女兒間往來尋常之物，便讓丫頭接了東西，回了姜府。

等姜大太太一走，焦嫂子、海棠、綠蕉幾個齊齊向她道喜，令姚姒怪難為情的，心裡既甜蜜又羞澀，有種不踏實的感覺。

總覺得這媒人一天未上門，這婚事便一天作不得算，便板起臉交代焦嫂子幾個。「妳們是我身邊的人，這樣子難免叫人覺得輕狂。這婚事一天沒正式過禮，妳們便是替我歡喜，也要放在心底。」

焦嫂子等人知道她臉皮薄，只當她這是難為情，幾個擠眉弄眼的，異口同聲都道是。

許是人的直覺自有預感，就在姜大太太歡歡喜喜地告知姚姒，定國公府已知會，八月初六將請宜敏長公主府的四夫人譚氏和兵部左侍郎夫人夏太太上門提親時，姚姒卻接到一封未署名的信——

八月初六，於靜雲庵不見不散，若不相見，後果自負。

姚姒只覺得心頭一跳，柳筍終於出手了。

第八十三章　秘密

更鼓敲了好幾遍，姚姒依然沒有睡意，直愣愣望著帳頂的纏枝花紋煎熬著。

上一世的種種如走馬燈在腦海中閃過，不甘、難過、悲憤、失望等情緒紛紛砸來，如散落一地的沙，叫人無能為力再去拾撿。

事到如今，要麼受柳筍脅迫，要麼就對趙旆說出這令人驚悚的秘密。可怎麼選，都像入了死胡同，前者叫人不甘願，後者令人驚慌害怕，似乎就沒有一個妥當方法能解決。

窗外月影朦朧，寂靜的夜是如此難熬。

其實歸根究柢，還是姚姒承擔不起失去趙旆的後果。人如果沒動心，所有關乎情愛的問題就都不是問題；可一旦愛了，人就會變得小心翼翼，患得患失。

她曾經無數次設想過把重生的事情告訴趙旆，可念頭一起就被掐滅，世上有幾個人能接受這玄乎其玄的事情？

直到窗外漸漸染上晨光，一夜未眠的她也沒能想出個好辦法來，實在心煩意亂，再不肯在床上躺著，就著晨曦，悄悄避過在外間值夜的海棠，抱臂坐在染著微露的臺階上。

遠處天邊一片彤雲流過，萬物似乎都因熬過漫長的黑夜而舒展開來。

耳邊是不知名的鳥兒在鳴唱，晨風拂來微微的涼意和草木的芬芳，還能聽到街角的人聲，大地無處不是蓬勃的生機。

在這微涼的晨光裡，姚姒閉起眼，心中忽然閃過幾許明悟，再沒有人能比她懂得生命的可貴，生命的不可欺，命運的不可捉摸，任何境地都不能失去信念與勇氣，如果凡事盡了力，至少不能讓生命再留下遺憾。

她忽然拿定主意。

縱是一夜未睡，可她精神卻尚好，除了眼底浮著的青色外，竟看不出一絲異樣來。用過早飯後，她先給趙斾寫了一封信，交代海棠親自送去。等海棠出了門後，她喚了焦嫂子來，吩咐她親自走一趟靜雲庵。

這兩件事都安排下去了，午間就睡了個回籠覺，下午又去太子府看望了一回姚姑，見她肚子又大了些，一切安好，身邊服侍的人也都盡心盡力，便覺得自己的決心是對的。

若是這件事之後會有想像不到的後果，至少這一世的親人還活著。

趙斾接到海棠送來的信後，當即拆開來看，信很短，不過寥寥數語，上頭寫著約他後日在靜雲庵見面，趙斾心裡未多想，以為他倆有幾日沒見面了，不過是她想念他，卻又怕他堂而皇之地登門叫人說嘴，是故以燒香的名義讓兩人在靜雲庵見面。因此合起信，只問了海棠幾句姚姒的日常起居，便打發了海棠。

靜雲庵在京郊，便是騎馬也要一個多時辰，趙旆換了身玄色竹葉青暗紋袍子，身邊只帶了個小廝。路上剛好經過玉芳齋，想著姚姒愛吃這家的酥糖卷點心，想到馬上就能見到她的面，便勒了馬親自往玉芳齋叫夥計包了兩匣素點心，一路打馬往靜雲庵而去。

可是到了靜雲庵，卻未見姚姒迎出來的身影，倒是海棠在山門口靜候著。

他有些急切，把兩匣點心交到海棠手上。「你們姑娘幾時到的？這會兒在哪裡？」

海棠欠身給他引路。「姑娘倒是早就到了，先在各處上了香，這會兒正在後面廂房裡，奴婢這就帶五爺去。」

只是這話說出來後，想到今兒姚姒的一些異樣，便有些躊躇，將將轉過一道月亮門，還是照實把話和趙旆說了。「五爺。」

她略停腳步，朝著廂房的方向望了眼，便道：「有些話奴婢思來想去，覺得還是要和五爺說一聲。」

趙旆這才察覺海棠有些異樣，立即意識到可能是姚姒的事，忙收了步子問。「妳只管說，是不是你們姑娘出了什麼事情？」

海棠嘆了口氣，低聲回道：「奴婢發現姑娘這兩日有些反常，只是要說哪裡不一樣，卻又說不出個所以然來。自從姑娘遣奴婢給五爺送完信後，姑娘除了去太子府看望過姑姑娘，後來就再沒出門過，不是歪在榻上出神，便是一個人坐在花樹下發呆，昨兒個也不知為何，忽然就賞了我和綠蕉許多東西，說是給我和綠蕉添妝。」

趙旆連忙問她。「那你們姑娘平日不出門的時候，在家都做些什麼？」

海棠是他調教出來的人，她的話自然是有些道理的，可心裡卻忍不住猜測，難道是因為和他的婚事在即而忐忑嗎？越想越覺得是，不然也不會就在媒人快要上門說親的時候忽生反常來。

海棠自己還一頭霧水，又怎能想得通其中關節，因此只是回他。「一般都是在房裡看會兒書，要不就是做針線，偶爾也會和那幾位掌櫃的娘子們說說話，像這兩天懶散發呆的情形還真是少見。」

趙旆便一笑，帶頭朝姚姒的廂房走去。「別胡思亂想了，你們姑娘這病啊，保准我一會兒就把她治好。」他揶揄的口氣，著實安了海棠的心。

她本就不是個多心的，立刻上前替趙旆引路，到了屋門口海棠正要推門，卻聽裡頭傳來姚姒的聲音。「海棠妳且退下，沒我的命令不准人靠近這間廂房。」

趙旆仍未起疑。「那五哥進來了。」

他推門進去，又把門掩上，才發現這間廂房幃幔層層，而姚姒則虔誠地跪在觀音像前，就像個遠離紅塵俗世的方外人。他眉頭一皺就要上前，她卻清冷出聲叫他止步。「五哥你別上前，我今日約五哥來，其實是有話要和五哥說。」

她淡淡的聲音裡，有著掩飾不住的哀傷。趙旆才後知後覺地發現不對勁，他們一個在門口一個在裡間，就像他和她是兩個世界的人，再不似從前那樣親暱無間，這令趙旆的心提起來，不動聲色地問道：「有什麼話要和五哥說，卻這樣神神秘秘的？」

姚姒聞言肩膀無聲地聳了一下，哀哀出聲。「五哥相信這個世上有鬼神嗎？相信人會帶著上一世的記憶嗎？你相信這個世上有重生之事嗎？」

她的話讓他生起濃濃的不安，正要出聲問她怎麼了，她卻像知道他的心思似的，不讓他有說話的機會。

「五哥難道就從來沒有懷疑，當年才九歲的姚十三姑娘為何舉手投足不像個稚嫩女童？其實她也很迷惑，在姚家老太太大壽前三日的那個晚上，當她得了風寒纏綿病榻之時，她卻醒了過來，從此姚家十三姑娘是她，卻又不是她，因她熟知前世之事……」

趙旆的身子隱隱發抖，這般匪夷所思之事，聞所未聞，他的姒姊兒難道中了邪？

卻聽她又道：「她分不清這是現實還是作了一場夢。夢裡，她也病得很嚴重，可姚府老太太的壽宴依然大宴四方，這一日很多與姚府交好的故舊都來府裡賀壽，姚三太太的外家這個時候卻出了事，遠在京城來了人，請丫鬟回稟她，她聽完後就慟哭起來，老太太惱姚三太太不分場合失了身分，很快便得知事情的始末，便當這滿堂賓客之際，禁了她的足……

「……隔年端午，姜氏在家廟裡忽然就上吊，並在死前放了一把火，把家廟也燒了。因此姚家對外放出消息，說姜氏因娘家之事怨恨姚家而放了一把火燒家廟洩恨，卻在事後輕生。」

姜氏這一世是被姚蔣氏下毒謀害的……趙旆臉色一白，忍住打斷她的衝動，逼自己慢慢聽下去。

「……她自是不信的，姚三太太並非那等怯懦之輩，又還有兩個女兒在，怎麼捨得丟下女兒輕生？她發現老太太身邊的廖嬤嬤很可疑，終於叫她使詐套出些蛛絲馬跡，於是她當場質問老太太，說母親死得不明不白，她要把事情鬧大，可老太太是何人，說她得了瘋病，當場就把她關起來，並交代人把屋裡都封住，不留窗戶，屋裡一年四季都是黑的，老太太還交代人不能和她說話，就這樣把她關了好久……」

怪不得她從前怕黑，曾經聽紅櫻說過睡覺時都要留一盞小燈在屋裡……趙旆靜靜地立在門邊，聽她的聲音空靈得彷彿沒有溫度……

「不要再說了，姒姊兒，轉過身來看看我，那都是夢，妳別怕，五哥在這裡。」他終於回了一些神，伸手就掀起那層礙事的白幔，行至她身邊，她卻避開了臉。

「五哥，你一定要聽我講完。」姚姒始終避著他，不肯面對面，終是叫他焦心得惱火了，卻還是按捺住，哄道：「乖，妳轉過身來看看我，好不好？」

「不，五哥，若是叫我面對你，只怕有些話這輩子也無法說出口了，就讓我把所有秘密都告訴你，求五哥成全！」姚姒雖極力隱忍，可話音哀婉決絕。

趙旆與她相識多年，就算在最絕望的時候也不曾見她流露過這種模樣。

事到如今，趙旆反而強逼自己冷靜下來，事出有因，前些日子她還好好的，這幾天卻如此反常，看來海棠說得沒錯，到底是什麼令她如此絕望？

他妥協，溫聲哄道：「好，我不逼妳，我、我就站在那裡聽妳說話。」言罷，便往幃幔那邊走。

姚姒雖然背對著他，依然能感覺到背後一雙眼睛火熱地探過來。

她心如刀絞，世事弄人，如果沒有重生，就遇不到趙斾，可是如果上天再給她一次機會，她依然想要這一世的際遇，與他相知相愛，她從來不曾後悔過。

她望著菩薩，沈聲道：「她逃出姚家，可一個十二、三歲的小姑娘孤身一人又能逃到哪裡？那年恰逢災年……

「後來她救了一個上京趕考的書生，那個書生名叫柳筍，因傷寒暈倒在路邊……柳筍病癒後，適逢當時朝廷加開恩科，不承想他竟高中狀元，接著皇帝駕崩，恒王即位改元慶德，慶德皇帝甫一登基，柳筍便以一篇開海禁的通略得到皇帝的重用……」

趙斾臉色大變，她提到了恒王登基，可這都是以後的事情……

姚姒忽地起身轉過頭，逆著格門透進來的光亮，原以為他的臉上會滿是驚駭，她卻沒有見到。

他就那麼定定立在那裡，只是靜靜望著她，目光充滿憐惜與疼愛。

姚姒的眼淚猝不及防落下來，癡癡地走向他。「五哥，這不是夢，她和旁人不一樣，她確實有著兩世的經歷。所以她重生後，想盡法子想保住母親和姊姊，還替姜家平反，可是她盡了最大的努力，卻還是沒保住母親的命。」

她極力忍住哽咽不再看他，怕自己會淹沒在他疼惜的眸光中。

「她是個心機深重的女子，並非如你眼中看到的那樣純善。她為了替母親報仇，不分善惡，親手給自己的父親下絕子藥。姚家雖是罪有應得，可也算是她一手促成姚家的覆滅。此生她手段用盡，算盡人心，她最對不住的人唯有一個，那個愛她、憐她、知她、護她的人……」

終是再難繼續這椎心的話語，縱是再咬牙強忍，聳動的雙肩還是出賣了她此刻異常激動的情緒。

趙旆重重一聲嘆息，心裡也不知道是什麼滋味，原本不曾想明白的地方，此刻再無疑惑，原來她是重生過來的人，這就都說得通了。

一時間屋裡沈默得叫人害怕，他忽地上前緊緊抱住她顫抖的身體。「這個秘密令妳如此恐懼害怕，為什麼不好好守在心中？」

姚姒抖得如風中落葉，他懷中是那樣溫暖可依，若是能一輩子和他相愛相守，該有多好啊？她深吸一口氣，說的話卻並非是他所問的。「我欺你、瞞你、利用你，事到如今，你不恨我嗎？」

「恨？」趙旆低沈一笑，卻用極輕快的語調在她耳邊喃喃。「有個傻瓜，她只是被仇恨迷了心眼，若是她想，她會有更好的復仇方式。可是她是個善良的傻姑娘，她不貪財也不貪心，唯一不好的地方，就是總想把他推開。」

他把她轉過身，直直望著她的眼睛，彷彿要看到她心底最深處。

「為什麼不說妳愛我？姒姊兒，我趙旆頂天立地，雖不信鬼神之說，可這世上無奇不有的事情也是有的。我很感謝上天，叫我這一世遇到妳。既然覺得對不起我，那就用妳一輩子的時間來償還我，好不好？」

這大概是她聽過最動聽的情話，眼淚像開了閘的河流一樣湧出。

她撫上他的臉、他的眉眼，傷心地說：「她不值得你這樣愛她，你這樣好，叫她更是愧疚難安，這一世能這樣深深愛過，也夠了……」

他忽然重重吻下，她的餘音全數落入他的口中。

他噬咬著她的唇舌，不帶任何情慾，動作是從來沒有過的粗魯，顯然他在生氣，很生氣，只能用舔咬的方式表達他的憤怒。

良久他才放開她，牽著她的手行到菩薩像前，鄭重道：「菩薩在上，我趙旆今日在菩薩面前發誓，不管姒姊兒有著何等匪夷所思的經歷，我趙旆此生絕不負她，定愛她、護她、憐她、疼她！」他復望向她。「姒姊兒，妳也在菩薩面前發誓，說妳這輩子都不離開我，不會再把我推開。」

情到此時方見濃，姚姒彷彿聽到花開的聲音，就在心底。

他舉袖替她拭淚，在她的額頭上親了親，眼中的熾熱深情再無任何掩飾，就那麼定定望著她。

直到此時此刻，她才覺得自己的人生圓滿了，她所有的惶恐、疑慮，都被他的磊落和深情去除。得此一心人，夫復何求？哪怕下一刻會死去，她也覺得人生沒有任何遺憾。

「菩薩在上，我姚姒今日在菩薩面前起誓，此生再也不欺瞞他，今日在菩薩面前祈願，願我姚姒和趙旆生生世世不離不棄，白首相顧，永結鴛盟！」

她執起他的手抵在自己心上。「這顆心是為著五哥而跳動，就讓我用一輩子的時間來愛五哥。」

他笑著說不夠。「這一世、下一世，還要生生世世，妳都要對我不離不棄，要愛我、信我，這是妳不信任我的懲罰。」

她抱著他，在他懷裡直點頭答應；趙旆撫著她的背，慢聲哄道：「可以告訴我，出了什麼事嗎？」見她身子一僵，他更加放柔聲音。「即便是天大的事情，只要妳我同心，便是再難也會撐過去的。」

「我都知道。」姚姒深深地看他，眸中的情意像水又像火，再不似先前那般含蓄。「五哥，柳筍他，也跟我一樣，有著兩世的經歷……」

屋裡靜得落針可聞，只有她低喃的聲音。

候在外頭的海棠依然像警醒的鷹般，盡忠守護著這間廂房。

第八十四章　成全

轉眼便到八月初六，姜大太太和姜大老爺一大早就過來四喜胡同這邊，昨兒個曾氏已叫人送了口信過來，說好今日定國公府請的媒人便會上門。

姜大太太聽了高興得合不攏嘴，姚姞那邊也派了蘭嬤嬤過來。

姚姒倒沒有扭捏，用什麼茶水點心待客、午飯又準備了哪些菜色、在何處招待客人等等事務，都樣樣說給姜大太太聽，又把焦嫂子喚來，要她一切聽姜大太太的差遣。

這樣的貼心，倒叫姜大太太心中不好受，這個孩子吃盡了沒娘的苦，便是連婚事，也得一樣樣自己來張羅。

可今日是個喜日子，沒道理還要當事人操持的，便握著她的手笑道：「今兒舅母既然過來了，妳便只管放心，定國公府有心結這門親事，咱們家也不是喜歡刁難人的。一會兒媒人上門來了，妳且瞧舅母的，再不濟，還有妳舅舅在呢。」

姚姒自然是不擔心的，姜大太太瞧她面上平靜，覺得她只怕也還是羞的，只不好在人前露出來，便不再多說。好在姜梣今兒有來，留了女兒陪她，便和焦嫂子出了屋子。

果然過沒多久，曾氏攜了長公主府的四奶奶譚氏和兵部左侍郎夫人夏太太一起來了四喜胡同，姜大太太殷勤地將人迎進屋，眾人早就心照不宣，略微寒暄後便直奔主題，這是提親來了。

遠在靜雲庵的柳筍，此刻正立在姚姒曾經住過的屋簷下，頭頂是一棵老桂花樹，還記得從前每次來看望她，都會喝到她親手泡的桂花茶。

可是當時，他有那麼多不得已，所謂名聲、權勢，這些東西在那個時候都比她重要，他想，那時的她一定很失望吧。

等到真的失去她後，他才發覺自己多麼可笑，他上一世牽掛了一世，就連死後也要與她同葬。

當他發現自己竟然重生了，一切都可以從頭來過的時候，他費盡苦心退了恩師說下的親事，心心念念都只有姚姒一個，他發誓再也不要把她弄丟了。

也許命中注定失去的東西，就再也追不回來了。

柳筍苦苦等待，在自己編織的美夢中，以為故地可以等到故人來，誰知卻等來了一份絕望……

此生他最不想見到的人，便是趙旆。

情敵相見，分外眼紅，你知我的事，我也知你的過往，對於這樣兩個頭一次碰面的人，卻一點也不覺得彼此陌生。

柳筍在趙旆出現的那一刻，身子忽然一陣顫抖，力氣彷彿被抽乾，他扶著樹幹，強忍著內心的恐慌與失望。

為什麼反而是他來了？這一刻他的心頭悲涼得無法形容，痛失所愛，兩生兩世都刻骨銘心。

只是男人的驕傲不容許他在情敵面前有一絲敗容，他淡聲道：「姒兒呢？為什麼會是你來？」

沒有一絲客套，彼此都知道這次的碰面，會是一場聲勢浩大的較量，姚姒就算不來赴約，也不等於他就輸了。

趙旆睨了他兩眼，這就是將來權傾一世的柳筍？

他慢慢地收了幾絲輕忽，卻在聽到他的話後，緊緊蹙了眉，冷冷的聲音裡有著不容錯辨的怒色。「住口，我不許你這樣叫她的名字。」

「我問你她為什麼不來？」柳筍忽地轉過身，身上有一種宦海沈浮歷練出來的強硬氣度。「你既然來了，想必是她告訴了你一些匪夷所思之事，我有沒有資格叫她的名字，我想你心裡必定是清楚的。」

他復望他一眼，就像看一個不懂事的孩子。「即便她今日不來，可是我也沒一絲輸你的地方，趙旆，你我各占一世。」

又挑釁道：「我對她又豈是你能懂的？」

趙旆卻哈哈大笑起來，顯然並不贊同他的話。

「柳筍，是個男人就應該懂得放手，不是你的，始終都不是你的，你這樣糾纏不放，我卻是同情你居多。」他轉頭望向遠方的青黛，語氣已然平和。「柳筍，你們前世經歷的種種，已是過往，往事如煙消散，水又豈能倒流？我趙旆只明白一個道理，若是真正愛極一個人，只會希望她得到幸福，愛一個人不是占有，而是成全。」

這番雲淡風輕的話語終令柳筍惱怒變色。「成全？」他低聲呵呵笑了，慘澹的笑容裡有著兩世的執著。「你說成全？真可笑，最沒有資格說成全兩個字的人是你。趙旆，是我先遇到她，是我和她兩生兩世牽絆，要說成全，是你該成全我和她！」

趙旆負著手，看他的樣子就像看一個入了魔障、走上不歸路的人，他眼帶憐憫。「你該知道，今日定國公府已上門提親，很快她便會嫁給我。你說我不懂你和她，其實該說你不懂我和她，在她最無助絕望的時候，是我在她身邊，我們相識相知，再相愛，注定要此生相守相親。」

柳筍怒視過來，看他的樣子像看著不共戴天的仇人，趙旆卻喟然長嘆。「放手吧，你有你的輝煌人生，我和姒姊兒只想好好過這一生。若是柳兄能夠成全我們，想必姒姊兒一定很欣慰的。」

柳筍的眼中有著濃得化不開的哀痛，這一刻他再無法故作平靜，憤然地走向趙旆，拳頭伸出半截卻又縮回，臉上的傷痛令他的五官越發慘厲。

他怎能成全他？他幾乎是吼出來的。「不，不！姒兒不會這麼無情的，我知道上一世我傷了她的心，可我已悔過，這一世她就是我的掌中寶，什麼權勢名利，再不會成為我們之間的障礙，如今礙眼的是你，是你將她巧取豪奪的！」

「柳筍，你怎麼還不明白，姒姊兒她從來就不愛你，這便是你和我之間的差距。」對著一個快要瘋魔的人，趙旆本無意傷人的話就這麼說出口，然後他就看到柳筍猩紅了一雙眼，不甘、憤怒、悲傷、不捨種種情緒從他臉上閃過，頹敗的身軀一下子站不穩，直接無力地倚到桂花樹幹上。

趙旆忽然覺得他可憐，上天是公平的，付出多的人總要幸運些，他和姚姒的幸福無意建立在他的痛苦上，可也不能讓他就此破壞。

「姒姊兒不是個無情之人，她總是希望你這一世幸福的。事已至此，我真心希望柳兄也能找到你的幸福，不管你聽不聽得進去，我言盡於此，你好自為之吧。」

柳筍目送他遠去，一口氣梗在喉頭，胸中忽地作嘔，喉中一股腥甜漫出，人已無力地倒下。

四喜胡同這邊，姜大太太和曾氏及身任媒人的譚氏、夏太太相談甚歡，四人商量好納采的日子，曾氏話裡話外都透露出希望能在年底娶新婦進門的意思。兩位媒人相視一笑，意思大家都明瞭，這便是要儘快把前面五禮走完，好在年底舉行大婚。

姜大太太卻有些顧慮，姚姒今年才十三歲，要到後年六月才及笄，若是把婚期定在年底，怕她年紀小，身子骨還未長好，不免面露躊躇。

曾氏是個伶俐人，自然也猜測出姜大太太的顧慮，笑道：「親家舅母放心，我家五叔年長姒姊兒幾歲，必定曉得分寸的。您也知道，把婚期定在年底確實有些趕急，可五叔長年在外帶兵，也只有過年那幾天才能得空幾日，這還得看福建的局勢。說實話，親家舅母有這層顧慮也是該的，既如此，我回去後再與婆婆商議，是否先迎新人過門，等姒姊兒及笄了再圓房可好？」

姜大太太聽曾氏這麼一說，當下就舒心了，結親是結兩姓之好，可也不能太委屈了姚姒。如今曾氏願意讓步，就說明定國公府沒因姚姒是個無根之人而有所輕慢，連忙道謝。「親家嫂子能替我們姒姊兒著想，我在這裡就此謝過夫人了，回頭我便去太子府和側妃娘娘說說，既然親家夫人想把婚期定在年底，想是可行的，不過一切還要問她們姊妹的意思。」

一旁的譚氏就笑道：「我這也不是頭一回給人作媒，看你們兩親家你讓我謙的，倒是少見。看來這門親事實在是結得好，這回呀，姨母那邊的謝媒禮我可收得安心了。」

夏太太就指了譚氏笑話，四人相談甚歡，直到焦嫂子來說酒席已安排好，姜大太太便邀了曾氏、夏太太和譚氏往花廳移步，酒席上妳來我往的，姜大太太又十分殷勤待客，曾氏幾人又對姜大太太生了些好感。

接下來的日子，問名、納吉、納徵、請期都十分順利，在趙旆離京前都走完了禮，婚期定在臘月二十二，是個上上吉的好日子。

姚姒恍如作夢，不過幾日工夫，她和趙旆就定下婚期。

直到大紅的喜服衣料送到姚姒面前，她才驚覺這是真的，她就要嫁給趙旆了。

自從那日趙旆從靜雲庵回來後，晚上悄悄來一趟她的屋子，兩人既然把話都說開了，趙旆也就把見到柳筍的情形一字不漏地說給她聽。雖然不知道柳筍是否能放手，可她相信只要有趙旆在，所有難題都會迎刃而解。

她又一次滿含不捨地送走趙旆，可她知道，再見他時，他們將是夫妻，彼此生死與共。

送走趙旆後，姚姒輾轉從姜櫻口中聽到一些關於柳筍的消息，不過是一些朝堂上的瑣事，卻還有一件事，令她微微驚訝。

姜櫻也不知打哪裡聽來的，神神秘秘道：「別說妳想不到，便是我哥哥也沒有想到，安國公府竟然意欲讓柳大哥為婿。妳是知道的，文武不同道，安國公府這回竟然拉下臉來為孫女說親事，可想而知很中意柳大哥的為人。可這樁親事卻叫柳大哥推了，我幾位哥哥都說他有風骨，翰林清貴，不為安國公的權勢打動，試問世間能有幾人做得到呢？」

姚姒看姜櫻眉眼亮晶晶的，她尋常一笑，道：「可不是呢，柳公子作為新科狀元，想必定有一身風骨的。這世間所有事情要講究個你情我願，若一頭不願，便是另一頭再如何意動，也強求不得。只願這柳公子將來能覓得佳偶，在仕宦一途對百姓有建樹。」

姜梣噗哧一笑，點了點姚姒的額頭笑話她。「真不愧是要嫁人的人，說出來的道理還一套一套的。按我說，這姻緣之事，該是你的便是你的，不該你得的半點不由人。所以啊，我娘總為我的親事煩心，我倒是看得開，時候到了，自然就會碰見一生的良人，對不對？」她半是羨慕半是打趣道：「就像妳和趙公子一樣，遇見了便是一生的緣分。我相信，好人有好福，我這輩子都心存善念，相信上天不會虧待我的，我呀，一定會遇到我的良人的。」

姚姒沒承想姜梣是這樣看得開，可想一想她所經歷的，也就釋然了。

她拉了姜梣的手重重一點頭。「嗯，一定會的，表姊人這麼好，姻緣也一定會美滿的。」

過了中秋節，日子一晃就到了臘月。姚姒要在四喜胡同出嫁，是以一進臘月，焦嫂子便讓人在簷下掛起紅燈籠，整個院子看著喜氣洋洋的。

這些日子姜大太太許是操勞過甚，偶感風寒，姚姒心中都明白，只怕舅母是為了忙自己的婚事而累病的，便讓焦嫂子準備上好的補藥並兩枝百年人參，去了姜家看望姜大太太。

出來迎她的是姜梣，姚姒看她穿得單薄，不由嗔怪道：「我知妳肯定在照顧舅母，咱們又不是外人，還這樣多禮做甚，就算要出來，也不多穿些衣裳。」一邊說話，一邊快步拉著她往屋裡走。

姜大太太躺在內室，屋裡燒著炭火，倒是熱騰騰的，姜梣進了屋便笑話她。「誰像妳，風一吹就病倒的美人一個，我可不比妳。」

姜大太太看見她們一見面就逗嘴，忙嗔了下女兒，示意姚姒坐，卻看她要上前來探視自己，便連忙阻止。「這麼冷的天，妳怎地過來了？眼瞅著就要出閣的人了，這個時候可不能沾惹病氣。」

姚姒心裡感念，卻執意上前挨到床邊。「您別聽梣姊姊胡說，我哪裡弱成那個樣子，舅母的心意我知道，您都病成這樣，我若不來瞧一瞧，也枉費舅母待我的一片心意了。」言罷又問她可請過大夫、大夫是如何說的，把姜大太太的病因問得很仔細，倒叫姜大太太好是欣慰。

聽說姜大太太無大礙，又見大夫開的方子多以溫補的藥為主，便知這是姜大太太的老毛病了，都是在瓊州島積累的，因此便把兩枝百年人參挑出來交給姜梣，給姜大太太補身子用。

姜大太太承她的情，讓女兒收下人參，不過一會兒就趕了她們出去。姜梣素來知道母親的脾性，只好辭了出來，攜了姚姒的手往自己屋裡來。

丫頭上了熱茶點心，屋裡擺了盆水仙，冷幽幽的香味叫地龍一熏，直叫人身心都放鬆下來。

「妳這屋子倒是收拾得好。」

姚姒脫了大氅，往屋裡一打量，處處彰顯書香世家的清貴，十分符合姜梣的為人，清而淡雅，香味綿長，很值得一品。

姜梣和她十分投契。「哪裡比得上妳那屋子。」

兩人一邊脫鞋上炕，一邊說話。「我瞧著妳若是想要天上的星星，只怕趙公子也會摘來給妳，只可惜呀，我的良人怎麼還不出現呢？」

姚姒臉一紅，刮了她的鼻子羞羞，啐她一口。「也不害臊！」說完自己也笑了。

想著趙旆這幾個月給她送回來的東西，有貴重的，也有尋常的物什，滿滿擺了一屋子，每回姜梣都要取笑一會兒。

她索性不說話，歪在炕上一臉愜意，叫姜梣直打趣。「瞧妳這麼個憊懶樣，看等妳做了人家的娘子，還有沒有這等逍遙。」

姚姒直朝她撲過去撓她癢，兩人又鬧又躲一通胡鬧，原本壓在枕頭底下的繡活就這麼跑了出來，上面繡著竹葉和蘭花，看樣子像是給男子的荷包。她一把拿起正要細看，卻叫姜梣眼疾手快搶走了。

姚姒頓時察覺有異，看來這顯然不是做給幾位表哥的，不然她何至於這麼大的反應，看著她把那繡活往背後藏，頓時十分好笑。「躲什麼呀，快給我瞧瞧，不就是給表哥做個荷包嗎？還怕我笑話妳不成？」

姜梣一愣，隨即也笑了。「嗯嗯，妳說得是，我、我這不是怕妳笑話我的手笨嗎？是、是給哥哥做的荷包。」她扭扭捏捏的，叫姚姒忍住笑，佯裝沒看出她的異樣，伸手就奪過她的繡活，邊瞧邊道：「嗯，不是我說，妳的女紅越發地好了。這是送給大表哥還是小表哥的？我想大表哥有大表嫂在，自然不用妳動手，那……那就是小表哥的了。」她自言自語，一邊說還一邊朝她笑，姜樗的臉卻慢慢地染了一抹羞色。

「可是我聽說小表哥不喜蘭花，獨愛青蓮，身上用的非蓮花莫屬。好表姊，妳就別瞞我啦，跟我說實話，難道是給心上人做的不成？」難得見姜樗臉紅，這回換姚姒打趣她了。

姜樗嘆了一口氣，朝她嗔了句。「妳這丫頭，恁地是個玲瓏心肝。」

姚姒便笑，姜樗正要說話，簾子被人打起來，她的貼身丫頭進來回話。

「小姐，聽說太太病了，柳公子特地前來看望太太，恰好今兒老爺和幾位爺應邀出去了，太太說讓小姐這會兒趕緊去招呼客人。」

姚姒乍然聽到丫頭說柳公子三個字，就明白應該說的是柳筍，心裡嘆氣怎這般不巧。卻見姜樗眉間一喜，隱隱有幾分羞澀嫵媚之態，不禁心中大驚，難道她中意柳筍？

「哪有姑娘家獨自見外男的，要不我陪表姊一道去吧，也好有個照應。」姚姒想也未想，逕自穿了鞋，再把大氅穿起來。

姜樗聽她這麼一說，還真是這個理，便點頭同意，兩人略微收拾後就去了花廳。

第八十五章　大婚

柳筍一身青衣，較之在承恩公府見面時，很不一樣，姚姒和他一對視，那雙深邃得像古井一樣的眸子，卻蕩漾出溫暖的笑意。他這樣一副沈靜的模樣，倒叫姚姒有些不大習慣。

姜櫡身為主人家，自然擔起待客之道，很周到地和柳筍客套寒暄，隨後又領他去看望姜大太太。說是看望，不過是隔著簾子遠遠問候一聲，便叫姜櫡領到待客的書房。

姚姒安安靜靜的，見姜櫡為柳筍忙前忙後的，生怕安排得不周到，心裡也不知是喜是悲，但看柳筍一臉波瀾不興，又不禁為姜櫡擔心。

柳筍時常來姜家串門子，其實認真說來，兩家也算走得很勤，姜櫡看了看天色，曉得父親和幾位哥哥就快回來了，因此很殷勤地留柳筍用晚飯。

柳筍看了看姚姒，在姜櫡的期待中，很意外地點了點頭。

姜櫡高興得不得了，許是想到要留柳筍用飯，那菜色都要按著他的喜好準備，只是要她把柳筍和姚姒丟在一邊，卻又不免躊躇。

姚姒正打算要和柳筍私下談談，正好現在就有個機會，連忙笑著和姜櫡道：「若是表姊有事就先去忙，想來舅舅和幾位表兄也快回來了，我正好有事想請教柳公子，就讓我代表姊招待一回客人吧。」

姜梣正在為難，聽她這麼一說，自然是樂意的。「那好，就麻煩表妹幫忙招呼一回柳大哥了。」

又朝柳筍靦覥一笑。「柳大哥別拘束，都不是外人，待我去廚房交代一聲。」

柳筍溫和地朝她頷首，目送她的身影消失在廊下，一時間屋裡寂靜得落針可聞。兩人也不知再見面該說些什麼好，最終還是柳筍打破沈默。「還沒恭喜妳一聲，他對妳很好吧？」

姚姒回他一笑。「多謝柳大哥成全，他待我很好。」

這樣乾巴巴幾句，卻又覺得有些過分，忙問他。「柳大哥近來可好？聽我表姊說，你一個人獨來獨往的，天氣寒冷，要保重身子。」

原本姚姒的話並沒別的意思，可聽在柳筍的耳中，卻令他清寒的臉如冰雪消融般化開來。「妳還是關心我的，對不對？」

「柳大哥，我、我沒……」

柳筍的臉色頓時黯下來，捧著茶杯的手緊緊收在一起，良久才自嘲一笑。「不要緊，原是我太過執著了。他說得對，妳從來就不曾愛過我，這所有的一切，不過是我的一廂情願而已。」

她忽地有些不忍，喃喃道：「柳大哥，願得一心人，白首不相離，我已找到我的一心人，相信柳大哥也會有自己的一番際遇。想人生不過匆匆數十年，我們何其幸運，要比別人多活一世，這是上天的恩賜，柳大哥，我們要惜福。」

想到姜梣的心思，她一嘆。「人總是貪慕別處的風景，殊不知要憐取眼前人，我表姊她重情重義，心性灑脫良善，若柳大哥於她無意，還請不要給她期望；若柳大哥覺得她好，不妨認真考慮一下。畢竟一個安國公好打發，若再來一個安國公，世人會說柳大哥過分孤高，我總是願看著柳大哥幸福的，我也希望梣姊姊能幸福。」

柳筍低聲呵笑，卻不知為何心頭悲涼得快要令他喘不過氣來。世人都說放下好，可要放下是那麼難，他想了許久，也自認是個智計無雙的人，卻還是想不明白，何為成全？成全的難道僅僅是別人，要不要也成全自己？

可是看著她充滿幸福的臉，記憶中那長年愁苦的面龐已經模糊，也許他從一開始便輸了，不是輸給趙旆，而是輸給緣分。

「我會好好考慮的。」他平靜道。

她卻有些難以置信。「柳大哥……你……」

「姒兒，他說得不錯，也許愛是成全，是放手，成全的究竟是妳還是我自己，其實答案我早已經知道。梣姑娘是個好姑娘，也許這樣心性堅強灑脫的姑娘，才是我所欣賞的。」就讓她這樣以為吧，她覺得姜梣好，那就是姜梣，如果這一生他想要走得更遠，有更大的壯志雄心，他的後宅裡，必定需要一個女人。

這樣的答案，無疑讓姚姒歡喜，她希望柳筍得到幸福，而不是偏執，如今這樣，真的很好。

從姜家回來後，姚姒便給趙旆寫信，除了問他平安外，話裡話外都是纏綿的軟語溫言，最後想了想，還是把柳筍和姜梣的事寫了上去。

她想像著若是趙旆看到自己的信，也一定不會再那樣緊張她，把柳筍當作這一世最大的敵人來看了。

姚姒這邊安安心心地待嫁，就在婚期前一夜，姜大太太親自來她屋裡交代許多新嫁娘要注意的事情。看著已出落得亭亭玉立的姑娘，姜大太太忍不住一陣心酸，若是小姑子還在該多好啊？她畢竟不是她的親娘，洞房花燭夜該做什麼，還是有些難以啟齒，但仍然得交代一番。

「姒姊兒，頭一夜難免會有些痛，雖然姑爺那邊的意思是等妳長大一些再同房，但新婚之夜要見喜，才算走完古禮。」姜大太太溫聲道，見她一臉羞怯，便安撫她。「夫妻敦倫乃是人之常情，妳只須記得萬事順著姑爺，閉一閉眼也就過了。好孩子，妳嫁的不是尋常人家，定要侍姑翁孝順，和妯娌和睦，待長輩恭敬。妳婆婆雖說原先對妳存了偏見，但老人家總是盼著孩子好，妳要待她如母親一般用心，知道嗎？」

「我省得，多謝舅母一番教誨，姒姊兒都記在心裡。」

姜大太太便笑了，這一夜姚姒睡得很好，完全沒有新娘子的忐忑。

可在太子府中，姚姑卻不大好，先見紅，隨後又破了水，按說產期應該往後幾天才是，如今這樣倒叫太子有些擔心。

太子府中的燈火亮了一宿，天剛放亮時，只聽見屋裡一陣嘹亮的嬰孩哭聲，他心中一陣激動，沒多久產婆便抱了個襁褓出來。「恭喜太子爺，是個小郡王。」

「賞！」他大手一揮，就往產房裡去，屋裡的產婆醫女哪裡想到太子不顧產房的血腥進來了，忙急匆匆一陣收拾，太子妃劉氏則連連給太子道喜。

太子微微一笑，卻看都沒看她一眼，便挨到姚姑身邊，眼裡的溫情簡直刺得劉氏心上生疼，她悄沒聲息地退出屋子，吸了幾口冰冷的空氣，行到一個無人的地方，眼淚便順著臉頰淌下來。

她身邊的向嬤嬤冷了冷臉，沈聲道：「那賤人該死，不如還是老樣子，送一碗湯藥過去，原本皇后娘娘的意思也是這樣，就算生下來是個男孩，沒娘的孩子也起不了作用，如今她留不得了。」

劉氏拭去頰邊冰冷的淚，臉一沈，隨後點了點頭。「萬事小心，別叫太子爺發現了。」

向嬤嬤就道：「奴婢省得，這種事也不是頭一次做了，奴婢自是知道要注意哪些，還請娘娘放心！」

可這碗藥最終也沒進到姚姑嘴裡，半道上就叫太子身邊的侍衛給攔了。

這碗藥很快就送到太子的書房裡，當晚向嬤嬤便悄沒聲息地死了，等到太子妃得知這個消息時，腿一軟便暈了過去。

姚姑生子的消息送到四喜胡同的時候，正是姚姒大婚當日，得知這個好消息，一屋子的人都替姚姑高興，紛紛給姚姒道喜。

四喜胡同的賓客雖不多，但譚娘子、幾位掌櫃的娘子們，以及姜家幾位奶奶湊在一起，也十分熱鬧。大家妳一言我一句的恭賀，倒叫姚姒少了幾分新嫁娘的羞澀。

來報信的是采芙，姚姒仔仔細細地問了昨夜姚姑生產的狀況。

采芙說太子爺整夜都守在產房外，孩子和大人一切安好，姚姒聽了不禁連連叫了幾聲：「菩薩保佑！」

姜大太太也高興得不得了，這可真是喜事一樁接一樁，心裡曉得只怕姚姒此刻最想見到的人就是姚姑，就試探地問：「要不要讓妳大表嫂現在去一趟太子府，我知妳此刻必定是惦記妳姊姊的，不讓人親自去看一眼難以安心。」

姚姒連忙頷首，拉了姜大太太的手很感激。「今兒不便給舅母行禮，如此便多謝大表嫂了！」

在出嫁當日得知姚姑生子的好消息，這無疑是給姚姒最好的禮物。

接下來全福人給她梳妝、穿嫁衣，外頭熱熱鬧鬧的炮竹聲此起彼落，她已不記得自己是怎麼坐上花轎的。

眼前漫著一片大紅色，趙斾的手牽著她的，溫溫熱熱，讓她安心又忐忑。

他好像在她耳邊說了什麼，只是人聲鼎沸的，也沒聽清楚，接著便是喜娘扶了她跨火盆，拜天地，再暈暈乎乎地被人送進新房。

她被喜娘扶著坐在新床上，眼前漫天的紅卻一下子消散。

他挑起她的紅蓋頭，他穿著一身大紅喜服，一張俊朗非凡的臉上笑容比任何時候都要燦爛，她就那麼一下落入他的眼中。

屋裡有人讚新娘子漂亮的，也有人小聲品評的，卻都聽不到她耳裡。

喜娘笑盈盈地把交杯酒遞到他倆的手上，喊道：「新郎新娘喝交杯酒！」

趙旆溫熱的氣息拂過她的面頰，一口甜酒入了喉，這才真正覺得自己嫁給了他。

曾氏喜笑顏開地上前來請屋裡的女客們出去坐席，趙旆趁人不注意時拍了拍姚姒的手。

她臉一紅，他卻乘機小聲道：「屋裡都是大嫂安排的人，妳好好休息，今兒外面同袍來了許多，怕是沒那麼早回屋，睏了就自己先睡。」

她溫柔點頭，終是朝他叮囑。「少喝些酒，當心身子。」

曾氏一回頭，就見他兩人依依不捨、含情脈脈，不禁覺得好笑。

趙旆上前幾步就向曾氏道謝。「一切有勞大嫂了！」

「你就放心吧！」曾氏打趣他。「有我在呢，新娘子跑不了。」

說得趙旆難得臉紅了，匆忙就出了喜房。

曾氏對姚姒笑道：「五弟妹，累了吧，先歇會兒，今兒賓客實在多，只怕五弟要在外頭好一番應酬。」

又指給她看屋裡侍立的幾個丫頭。「這是我身邊的爾夏和凝冬，另兩個是原先在五弟屋裡當差的秋葵和紫娟，若妳有什麼事，就只管吩咐她們幾個。」

姚姒含笑點頭，向曾氏道謝。

四個丫頭上前屈膝給她行禮，曾氏又道：「原本這個時候該是要咱們府裡的姑奶奶們來陪陪妳的，只是咱們這一輩只有爺們，沒一個姑奶奶，我外間的事也忙，妳且先在屋裡吃點東西，再好好歇息。」

姚姒就要起身送她，卻叫曾氏按住了。「妳今兒最大，咱們來日方長，我就先走了。」

姚姒便讓跟過來的海棠送她出去，偌大的新房就一下子歸於寂靜。

叫爾夏的丫鬟笑著問她。「要不奴婢幫五夫人把頭上的鳳冠取下來吧？耳房裡備了熱水，五夫人要是累了，奴婢這就扶您過去洗漱一番。」

爾夏是曾氏的丫頭，既然安排在新房裡，可能是曾氏怕她拘束。

姚姒心裡著實感激曾氏的體貼，聽她稱呼自己五夫人，倒叫她一時有些臉紅。到了這會兒才發覺鳳冠確實壓得脖頸痠痛，屋裡地龍燒得又旺，這身喜服也很厚重，若能洗漱一番是最好不過的了。

姚姒洗漱過後，換了身玫瑰紅襖子，果然一身舒泰。

凝冬便呈上一些吃食，看式樣都是她慣常愛吃的，姚姒也就不再客氣，略用了些，便坐在新房裡等趙旆。

直到敲過了初更鼓，外頭卻還鬧哄哄的。

姚姒索性找了本書歪在榻上，其實哪裡看得進什麼書。

夜越來越深，沒一會兒隱約敲了二更鼓，她不禁有些擔心趙旆喝太多酒，畢竟軍營裡的兄弟，個個都帶著豪爽勁，這樣一想，便吩咐爾夏去備一碗醒酒湯來。

爾夏應諾才剛要出房門，趙旆卻隻身進了屋，姚姒連忙丟了書迎上去。「五哥。」

他牽起她的手歉意地笑。「累了怎麼不先歇著去？」

她聞著他一身的酒氣，可雙眸卻亮晶晶的，吃不準他是喝醉了還是清醒的。

他卻笑了笑。「天不早了，我這身酒氣怕是醺著妳了吧，我先去洗漱。」

她嗯一聲，就見秋葵和紫娟已打起通往耳房的簾子。

姚姒坐在喜床上，心越跳越快，不知道為何忐忑，絞了手一臉不知所措。

趙旆換了身輕便衣衫出來時，便看見她這麼一副傻模樣。

他大手一揮，屋裡服侍的人全部退了出去。

她盈盈望著他，他只覺得此生再沒有比現在更高興了，含笑走向她，低啞了嗓音道：

「不早了，咱們歇吧。」

話音才落，他即一把抱起她，樂得直呵呵傻笑，在床前就旋了幾個圈。

姚姒大驚，緊緊揪著他胸前的衣衫才要呼出聲，卻全數掩沒在他纏綿的吻裡。

兩人很快就滾到大紅床幔裡，他還不忘伸出一隻手把簾帳放下。

厚重的棉簾子一落，便是滿目喜慶的紅，這方小小的天地裡，只有他和她，而她如今是他的妻，明媒正娶的妻。

他吻她，帶著微醺的酒氣，直吻得她喘不過氣。他又親她的耳垂，咬著她的耳朵低語。

「姒姊兒，娘子，咱們成親了。」

一聲娘子，叫得她心裡一陣激盪，情不自禁地就喚他「夫君」。

聽在他的耳中，嬌嬌的一聲，帶著幾分纏綿、幾分愛戀還有幾分羞怯，他全身血液就直往一個地方湧去。

他的手很有主張地挑她的衣帶子，很快大紅繡鴛鴦的小衣就露了出來。

他親吻她柔軟的唇，仔細描繪它的形狀，手卻往下伸，細細觸撫，帶著十分的憐愛和熱情。

她閉起眼睛不敢看他，身子像是著了火，又顫又抖，只聽他啞聲喚道：「姒姊兒，別羞，妳張開眼睛看看我。」

她果然很聽話，微張開眼，他俊朗的臉幾乎就貼著她的，彼此近到氣息可聞。

他把她的手引到自己的衣衫上，這樣無聲的邀約，她懂了，紅著一張臉，顫抖地解他的衣帶子，很快就露出他勻稱而美好的身體。

她再不敢看下去，直往被褥裡躲。

邊。

他哪裡容她逃避，低低笑了一聲，趁勢扯落她的小衣，揭過被子，抱著她一起滾到床裡親，大抵就是如此情狀。

今日是他們的洞房花燭夜，他是她的夫君，被子裡兩人緊緊貼在一起，什麼是肌膚相親，大抵就是如此情狀。

她攀著他，視他為浮木，任他在自己身上肆無忌憚，慢慢地由緊張放鬆下來，暈暈蕩蕩的，像是浮在一陣水浪中，直到身下一陣刺痛傳來，她忽地想落淚——她終於成了他的妻。

屋裡，大紅喜燭點燃著一室春意，鸞鳳和鳴，兩個相約白首的人，終成眷屬。

這一生一世一雙人，都會如此幸福下去。

此生不離不棄，永結同心。

——全書完

暖心小閨女 3 完

國家圖書館出版品預行編目資料

暖心小閨女 / 醺風微醉著. --
初版. -- 臺北市 : 狗屋, 2016.04
冊 ; 公分. --（文創風）
ISBN 978-986-328-577-9（第3冊：平裝）. --

857.7 105002296

著作者	醺風微醉
編輯	余一霞
校對	黃薇霓　周貝桂
發行所	狗屋出版社有限公司
地址	台北市104中山區龍江路71巷15號1樓
電話	02-2776-5889～0
發行字號	局版台業字845號
法律顧問	蕭雄淋律師
總經銷	知遠文化事業有限公司
電話	02-2664-8800
初版	2016年4月
國際書碼	ISBN-13　978-986-328-577-9
原著書名	《闺事》，由北京晉江原創網絡科技有限公司授權出版

定價250元

狗屋劃撥帳號：19001626

網址：love.doghouse.com.tw　E-mail：love@doghouse.com.tw